路地裏の子供たち

Childhood and Other Neighborhoods

スチュアート・ダイベック

Stuart Dybek

柴田元幸訳

白水社

路地裏の子供たち

CHILDHOOD AND OTHER NEIGHBORHOODS by Stuart Dybek

University of Chicago Press edition 2003

Japanese translation published by arrangement with
Stuart Dybek c/o International Creative Management, Inc.
through The English Agency (Japan) Ltd.

Cover painting: *Snow in Chicago Alley* by Tunis Ponsen (detail).

装 丁
原 真澄

母と父に

目次

誰が子供をあるがままに見せるだろう？　誰が子供を彼の星座に据え、距離を測る物差しをその手に渡すだろう？　誰が硬くなりかけた灰色のパンから子供の死を作るだろう——あるいはそれを子供の丸い口に、甘いリンゴの芯のように置いていくだろう？

ライナー・マリア・リルケ

パラッキーマン

The Palatski Man

　彼は春になるとまた現われた。春のいつか、たぶん復活祭《イースター》の、キササゲの小枝が芽を吹き、泥と弾《はじ》けた種の匂いが芝生から立ちのぼる日曜の朝に。それとも、みんなでミサから、浄められたたわんだ棕櫚《しゅろ》を一杯抱えて帰ってくる棕櫚の聖日《パーム・サンデー》だっただろうか。持ち帰った棕櫚は切って十字架を作って日曜のドレスに留《と》め、去年の棕櫚は、心臓に炎をたたえたイエスさまと悲しげな瞳の聖母の絵の陰から兄のジョンが取り出し、古いコーヒー缶に入れられ埃をかぶって朽《く》ちていき、やがて裏庭で燃やされる。あるとき、教会からの帰り道、レオン・シスカが、イエスもこういう棕櫚で打たれたんだぜと言った。違うわ、鞭《むち》を使ったのよと彼女は答えた。違う、これを使ったんだとレオンは言い張った。何であんたにわかるのよ、と言い返すと、お前こそ何だよ馬鹿女、とレオンは言って、浄められた棕櫚で彼女のむき出しの脚を叩いた。痛かった。そんなことをする人間がいるなんてショックで、彼女は泣き出した。スカートを翻して二十五番通りを逃げていく彼女をレオンは柵に追いつめ、彼女の髪を摑んで、ちくちく痛い棕櫚を顔に押しつけた。と、いきなりレオンが地面から持ち上げられて歩道に投げ飛ばされた。見ればジョンが、顔を真っ赤にしてレオンの上に立ちはだかっていた。逃げようとするレオンの行く手をジョンはさえぎり、レオンはフットボールでもやっているみたいに横へ回り込もうとした。走り抜けようとするレオンの顔にジョンは平手打ちを浴びせ、レオンの頭ががくんとうしろに倒れて鼻から血が出てきた。ジョンは彼を追いかけはせず、レオンはブロック半分くらいまで走ったところでこっちへ向き直り、白いシャツに鼻血を垂らしながら涙声でわめいた。馬鹿野郎死んじまえお前なんか死んじまえ！　教会からの帰り道の、よそ行きを着た人たちもみなこの顛末《てんまつ》を見ていて、やれやれとばかり首を振った。さあ行こうぜメアリ帰ろう、とジョンは言った。

いや、あの日ではなかったけれど、あの年あの季節の別の日曜日に彼はまた現われたのだった。そしてそれからは、日曜ごとに、夏のあいだずっと、そして秋になって学校がまた始まり緑のキササゲの葉がしなびた扇みたいにバードバスに落ちて水を茶色に変えるようになっても、パラッキーマンは毎週やって来た。

彼は小さな金色の鈴を鳴らしながら、白い荷車を押して近所を回る老人だった。四つ角に来るたびに立ちどまると、お金を握りしめた子供たちが寄ってきて、細かいナッツをまぶした糖蜜アップルや、尖ったスティックに刺した赤いキャンディアップル、あるいはまた、白い荷車のガラスの下に並んだパラッキーをじっくり吟味した。タフィアップルなら駄菓子屋で見ていたし、赤いキャンディアップルだってサーカスでピエロが売っている。けれどパラッキーだけは、よそで売っているのを見たことがなかった。それはぱりぱりのウエハースを二枚、蜂蜜で貼りあわせたお菓子だった。味はアイスクリーム・コーンに蜂蜜を塗ったみたいでもあったが、メアリはむしろ聖餐式《せいさんしき》を思い起こした。聖餅《ホスチア》を口のなかに入れてもらって、聖体拝領台から自分の席に帰っていくときの舌ざわり。拝領台の前で、マイク神父が絹の礼服をさらさらいわせて彼女の前に立つのを待っていると、オルガンが鳴り、神父さまはメアリにはとても真似できない早口でラテン語のお祈りを何度も何度も唱え、ホスチアで十字を切ってから、誰かの舌の上に置く。ひざまずくメアリのすぐ前に祭壇があって、開かれた聖櫃《せいひつ》のなかに、引かれた絹のカーテンや、蜜蠟《みつろう》の蠟燭のちらつく炎が見え、花の香りも嗅げた。マイク神父は聖杯《カリス》を手に、拝領者の列に沿って、侍祭《じさい》役の少年を従えて進んでいく。侍祭は中学の上級生の役目で、メアリの兄のジョンがそれを務めることもあった。侍祭の子はレースの白衣《サープリス》を着て神父さまのかたわらに立ち、ホスチア皿を一人ひとりのあごの下に差し出す。メアリは目を閉じて口を開き、舌をつき出して、祈りの文句を聞き、ホスチアが舌の上にそっと置かれるのを感じるのだった。時おり、神父さまの手が彼女の下唇に触れることがあって、そんなときは神父さまの指から火花が散るのがわかったが、それは静電気であって聖霊ではないとシスターに言われた。

それから、両側に拝領者たちの並ぶ通路を歩いていって、半分つむった目で自分の席のある列を探す。イエスさまお願いです、どうか列を探すのを助けてください、とメアリは祈っている。そして列が見つかると、ひざまずいて目を閉じ、両手に顔を埋《うず》めて何度も何度も、イエスさまありがとうございました、助けに来てくださってありがとうございましたと唱え、口の裏にくっついたホスチアが温かい、粉っぽい雪ひらのように舌の上で溶けていくのを感じていた。舌先を内側に折り曲げて、ホスチアを口の天井から落とそうとして舐めると、やがて唾液でホスチアが剝がれ、彼女の魂のなかに呑み込まれていった。

パラツキーマンとは誰か？　みんな知らないみたいだったし、誰も気にしていないみたいだった。誰も顔を覚えていない、ひょっとしたら誰も顔を見たことのない老人。布のまびさしのついた帽子に頭部は隠され、目は緑色の、すすけたレンズの入った眼鏡に隠れていた。笑顔は金歯を一本と、歯の抜けた穴をひとつさらすのみ。彼の唯一の声はガランガラン鳴らすその鈴であり、両手は紙やすりでこすったみたいに荒れて赤く、肌は子供がお釣りを受けとろうと手を開いて指が触れあうとひどく堅かった。着ているものはいつも同じで、白。糊のきいた白でもピカピカの白でもなく、何度も洗いざらした柔らかい白だった。

誰も彼に構わず、声もかけなかった。少年たちも、月曜から金曜まで日々行商人を苛《さいな》むように彼を苛みはしなかった。行商人、傘直し、包丁研ぎ、商売がら横丁や路地裏を行き来する者はみな、子供たちを相手にたえざる戦争をくり広げることになった。行商人たちは春、夏、秋の毎日やって来て、家々の裏庭の柵の向こうから「くずいー、お払い！　くずいー、お払い！」などと声を張り上げる。年季の入った、車輪に巨大な木製のスポークがついたガタガタの荷車には、鉄クズ、家具の枠組、クモの巣が張った真っ黒な建材、ぼろ切れの束、汚い古新聞の山などがうずたかく積まれていた。子供たちは彼らを屑屋と呼んだ。屑屋はみな背中の曲がった老人たちで、あごひげは長く、頭は禿《は》げ、どもりがちの外国なまりの英語で客と取り引きし、雨風にさらされた荷車に載せたぼろ切れの山から掘り出した服を着ていた。

彼らの馬はみな、主人たちよりもっと年老いて見えた。馬たちがのろのろと、関節炎のような足どりで路地を行き来するのを見ると、メアリはいつも気の毒になった。大半は白い馬で、元の色は違っていたのが歳とともに白くなったみたいな、薄汚い、老人の頭に生えた毛のような白だった。ひづめは巨大で、蹄鉄が路地をかたかたと、割れたガラスの上を進んでいき、荷車の錆びた、外縁に金属を張った車輪がその上を通るとガラスがコンクリートにこすれてキイキイ音を立てた。鼻づらはピンクで毛がなく、だらんと垂れた舌は灰色、歯は巨大で黄色かった。目には黒い遮眼帯《しゃがんたい》をつけられ、肩に掛けた重そうな黒い馬具はいまにもずり落ちそうだった。体じゅうに革帯が垂れていた。顔にくくりつけた黒い使い古した革袋から馬たちは餌を食べ、食べている最中、馬糞から飛び上がってきてはずんぐりした体一面にのぼってくる蠅を紐のような尻尾で追い払った。

曲がりくねった、たがいにつながった路地を、屑屋たちは「くずいー、お払い！　くずいー、お払い！」と声を上げながら進む。子供たちは柵やゴミバケツの陰に隠れて荷車が通りかかるのを待った。通っていったら、屑屋が屑の山ごしにふり向いても見つからぬよう、体を丸めて駆け足でついて行く。荷車のうしろの尾板に追いつくと、それにつかまって、大きい子（たとえばジョン）ならひょいと飛び上がって後輪の車軸まで足をのばす。小さい子はただしがみついたまま、荷車が進むに任せている。時おり、度胸のある子供が荷台までのぼって、手近なガラクタを投げ捨てた。屑屋はそれに気づくと、手綱《たづな》を引いて荷車を止め、手をふり回しながら何やら子供たちに向かってわめいた。子供は荷車から飛び降り、笑いながら「くずいー、お払い！　くずいー、お払い！」とはやし立てた。時たま屑屋も、棒切れに物干し綱を縛りつけた間に合わせの鞭を摑んで、よたよたと子供たちを追いかけたが、子供たちは笑いながら散りぢりに逃げていき、柵の向こうや建物のあいだの通路に消えていく、と思う間もなくまた別の路地の角から現われたり、ガレージの屋根にへばりついて待ち伏せし、いきなり立ち上がって、下を行く荷車に生ゴミの雨を浴びせたりするのだった。

兄がどうしてそんな仲間に入るのか、メアリにはよくわからなかった。ジョンはレオン・シスカみたいにいじめっ子ではないし、猫を虐待するデニー・ズミーガみたいに残酷では全然ない。少年たちが馬たちの哀れな有様を何となく屑屋たちのせいにしていることは、彼女も感じていた。でもそれがポイントなのではない。馬たちもやはり、しばしば子供たちにいじめられたからだ。これは教会でいう小罪だとメアリは思った。第一金曜の前日の木曜、午後に二人で告解に行くときにジョンはこのことを懺悔《ざんげ》しているのだろうか。父よ私にお恵みを、私は罪を犯しました。今月は屑屋に五回ゴミを投げました。償いに主の祈りとアベマリアを五回ずつ唱えよ、安らかな心で行くがよい。このことは兄の前では話題にしなかった。そういう行為を兄にさせているものが何であれ、それはまた、兄を何ごとにつけ怖い物知らずにしているものでもあることを感じていたからだ。少年たちもみなやはりそう感じていたからこそ、ジョンをセントローマン小学校野球チームのキャプテンに選んだのである。兄に馬鹿な女だと思われたら耐えられない。兄のやったことを絶対両親に言いつけたりはしなかった。友だちに囲まれていても、彼女が寄ってくると、ジョンははっきり大声で、「いいなお前ら、メアリがいる前で汚い言葉使うなよ」と命じた。

家に帰ると、ジョンはメアリにいろんなことをうち明けた。メアリはこれが何より楽しかった。晩ご飯のあと、両親が居間でテレビを観ている時間、宿題をやっているメアリの部屋にジョンは入ってきて、彼女のベッドに寝そべり、話し出す。仲間のなかでいい一塁手は誰か、クラスのどの女の子から学校のパーティでダンスに誘われたか。たいていはそんなふうにただ喋るだけだが、時には、右翼のレギュラーにもなれないあの阿呆のピーター・ノスキンみたいに髪をのばした方がいいと思うか、などと彼女の意見を求めることもあった。ああいう奴、どう思う？　メアリも兄にいろんなことを話そうとした。シスター・メアリ・ヴァレンタインが昨日女子トイレでレオン・シスカをつかまえたこと。そしてある晩、ジョンは彼女にレイモンド・クルーズのことを話した。クルーズの話は秘密だとメアリにはわかった。父が以前ジョンに、ああいう奴とはつき合うんじゃないぞ、いくらチーム一のピッチャーだってあんなのは駄目だ、と釘を刺していたからだ。放課後レイモンド・クルーズとともに一人の屑屋のあとを尾《つ》けてホーボータウンまで行ったことをジョンはメアリに話した。ホーボータウンはすごく遠い。ウェスタン・アベニューを過ぎて川向こうに行くと、川と線路に沿って、道路が一本もない独立した街があるのだ。ガラクタの巨大な山に囲まれて屑屋たちは暮らしている。瓦礫の山のような空地のあちこちに、つぶれて錆びた自動車やバスタブがあって、腐りかけたボロ切れや紙が高く積まれ、材木の山には川ねずみが巣喰っている。荷車は一列に並べられ、馬たちは閉鎖され窓の割れた工場に入れられている。屑屋たちは崩れかけた、いくつかは古い貨車で出来ている掘っ立て小屋に住み、鍛冶屋が一人炉を燃やしていて、煉瓦と材木で出来た、カンバス地の屋根を張った荒れはてた小屋で仕事をしていた。

　レイモンドと二人で、雑草の高く生えた土手をこっそり降りていき、屑屋たちが街じゅうから集まってくるのを見た話を兄は語った。疲れた馬たちに荷車を引かせて、何百人もの屑屋たちが黙ってやって来て、掘っ立て小屋が並ぶ真ん中で燃えている大きな火の前に集まってくる。巨大な、黒く焦げた鍋で何かが煮えていた。

　彼らに飼われている薄汚い犬たちがこそこそと火の周りをうろつき、屑屋たちはそのそばに立って、たがいに物を交換しているらしかった。古着の束がトマトの籠と、果物の山が鉄クズの寄せ集めと取り替えられ、何ケースもの埃の詰まった瓶は日に焼けたカウチとコードのすり切れたランプと交換された。二人は膝をついて雑草のあいだから屑屋たちを覗き見していたが、やがてレイが、馬たちが入れられてるところへ行こうぜと言った。

そこで彼らは腰をかがめて雑草のなかを進み、掘っ立て小屋から掘っ立て小屋へと走っていって、古い工場の裏手に出た。中にいる馬たちと乾草の匂いがして、馬たちがくしゃみするのが聞こえた。二人は割れた窓から中へもぐり込んだ。工場は暗く、そこらじゅうにクモの巣が張っていた。手探りで通路を進んでいって、馬たちが入れられている天井の高い広間に出た。薄暗いなか、穴のあいた屋根から陽光が、埃を通して注いでいた。馬具なしで薄闇に立つ馬たちは、いつもと違って見えた。巨大で、美しく見えた。撫でようとして手をのばすと、筋肉がぶるっと震え、少年たちはハッと身をすくめた。

「みんなに聞かしてやらないとな」とジョンは言った。

と、レイがささやいた。「一頭盗もうぜ！ 川辺まで連れ出して、乗るんだ」

ジョンは何と言ったらいいかわからなかった。レイは十四歳で、両親は離婚していた。学校を一年落第していて、高校の連中とつるんでいることも多い。盗難車に乗っているところをつかまったが、仲間たちよりずっと若かったので警察が放免してくれたことはみんな知っていた。メキシコ人の血が混じっていて、馬には詳しかった。ジョンは盗むのは気が進まなかった。

「無理だよ、ここから出すなんて」とジョンは言った。

「大丈夫だって」とレイは言った。「一頭選んでそいつに乗って、あいつらに勘づかれる前に走って逃げるんだ」

「つかまったらどうするんだよ」とジョンは言った。

「誰も信じるもんか、屑屋の言うことなんか」とレイは言った。「あいつら英語も喋れないじゃねえか。お前、怖いのか?」

こうして二人は、一頭の巨大な白い馬に乗ることに決めた。ジョンが馬の背中にレイを押し上げ、次にレイが手をのばしてジョンを引っぱり上げるさなか、馬は興味なさげにじっと立っていた。レイが馬のたてがみを摑み、ジョンはレイの腰に摑まった。レイがかかとを馬の脇腹に食い込ませると、馬は動き出し、のろのろと、体を左右に揺らしながら戸口の光の方へ進んでいった。

「外に出たら、しっかり摑まるんだぞ」とレイはささやいた。「こいつにカツ入れるからな」

この時点ではもう、ジョンの手のひらはすっかり汗ばんでいた。馬に乗るのは、家々の屋根の上にのぼっていく小型の飛行船にまたがったみたいな気分だった。戸口のところまで来て、レイが「ハイヨー!」とどなって両のかかとで思いきり蹴ると、馬は一気に走り出し、ジョンは何が何だかわからないまままずるずる滑って、下へ、下へ、と落ちていき、やがていきなりどすん、と乾草の散らばった床の衝撃を感じた。顔を上げると、厩《うまや》から出られもしなかったことがわかった。それから、犬たちがギャンギャン吠えたてる声が聞こえて、外を見るとレイはなかば馬に乗りなかば馬からぶら下がっていて、馬は何度もうしろ足で立ち、その周りを囲む屑屋たちが口々に叫んでいた。レイが馬から投げ出されて、屑屋たちの腕のなかに飛び込んでいった瞬間の表情をジョンは見た。一瞬、時間が止まったようになって、みんなが厩の戸口に立っているジョンの方をちらっと向いた。ジョンは身を翻し、あたふたと、いまやてんでに跳びはねヒンヒン鳴いている馬たちのあいだをくぐり抜け、さっきの通路を見つけて、壁にあちこちぶつかりクモの糸を顔にへばりつけながらどうにか通り抜けて、ギャンギャン吠える声が次第に迫ってくるなか窓の外に出て、雑草に覆われた丘を駆けのぼり、足の下で滑り落ちていく石炭を踏み砕き、さらに二つの丘をずるずると這いのぼって這い降り、そのままふり向きもせず線路を駆けていって、息ができなくなるまでひたすら走りつづけ、頭上に橋が見えると爪を立てて草深い土手をのぼっていき橋にたどり着いた。

ラッシュアワーの時間で、橋は帰宅する人々で混みあっていた。弁当箱を提《さ》げた労働者、ブリーフケースを持ったビジネスマン。車の往来も激しかった。ジョンはここがどこなのかも、レイのことをどうしたらいいのかもわからなかった。まずは家に帰って様子を見ることにした。夜レイの家に電話して、いなかったら、レイの家族に屑屋たちのことを知らせよう。だがジョンは自分の家への帰り道もわからなかった。結局警官に訊く破目になり、教わった路面電車に乗って家に帰った。

八時ごろレイに電話すると、母親が出て、レイはついさっき帰ってきてそのまま寝床に入ったと言った。話がしたいんですけど、と言うと、訊いてくる、と母親は答え、受話器が置かれて母親が歩いていく音が聞こえた。自分の心臓の鼓動がもはやすさまじい音を立ててはいなくて、胃のなかの結び目も緩んでいくのがわかった。やがてレイの母親の声が聞こえてきて、悪いけどうちの子、あんたと話したくないんですってと言われた。

次の日学校でレイのところに行って、何があったのか、一人だけ逃げたのを怒っているのかと訊いてみた。いや、何もなかったよ、気にするなって、とレイは言った。どうやって逃げてきたんだとしつこく訊いてもレイは何も言わなかったが、みんなに話そうかとジョンが持ちかけると、誰かに話したら俺はいっさい知らないって言う、そんな場所なんかどこにもないって言うからな、と返事が返ってきた。冗談だろうとジョンは思ったが、実際みんなに話してみると、全部ジョンの作り話だとレイは言い、たがいに小突きあって危うく喧嘩になりそうになったが、どちらも最初の一発を出そうとはしなかった。やがて仲間が割って入って二人を引き離した。ジョンはカッとなって、自分の目で見たい奴がいたら今度の土曜に連れてってやると言った。自転車で出かけて、川べりの草むらに自転車を隠して、屑屋たちの近くまでこっそり寄っていくんだ。勝手にするがいいさ、とレイは言った。

こうして土曜日に、仲間が六人ジョンの家に来て、みんなでペダルを漕いで川と線路の方に向かい、トラックがせわしなく行き来する道を走っていった。大型ダンプがすごいスピードですれ違うと、風で自転車が吸い込まれそうな気がした。ウェスタン・アベニューと川が交差するところまで来ると、このあいだと同じのようにも、同じでないようにも思えた。道路から出て、雑草のあいだにブルドーザーが残していった砂利道に沿って自転車を押していき、油っぽい川べりに並ぶ、置き捨てられたらしい錆びたはしけの前を過ぎていった。掘っ立て小屋も一つ二つあったが、中には誰もいなかった。ジョンは目印の黒い炭殻《すみがら》の山三つを探したが、どこにも見当たらなかった。線路沿いに自転車を走らせると、都心にいるのとは全然違った感じで、そこらじゅうでトウワタの匂いがして鳥やコオロギの声が聞こえ、春の太陽が線路にきらきら反射していた。あたりには誰もいなかった。何だか山奥に来たみたいだった。さらに進むと、都心に並ぶビルの輪郭が見え、煙突からたなびく煙の向こうに摩天楼がそびえて、靄《もや》のなかに広がるぎざぎざの山並のように見えた。もうそのころにはジョンはみんなからさんざんからかわれていて、見つからないことをとうとう認めざるをえず、彼らは探すのをあきらめた。みんなでジョンをからかいながらペダルを漕ぎ、ジョンは全員にコーラをおごった。まあ何だかんだ言っても面白かったよな、それにしてもお前の作り話ってすごいぜ、とみんなは言った。

レイに何かあったんだ、とジョンは考えた。日曜の晩、ベッドに入って眠ろうとしている最中にそう思いついて、月曜に学校で会ったらレイと話をしないと、と思ったが、月曜日にレイは欠席し、火曜にも欠席した。水曜日になると、レイが家出して行方知れずになっていることがわかった。


レイは見つからずじまいだった。六月に、ジョンやクラスメートたちが栗色のガウンをなびかせ、白い房飾りをオルガンに合わせるようにして揺らしながら、卒業証書を受けとりマイク神父と握手しようと教会の通路をぞろぞろ進んでいったときも、レイはそこにいなかった。次の週、もう季節は夏に変わっていて、メアリは女の子同士連れ立ってビーチに行く許可をもらった。女の子たちが家にやって来て、ジョンが部屋に入ってくるたびにみんなクスクス笑った。

毎週日曜日、彼らは遅い時間のミサに行った。メアリは花柄のワンピースを着て白いベールをかぶり、教会ではジョンと並んで大人たちと一緒に座った。ミサが終わると、家へ帰る途中に二十五番通りの角で立ちどまってパラツキーを買い、食べながら帰った。パリッとした硬さが口のなかで溶けていき、蜂蜜の甘い皮がだんだん噛めるようになっていく。小さいころよく、これは安息日をきちんと守ったご褒美にもらった神の食物《マンナ》なのだと空想したことをメアリは思い出した。朝ご飯を食べなかったから余計に美味しかった。聖体拝領の前、彼女はいつも絶食していた。

やがて日が暮れるのがだんだん早くなって、子供たちは薄闇のなかで鬼ごっこや隠れんぼをして遊び、木蔭や戸口に隠れ、女の子たちは男の子に追いかけられて鬼にされるとキャッキャッと笑って顔を赤らめた。メアリには秘密の隠れ場所があった。通りを先へ行った花園の、ライラックの茂みの下、誰にも見つからない場所。彼女はそこに伏せて、闇のなかで自分の名前が呼ばれるのを聞いた。メアリ、メアリ、出ておいで、といくつもの声が言っていた。

夜になって、母親と一緒に新学期の服を買いに都心へ出かけた。ワンピースではなくスカート、黒髪に飾る緑のリボン、バックルのないバレエシューズみたいな靴。その晩、彼女がそれらをジョンの前で着てみせ、ナイトガウンを羽織って踊ると、お前も大人になってきたなとジョンに言われた。そのあとで母親が部屋に入ってきて――小さなベッドランプが点いているだけだった――大人になるというのがどういうことなのかを聞かされた。母親が出ていったあと、メアリはドレッサーの上に飾ってある小さなぬいぐるみの人形を抱き上げ、自分が子供を産むところを、本当に産むところ、自分の体から赤ん坊が出てくるところを想像してみた。鏡に映った自分の姿を見て、鏡のすぐ前まで寄っていって自分の瞳の色を眺めた。緑が茶色になっていて、内側へ行くにつれて乳色っぽい灰色に変わり、それが水晶の奥でくすぶっているみたいに見え、中心に近づくと灰色が緑に変わって、緑がだんだん濃くなり瞳孔のそばではほとんど菫《すみれ》色だった。瞳孔の黒い鏡のなかに、自分を見ている自分が映っているのが見えた。

次の日に新学期が始まり、メアリは六年生になった。ジョンは高校に上がった。夏のあいだにずいぶん大きくなって煙草も喫《す》うようになったレオン・シスカが、あざ笑うように「これから誰に護ってもらうんだ?」とメアリに言った。昼休みに彼女は教会に出かけて、深紅の常灯明《じょうとうみょう》のかたわらに置いてある金属の箱に十セント玉を入れ、棚の上の方にある蠟燭に長い芯で火を点けて、マリアさまにお祈りした。

やがて十月の末、日曜日に二人で教会へ向かう途中、キササゲの木から葉がはらはらと、萎《しな》びた扇みたいにバードバスに落ちて水を茶色に変えた。ミサからの帰り道、このごろジョンとろくに顔も合わせていないことに彼女は思いをめぐらしていた。ジョンはもう前のように、彼女の部屋に話をしに来なくなっていた。「ねえ、何か一緒にやろうよ」と彼女は言った。

「え?」とジョンが言った。

「パラッキーマンのあと尾けようよ」

「何でそんなことしたいんだ?」

「わかんない」と彼女は言った。「どこに住んでて、パラッキーどこで作ってるのか、探るのよ。あの人、もうじき来なくなるでしょ。冬のあいだ、あの人の住んでるところまで行っていろんなもの買ったりできるかも」

ジョンは彼女の顔を見た。彼女の髪が、自分の髪と同じく風になびいていた。「よし」とジョンは言った。

こうして二人は、誰か男の人が焚き火をしようと熊手で落葉を集めて山にしている四つ角で待った。その人が落葉の山を作って、自宅の小さな芝生からさらにもう少しかき集めようと向き直るたびに風が吹いて葉は渦を巻いて山から離れてしまい、まるで生きているみたいに彼らの頭に降ってきた。やがて風はぴたっと止んで、葉っぱたちはひらひらと、熊手を動かしている男の周りに戻ってきて、芝の上にゆっくり落ちていく。落葉は皺の寄った雪みたいに見えた。そして、葉っぱがわっと舞ってきて二人が思わず目を閉じたとたん、パラッキーマンがのろのろと通りかかった。

二人は彼が通り過ぎていくのをそのまま見送った。あとを尾けるのは訳なかった。とにかくすごくのろいし、客が来ないかと角に来るたびに立ちどまる。うしろをふり返りもしないから、こそこそ隠れながら尾ける必要もなかった。道から道へ、二人はあとをついて行って次々新しい通りに入っていき、やがて自分たちの住んでいる地域の外に出た。人々が着ている服がより貧しく、より色あざやかになった。隣の教区を通り抜けているのだ。ここはメキシコ人が大半の貧しい地区なので、パラッキーマンもそれほど頻繁には立ちどまらない。子供たちがスペイン語でわめいていて、新しいよそ行きの服を着たジョンとメアリは何だか変な気分だった。

「もう帰ろうぜ」とジョンが言った。

けれどもメアリは、兄の声に、迷いのようなものを聞きとった。そして兄の腕をとって、頼み込むふりをしてみせた――「ねーぇいいじゃない、面白いじゃない、あの人どこ行くか見てみようよ」。

パラッキーマンは通りから通りへ進んでいき、運転席部を外した大型車がびっしり並んだトラック置場をいくつも過ぎていった。トラック置場では風に吹き上げられるのも落葉より砂利や紙屑の方が多く、パラッキーマンもめったに立ちどまらなかった。やがて、日曜なので閉まっている、窓に金網を入れた工場が何ブロックも続く一画を過ぎ、空っぽの街路を抜け、割れたビール瓶の茶色いかけらが粉のように散らばった舗道を通っていった。二人は手をつないで、ひびの入った舗道に沿って荷車を押していくパラツキーマンの白い、背の曲がった姿から四つ角ひとつ分離れてついて行った。彼が道を渡ろうとして左右を見ると、ふり向かれたら大変、と二人は建物の戸口に飛び込んだ。

パラッキーマンがウェスタン・アベニューを渡った。すごく大きいこの道路に全然車がいないものだから、ほかのどの道よりもがらんとして見えた。ウェスタン・アベニュー沿いに尾けていき、リベットが無数に打たれた、桁がアルミで出来た橋を渡って川を越えながら、鳩たちが鋼索《こうさく》のあいだを飛び抜けていくのを眺めた。橋を越えてすぐにパラッキーマンは、小さな穴だらけの、トラックが荷を貨物列車に積み込むのに使うアスファルトの道路に入っていった。道は曲線を描いて、川沿いの工場群のうしろ、何エーカーにも及ぶ空地や貨物操車場の広がりに入っていった。

ジョンが立ちどまった。「もうこれ以上行けないよ」と彼は言った。

「どうして?」とメアリは訊いた。「せっかく面白くなってきたのに」

「ここ、来たことあるんだ」

「いつ?」

「覚えてない。でも前に来たことある気がするんだ」

「何言ってんのよ、さあ行こうよ」とメアリは言って、兄の腕を力一杯引っぱり、目を大きく見開いた。ジョンはずるずる引っぱられて、二人は同時に笑い出した。だがもうパラッキーマンは道路の曲がり目の向こうに消えてしまっていたので、二人はあわてて走って追いかけた。曲がり目の先まで行くと、ちょうど彼が丘を越えるところが見え、あとを追って駆けのぼった。アスファルトの道もいつしか炭殻に変わっていった。丘のてっぺんに来て、メアリが「ほらあそこ!」と叫んで、左側の、川沿いのあたりを指さした。都市の真ん中に小麦畑が見えて、麦が風に吹かれて揺れ、パラッキーマンは半分人間、半分ひょろひょろの穀物みたいになって荷車を押しながら畑を越えている最中だった。藁《わら》の両腕を横につき出し、頭に巨大な黒いカラスが何羽かとまっている案山子《かかし》の前を過ぎていった。

「十字架にかけられたみたいだね」とメアリが言った。

「行こうぜ」とジョンは言い、家に帰ろうという意味だとメアリは思ったしその言い方にすごく力が入っていたので言うとおりにするつもりでいたが、意外にもジョンはパラッキーマンの方へ動き出した。

「いったいどこ行くのかしら?」とメアリは言った。

けれどジョンは黙って彼女を見て、指を一本唇に当てた。一列になって、麦畑のなかを通る、踏みならされたくねくね曲がった小道をたどっていった。案山子の前を通りかかると、カラスたちが黒光りする羽を大きくはばたかせて飛び上がり、彼らに向かってカーと鳴いた。案山子は翼の並ぶ畑を護っているかのように頭《こうべ》を垂れていた。やがて畑の端まで来ると、炭殻の道がまた始まり、川に向かって下り坂になっていた。

ジョンが指さして、「石炭の山だ」と言った。

遠くに三つの黒い山がそびえていて、陽を浴びてきらきら光っているのをメアリは見た。

「行こう」とジョンは言った。「この道から出るんだ」

ジョンに連れられて坂を下り、水草やイグサやガマと混じりあった雑草の茂みに入っていった。雑草にワンピースを引っぱられ、脚を引っかかれながら背を丸めて進んでいった。ジョンが先を行った。

どこに向かっているのか、ちゃんとわかっている様子だった。あるところまで来て、両手両足をつき、メアリにもそうするよう合図して、二人で物音ひとつ立てずに這っていった。それからジョンがべったり腹ばいに伏せ、メアリもその横に這っていって腹ばいになった。ジョンが雑草をかき分け、メアリがそっちを見てみると、男たちの一団が火にかけた薬罐《やかん》を囲んで立っているのが見えた。誰の服を見ても、小さすぎるか大きすぎてだぶだぶかの奇妙な寄せ集めばかりで、上下も合っておらず、ズボンは青で上着は茶だったり、縞のズボンにチェックのコートだったり、色の組合せも限りなくバラバラだった。いろんな種類の、どれもつぶれた帽子をかぶっている——山高帽、麦わら帽、カウボーイハット、ホムブルグ。何より奇怪なのがネクタイで、いびつな形をした、花や渦巻や水玉の狂おしい模様のタイが膝まで垂れていた。

「あの人たち、誰?」とメアリはささやいた。

「屑屋だよ。あれ日曜の服なんだ、きっと」とジョンが押し殺した声で言った。

やがて、男たちのうしろに並ぶ掘っ立て小屋にメアリは目をとめた。どの小屋の前にも空っぽの荷車が停めてあって、そのかたわらに、大掃除した地下室や散らかった屋根裏から漁ってきたガラクタが山と積まれている。中がもぬけの殻になった工場までジョンが言っていたとおりだった。犬たちがいきなり飛び上がってワンワンキャンキャン吠え出し、火のそばの男たちが向き直るとともに、パラツキーマンが彼らの輪の方に荷車を押してきた。

パラツキーマンが男たちに合図するとみんなは道を空け、彼は火の方へ歩いていき、立ちどまって巨大な黒い鍋をじっと覗き込んだ。うしろを向いて男たちの一人に何か言うと、その男が鍋の中身をかき回し、パラッキーマンは小さなお玉を浸してすくい上げ、お玉の中身が鍋にこぼれて戻るに任せた。あざやかに赤い液体が陽を浴びて光るのを見て、メアリは何だか頭がくらくらしてきて、息が切れぎれになってくるのを感じた。「血だ！」とジョンが思わず言うのが聞こえた。もうそれ以上見たくなかった。男たちが鍋に寄ってきて、指を浸し、舐めながらうなずいたりニッコリ笑ったりした。馬たちがぞろぞろ厩から出てくるのが見えた。馬具がついていないと、馬たちは重々しげに、いかにも裸に見えた。メアリは両腕で顔を覆って見るまいとした。やがて、ゆっくりとした悲しげな歌声と、その背後の、ゼイゼイと調子っぱずれの息づかいが聞こえてきた。彼女が顔を上げると、屑屋たちはみな、浮浪者の聖歌隊みたいに、つぶれた帽子を脱いで風に頭をさらして歌っていた。なかの誰かがぼろぼろのアコーディオンを操って、物哀しい異国風のメロディを絞り出している。中央にパラッキーマンが立って、指揮者のように両腕で男たちを導き、時おり何か一言唱えると、みんながそれを歌のなかで反復した。歌声は低くなったり高くなったりしたがつねにまた高くなって、時に鼻声になったり、それからまた豊かなバリトンになったりして、ますます大きな、ますます哀しげな声になっていき、やがてパラッキーマンが鈴を鳴らすと突然すべてが静まり返った。男たちも犬たちも、アコーディオンも鳥もコオロギも風も、いっさい何の音も立てなかった。彼女の息と、聞こえるというより感じられるように思える、まるで街じゅうの教会の鐘が時を告げているみたいに何か遠くで脈打つ音があるだけ。太陽は空の中心にあった。その真下にパラッキーマンが立って、パラッキーを一枚持ち上げていた。

屑屋たちはみんないつのまにかひざまずいていた。彼らは立ち上がり、メアリとジョンが隠れている草むらの方に向かって行進をはじめた。と、ジョンが体を起こして「逃げろ！」と叫び、彼女はあたふたと立ち上がり、ジョンが彼女の腕を摑んで引っぱっていった。メアリは走ろうとしたが、脚が言うことを聞かなかった。雑草のなかをばたばた動く脚がゴムみたいに感じられ、雑草に引っかけられたり、蔦《つた》が指のようにくるぶしにまとわりついたりで、ジョンが引っぱってくれるスピードで走ることは不可能だった。

屑屋たちが目の前にぬっと現われ、二人は回れ右して反対方向に駆け出したがそっちにもやはり屑屋たちがいた。取り囲むような輪を描いて、屑屋たちはいたるところにいた。だから二人は走るのをやめて、手をつないで立ちつくした。

「怖がらなくていい」とジョンに言われた。

メアリは怖くなかった。脚は動かなかったけれど、それも気にならなかった。もうこれ以上走りたくなかった。汚染された川の、つんと不快な臭いに息を詰まらせたくなかった。彼女を包むぼうっとした気分の向こうから、ジョンの小さな声が、広がる陽光のなかへ何度も何度も消えていくのが聞こえた――「僕たち、何もしてなかったよ」。

屑屋たちは二人を、パラツキーマンがぐつぐつ煮える鍋の前に立っているところまで連れ戻した。ジョンは何か言いかけたが、パラツキーマンが指を一本持ち上げて唇に当てると言うのをやめた。屑屋の一人がぴかぴか光るリンゴの一杯入った籠を持ってきて、もう一人が先の尖った細い棒を何本か持ってきた。パラツキーマンがリンゴを一個手にとり、棒に刺して、鍋に浸し、赤色に包まれたリンゴを取り出した。赤は結晶化して硬くなり、メアリがハッと我に返ると、パラツキーマンが彼女に赤いキャンディアップルを差し出していた。それを受けとって、ぼんやり手に持っていると彼はもうひとつジョンの分を作り、それから自分の分も作った。そして自分のを一口齧って、同じことをするよう二人にも合図した。メアリは顔を上げて隣に立っているジョンの方を見た。ジョンの頬はぎらぎら赤く、体は汗をかいていた。メアリはリンゴを一口齧った。こんなに甘いものを味わったのは初めてだった。赤いキャンディが口のなかでシャリシャリ砕けて溶け、リンゴの果汁と混じりあった。

次にパラッキーマンは、一枚の巨大なパラッキーを荷車から取り出した。メアリがこれまでに見たどのパラッキーよりも十倍は大きかった。彼はそれを何度も割って、屑屋たちの輪に細かいかけらを与え、それらが口から口へと渡っていった。残ったかけらが小さな一枚だけになると、パラッキーマンはそれを三つに割って、一枚をジョンに差し出した。それがジョンの手のなかに消えるのをメアリは目にし、ジョンが片手を口まで持ち上げるのが見えて、と同時にジョンが彼女の手をぎゅっと強く握るのを感じた。パラッキーマンは彼女にも一切れ渡した。ぎざぎざにちぎれた端から蜜がのびて糸のようになっていた。パリパリのウエハースと蜜の味を予想しつつ彼女はそれを口に入れたが、それはものすごく苦くて目から涙が出てきた。懸命にこらえて涙を飲み込み、パラッキーマンにだまされたのか、それともこれは何か自分には理解できない贈り物なのかもわからないまま、とにかく顔を皺くちゃにしないよう努めた。パラッキーマンが屑屋の一人に、メアリには聞きとれない言葉で静かに何か言い、そばの掘っ立て小屋のかたわらに積まれたボロ切れの巨大な山を指さした。相手はとぼとぼとそっちへ歩いていき、山を漁って、しみひとつない艶やかな絹の白いリボンを持って戻ってきた。パラッキーマンはそれをメアリに与え、それからくるっと背を向けて立ち去り、掘っ立て小屋に消えていった。彼がいなくなったとたん、屑屋たちの輪も崩れて、みんなとぼとぼ去っていき、残された子供二人は火の前で呆然と立ちつくした。

「帰ろうぜ」とジョンが言った。もと来た方に向き直って、いつまた屑屋たちが集まってくるかと恐るおそる歩き出したが、誰も彼らに目もくれなかった。二人はその場を去った。ふたたび小麦畑を抜け、黙ってとまっているカラスたちの前を過ぎ、丘を越えて、カーブを描く炭殻の道を降りて穴ぼこだらけのアスファルトの道路に出た。ウェスタン・アベニューの橋を歩いて渡っている最中、日曜なので乗る人もいない緑色のトロリーが通ると橋が足下で揺れた。二人は橋の真ん中で立ちどまった。ジョンが手を開くと、パラツキーのかけらが嫌な臭いのする小さな玉と化していた。玉は汗を吸って薄汚れ、べとべとになっていた。

「お前、あれ食べたのか？」とジョンは訊いた。

「うん」

「やめさせようとしたのに」とジョンは言った。「お前の手ぎゅっと握ったの、わかんなかったのか？　毒が入ってたかもしれないぞ」

「大丈夫、美味しかったよ」兄が心配しないよう彼女は嘘をついた。

「俺の話、誰も信じなかったんだよな」とジョンは言った。

「あたしは信じたよ」

「これでみんなわかるさ」

それからジョンは、メアリが意識もせず握ったままでいたリボンをそっと取って――こぶしをぎゅっと握りたい衝動に彼女は駆られたが結局そうしなかった――彼女が何か言う間もなく、それを手すりの向こうの川に投げ捨てた。二人に見守られながら、リボンは橋の下で気流に捕らえられ、旋回する鳩たちのあいだをすうっと落ちたり横に滑ったりしていたが、やがてとうとう緑の水に触れて、水面《みなも》を流れていった。

「うちの親たちに見られちゃまずいからな」とジョンは言った。「何ごともなかったのに、二人とも大騒ぎするからさ。だってほんとに何ごともなかったんだし、俺たち全然何ともないんだから」

「うん」とメアリは言った。二人は顔を見合わせた。格子模様の桁のすきまから陽の光がきらめいて、二人は目をすぼめた。細くなった目に陽光が反射して、二人が目を伏せると光は川面に当たってはね返った。風が手すりの向こうからさっと吹いて、二人の髪を乱した。

「お前は最高の女の子だよ」とジョンは彼女に言った。

二人はプッと笑い出した。あんまりゲラゲラ笑ったので、涙が出てきそうなくらいだった。ジョンがつっかえつっかえ「晩ご飯に遅れちゃうな。絶対叱られるな」と言い、二人は急いで家に帰った。

二人はその夜、テレビを観るのも禁じられて早寝させられた。メアリは服を脱いで寝巻を着て、明日は月曜で週末はもうおしまいなんだというういつもの悲しいうつろな日曜の晩の気分とともに寝床に入った。その気分が、これまで過ごしたすべての日曜の晩のことを思い起こさせ、これから来るであろうすべての未来の日曜のことを考えさせた。ジョンが部屋に入ってきて二人で話せたらいいのにと彼女は思った。毛布の下で落着かず寝返りを打ちながら、枕の下や毛布の隅の涼しい場所を腕や足先、家全体が眠りにつく音に彼女は耳を澄ました。夜のニュースが終わってテレビが切られ、戸締まりはもう済んだかと両親が話している声がする。自分が眠りへと漂っていくのをメアリは感じ、夜の祈りを頭のなかで唱えようとしたが、寝る前のアベマリアは半分夢に変わっていき、ふたたび目覚めると天使ガブリエルの翼の感触がぼんやり頭に残っていた。暗い部屋で横になったまま、メアリは家具の見慣れた輪郭を眺めた。外で風が、猫たちが呼び交わす低い鳴き声みたいに吹くのが聞こえた。とうとう彼女はベッドから這い出て、レースのカーテンが掛かった窓の外を見た。裏庭の向こう、キササゲの木の上で、月は寒空に低く垂れていた。小枝に引っかかった巨大なパラッキーみたいに月は見えた。それからメアリは、鈴がちりん、ちりんと鳴るかすかな音を聞いた。

彼は下に立って、見上げていた。暗い色の眼鏡の中心で、月が銀色の目玉みたいに輝いていた。馬は、ゼイゼイ喘いでいる白い雄馬《おすうま》は彼のうしろで足踏みし、鼻を鳴らした。一陣の落葉が、漏斗《じょうご》のような形を成して地面を進み、街灯の光のなかを渦巻いていって、何枚かは馬のもつれたたてがみに引っかかり、暗い路地でひづめが火花を蹴った。彼はメアリにパラッキーを差し出した。

彼女は窓から鏡に飛んでいって、闇のなかで自分の姿を見た。歯がのびてくるのを感じ、これまで何もなかった体の柔らかな箇所で毛が皮膚を突き破って出てきて、平べったい胸がリンゴのように膨らんで、血が熱くたぎるのを彼女は感じ、それから、風がつかのま止んで落葉が地面に戻っていくとともに、彼の金色の鈴がふたたび銀のように鳴るのが聞こえて、行くべき時なのだと彼女は悟った。

猫女

The Cat Woman

ルーサー・ストリートに猫女と呼ばれる老婆が住んでいた。そう呼ばれたのは猫を飼っていたからではなく、近所の余った仔猫を始末していたからだった。夜、子供が寝ついたあと父親たちがダンボール箱に入れて持ってきた猫を、洗濯機に入れて溺れさせるのだ。地下室にあるその洗濯機は、洗濯槽に亜鉛めっきが施され四本の脚に載った年代物で、手動の絞り器がついていた。太いコードが、天井からぶら下がっているソケットにつながっていて、スイッチをひねると地下室の電灯が一瞬ちらつき、水が回りはじめる。

老婆は気のふれた孫と二人で暮らしていた。孫はスワンテクといった。本当のファーストネームはジョージだったが、学校のシスターも含めてみんながスワンテクと呼んだ。罵りの言葉のようにぺっと吐き出せる名前。祖母もやはりそう呼んだ。それは彼の父親ビッグ・スワンテクから引き継いだ名だった。ビッグ・スワンテクは酒飲みの乱暴者で、老婆の娘、すなわちスワンテクの母にしじゅう暴力をふるい、彼女が死んでまもなく行方不明になった。スワンテクの母は自殺したから葬式もわざわざ街の反対側のロシア正教会でやったのだ、と噂された。

ある日スワンテクは洗濯ばさみを持ち出して、溺れ死んだ仔猫たちの死体を、けば立った濡れ靴下を並べて干すみたいに裏庭の洗濯ロープに尻尾から吊した。猫女はそれを見て孫を追いかけまわし、庭から路地に飛び出して、箒の柄《え》で孫の両脚をしこたま叩いた。お隣に住む老婦人ミセス・パノーヴァは、何も変わったことなど起きていないような顔で家に入っていった。けれど裏道の向かいに建った大きなアパートの住人たちは、窓から身を乗り出して天井桟敷の観客みたいに喝采を送ったりゲラゲラ笑ったりした。

相変わらず年じゅう折檻《せっかん》されて、体に青あざが絶えないものの、祖母が老いていくにつれてスワンテクの狂気はますます募っていくように思えた。学校にも行かず、線路のあたりをうろうろしていた。夜はスピーゲルの倉庫の裏の、行き止まりになった裏道に並ぶ、放置された車のなかで眠るようになった。冬が来ると、警官たちに追い出された。次の日の夜、近隣一帯の廃車がいっせいに燃え上がった。

その冬、自宅の屋根に裸でうずくまっているスワンテクの姿が見られた。屋根の一番高い部分の、煙突のかたわらに陣取ったスワンテクが、棒みたいな脚で路地をとぼとぼ歩いて学校に向かう十歳の娘ボニー・ビュフォードに、こっちへおいでと手招きしていた。やがて、祖母もとうとう匙《さじ》を投げたのか、洗濯ロープにはどんどん死体が並ぶようになった。何匹かはスワンテクが絞り器にかけているらしいと人々は噂しあい、しばらくすると誰も仔猫の箱を持っていかなくなった。

一年と経たないうちに、近所はそこらじゅう野良猫だらけになった。雄猫たちが家々の塀や壁や玄関口や物置小屋に小便をしてまわり、雨が降ったあとなど、世界中から猫の性の匂いが立ちのぼるように思えた。

うだるように暑い夜の続く夏が来ると、不眠症が疫病のように広がっていった。巨大なアパートはどこも窓が開け放たれ、暗くなると、猫たちの金切り声オペラを細長い路地が増幅した。非常階段からは呪いの言葉とゴミとが雨あられと降ってきた。八月のある夜、誰かがピストルをぶっ放した。

このころにはもう、イライラが習慣と化していた。雑貨店の、天井でのろのろ回る扇風機の下で、女たちが列の順番をめぐって言い争い、赤ん坊たちがぎゃあぎゃあ泣きわめいた。年長の少年たちが徒党を組んで、暑さに湯気の立つ街をバットとナイフを手にパトロールした。カーッと陽を浴びたブラインドの向こうで、汗まみれの下着に包まれた体が切れぎれの昼寝に何度も寝返りを打った。

飲み屋は満員だった。酔っ払いの叫び声とジュークボックスの音楽とで、夜は狂乱に包まれていった。夜ごとの騒ぎの噂はよそにも広まり、ほかの地域からも、自分の日常には害の及ばぬところで己の狂気を発散させようと、人々が流れ込んできた。男たちは酒を飲んで、他人の女房と寝ようとした。サイレンがけたたましく過ぎていき、窓ががたがた揺れた。猫の合唱にも平気だった、最高に眠りの深い連中ですら、さすがにもはや寝つかれず、部屋のなかをうろうろ歩きまわった。夜が明けると、見知らぬ男たちが、ゲロと血の飛び散った歩道を、どこに自分の車を駐《と》めたか思い出そうとしながら、覚つかない足どりでさまよっていた。

近所の男たちは職を失い、四つ角につっ立って通り過ぎる車を眺めながら、口をねじった紙袋に隠したワインをちびちび飲んだ。建物もどんどんさびれていった。この地域を車で通る破目になった人々は、窓を閉めた車内から、汚れきった歩道や、ぶるぶる震えている宿無しや、色あせた女たち、ぼろ着の子供たち、戸口で目をぱちくりさせている猫たちを呆然と眺めた。

老婆はそれまで、よその家の洗濯物を引き受けて孫と自分の食いぶちを稼いでいたが、いまはもう誰も洗濯物を持ってこなかった。地下室や庭にはまだ粉石鹸の匂いが残っていたが、近所じゅうどこを見ても服は鼠色だった。老婆ももうずっと前から、スズメにやるパン屑をガレージの屋根に投げるのをやめてしまっていた。一日おきに、隣に住むロシア人の女性が、家に招き入れてキャベツスープをごちそうしてくれた。老婆は孫の分をボウルに入れて持ち帰り、丹念に食器を洗って二日後にまた返しに行き、「ありがとう《スパシーバ》、奥さん、スープとボウルをどうも」と言った。

すると、ミセス・パノーヴァは決まって、「もう一杯召し上がっていきなさいな。コンロにいつも作りおきがあるから」と言うのだった。

二人の女性はテーブルにつき、ボウルの内側にスプーンをかちゃかちゃぶつけながら、一匙ごとに口で吹いて冷まし、もうそれ以上何も言わなかった。ラジオでポルカが鳴っていた。やがて家に帰った猫女は、腫れ上がった、包帯を巻いた両足に、ボール紙を底に貼ったスリッパをはいて、数珠《ロザリオ》を指で繰りながら家のなかをひっそりと歩きまわった。

だがスワンテクには、スープと祈りだけでは足りなかった。地下室にねぐらを移して、いっこうに外に出てこなくなった。空っぽのボイラーのかたわらに積んだ古カーテンの山の上で眠り、隅でキャベツのゲロを吐いてはそれに新聞紙をかぶせ、闇のなかで自分の体に触り、漂白剤のようなひりひりする匂いを嗅ぎ、雪の吹き寄せた黒いガラス窓の向こうで猫たちが甲高い声を長々と上げるのを聞いた。頭上では彼のおばあちゃん、猫女がのそのそ歩きつづけ、床がいつまでもぎしぎし鳴った。

血のスープ　*Blood Soup*

ブーシャが彼を呼んでいた。

彼はブーシャの部屋に駆け込んだ。ブーシャは暗いなかで横になって、十字架を握りしめていた。歯のない歯ぐきがお祈りの文句をもぞもぞ噛んでいた。

「ブーシャ、みんな出かけてるよ」と彼は言った。

ブーシャは目を閉じた。ゼイゼイという息が少し楽になった。

「ウションチ《おすわり》」とブーシャはささやき、ベッドを軽く叩いた。

ブーシャの枕元に座るのは、なかば昏睡状態の彼女が病院から連れ戻されて以来初めてだった。時間の問題ですね、と医者は言った。でももう二週間持ちこたえていた。

「今度はお前が世話してくれる番だよ、ステフシュ」とブーシャは微笑んで言った。「覚えてるかい、あたしがお前の世話してやったこと？」。彼女の片腕が持ち上がって、彼の髪をうしろに撫でつけた。肌はランプシェードみたいに透きとおり、血管の網目の下で骨は黄色い蠟燭みたいだった。

「気分はどう、ブーシャ？　何か要る？」

「あたしはもうじき死ぬんだよ、ステフシュ」

「そんなことないよ、ブーシャ。じきによくなるよ」

「もう歳なんだよ。力がないんだよ」。ブーシャは彼の手首を握って、また目を閉じた。彼は突然、こうして自分しかいないところでブーシャが死んでしまったらどうしよう、と心配になった。部屋は重苦しい空気に包まれ、樟脳《しょうのう》とヴィックスの匂いが鼻をついた。陽が入らぬようブラインドは下ろされていた。ナイトテーブルやタンスの上には、いろんな薬瓶や、子供と孫全員の写真がごちゃごちゃ並んでいた。ブーシャといると、自分たち二人のあいだにいつも感じていた秘密を、いまでも感じることができた——子や孫みんなを、無限に愛する力があるように見えるブーシャだが、なかでもとりわけ彼を愛してくれているのだと。そういう愛情は旧世界から来たものにちがいないと彼は思った。ブーシャの強さと同じで、本能から来る、疑うことを知らぬ、この国のものではない何か。彼にとっては、自分のなかには見出せないし、彼の母親をはじめブーシャのどの子供にも受け継がれていない何かだ。

ベッドの上に並んだ聖画のイエスとマリアが、悲しげな目で見下ろしていた。イエスの髪はたなびき、燃える心臓の上には茨の冠が浮かんで、体は剣に刺され血をしたたらせている。小さかったころ、聖画にキスをするとブーシャはいつも十セントくれたものだ。唇に残る埃っぽいガラスの味はいまも思い出せた。自分にもっと信心があって、この絵を信じることができてブーシャのために祈れたら。

ブーシャは汗をかいていた。

「水は要らない？」

ブーシャは目を開けた。「ズーパ」——と飲み込むように言った——「スープ」

「どんなスープ、ブーシャ？　チキンヌードル？　トマト？　僕、作るよ」

違う、とブーシャは枕の上で首を横に転がし、顔をしかめて、灰色の舌をちっと鳴らした。「チャルニーナ」

「え？」

「チャルニーナ。血のスープ。ロズミエシュ《わかる》？」

「うん」。何年も前にブーシャがそれを作っていたのを覚えていた。強烈な匂いの、人参、リンゴ、プルーン、小麦粉、サワークリーム、パセリ、タイム、そしてアヒルの血を混ぜたスープ。ピクルスの容器まる二瓶分の血を、ブーシャは冷蔵庫にしまっていた。彼は夜中によく冷蔵庫の扉をあけて、その広口瓶をまじまじと見つめたものだ。隣には牛乳のガロン瓶があって、ガラスが汗をかき、口にパラフィン紙が輪ゴムで止めてある。牛乳と並ぶと、血はレバーみたいな赤色に見えた。下の棚では、羽根のないアヒルの頭がいくつも、澄んだ水を入れた鍋に浮かんでいた。雨がちのイースターのことだった。親戚みんなが、色をつけた固ゆで卵、ハムやザワークラウト、腸詰《キェウバーサ》や下ろしたてのワサビを持ちよってブーシャの家に集まっていた。

コンロでスープがぐつぐつ煮えているのを見ると、叔父さんたちは笑いながら軽口を叩きあった。

「おい、ママがまたくたびれてきたらしいぜ」

「わが家恒例の口腔《こうこう》輪血の時期だな」

裏のベランダの卓球台を囲んでみんなは座り、ブーシャは湯気の立つスープをボウルに取り分けた。

「飲んでごらん、ステフシュ。強くなるよ。おじいちゃんの大好物だったんだよ」

でも彼は飲もうとしなかった。

「果物スープだよ、ステフシュ。一口試してごらん」

彼はスプーンの先っぽから啜ってみた。どろんと甘い味が、ビロードみたいに舌を覆った。でも甘さの下には、何か暗い、ひどくこってりしたものがあった。骨の髄のような。もう要らない、と彼は言い張った。いまにも泣き出しそうだつた。

「鏡台にある瓶を持って、ユーゼフの店に行きな」とブーシャは枕から身を起こし、彼の手首をぎゅっと握って言った。「ユーゼフがくれるよ」

「あの瓶、聖水が入ってるよ、ブーシャ」。ユーゼフ叔父が二十年間経営していた肉屋がもう人手に渡ってしまったことは黙っていた。

「持っといで」

彼はミラクル・ホイップの広口瓶を持ってきた。蒸発しかけた聖水は、底の方にかすの雲がたまって小便みたいに見えた。ブーシャは指先をその水に浸して十字を切り、残った水を、誰かが溲瓶《しびん》の隣に置いた枯れかけの百合にふりかけた。

「もらってきとくれ、ステフシュ」。これも二人のあいだの秘密みたいに思えた。ブーシャを生かしておく魔法。

「オーケー」と彼は約束した。脚から力が抜け、背中が汗ばんでいた。いまはただこの部屋から出ていきたかった。どのみち両親がじき帰ってくるだろう。

「お駄賃に二十五セント持っていきな」とブーシャは、鏡台の上の小さながま口を指さして言った。

「いいよブーシャ、お金なんかくれなくて。僕もう大きいんだから」

「スティーヴィー、二十五セント持っていきな。お前煙草喫《す》うんだろ、知ってるよ」

彼はがま口を開けて、二十五セント貨を一枚取った。「ありがとう」と彼は言った。

彼は広口瓶を湯で洗って紙袋に入れ、それから、母が小銭をしまっているティーポットから二ドル取った。弟のダヴは裏庭にいた。隣のアパートの煉瓦の壁に、ボールをぶつけて遊んでいる。陽の光の下に出て、通りがかる車の流れを見ると、いままで自分が死にかけた老女と一緒に暗い部屋にいたなんて嘘みたいだった。

「一緒に来るか?」とスティーヴは訊いた。

「どこ行くの?」

「ジョー叔父さんの元の肉屋」

「哀しみ路地を通ってくの?」

「ああ」

夏のはじめに、哀しみ路地《アリー・ハートエイクス》、という名をつけたのはダヴだった。二人で歯医者に行くときに、表通りを通らずに路地裏を通っていったのだった。路地に入ると、自分たちがどこへ行こうとしているかも忘れてしまいそうだった。家々の裏庭を仕切る木柵の上で、木々は緑色のアーケードみたいに弧を描いた。棚の前には漁り放題のゴミバケツが並び、店や工場の裏手の黒い通気口からいろんな臭いが吹き出てきた。スティーヴはブッチーという名の自分の分身を考え出した。ブッチーは哀しみ路地に住んでいて、髪に留めた洗濯ばさみ以外スティーヴと見分けがつかない。スティーヴがダヴの先を走って、建物同士のすきまに入り込むたびに、ブッチーは彼らを待ち伏せていた。ダヴが追いつくと、ブッチーにやられたスティーヴが気を失って倒れている。ブッチー自身が出てくることもあった――洗濯ばさみを髪に留めて、狂人のように歯を剝いてニタニタ笑いながら、ダヴにゴミを浴びせるのだ。でも今日のスティーヴはブッチーになる気分ではなかった。二人は黙って並んで歩いた。洗濯ばさみさえ持ってきていなかった。

「ブーシャの看病してるんじゃなかったの」とダヴが言った。

「ブーシャがおつかいに行けって言ったんだよ」

「何のおつかい？」

「ズーパ」

「ズーパ？」

「スープだよ、馬鹿だな。ブーシャにスープを作ってあげるんだよ」

「何でスープが要るの？」

スティーヴは弟を無視した。代わりにハミングをはじめ、じきに歌い出した。

「おくれよズーパ、ズーパ、ズーパ。

おくれよウンファ、ウンファ、ウンファ」

いろんな声で何度も何度も歌い、おしまいのところはチューバみたいな音を立てた。
「帰ってきて誰もいなかったら、父さんと母さん、きっと怒るよ」とダヴが言った。
「つべこべ言わずに歌え、アホ。行進！」

「おくれよズーパ、ズーパ、ズーパ。
おくれよウンファ、ウンファ、ウンファ」

窓に掛かった看板には、いまだに「ジョー精肉店」と書いてあった。毛をむしられた鶏たちが、うろこに覆われた黄色い鉤爪を、色あせたプラスチック製のパセリや、血のはねかかった包肉用紙の上に垂らしていた。鶏と一緒に叔父がよく吊していた、皮を剝いだ兎の姿をスティーヴは探したが見あたらなかった。

店に入ると、ガラスのカウンターの前は客で混みあい、店員が番号を呼び上げていた。会話の多くはスペイン語だった。メキシコ人の小さな子供たちが床の上のおがくずで遊んでいた。海辺にいるみたいに、かき寄せて山にするのだ。スティーヴも小さいころやった覚えがあった。赤いしみだらけのエプロンをつけた店員たちが、肉のかたまりや臓物の山の載ったトレーを抱え、開け閉めするたびに扉ががんと鳴る、金庫みたいな冷凍庫から出てくるのを二人はカウンターの端に立って眺めた。

ビッグ・アンテクもまだ店にいた。木の肉切り台の向こうに、馬鹿でかいナイフや弓のこや肉切り包丁に囲まれて、ピエロみたいな赤い酒飲みの鼻が見える。左手の指をもう三本なくしたというのに、相変らず豪快に肉切り包丁をふり下ろして軟骨を切り進んでいた。スティーヴたちに気づくとアンテクはニヤッと笑った。二人のいるところまで出てくると、冷たいソーセージを二本持っていて、一本ずつくれた。

「何の用だい、お前たち？」

スティーヴは袋からミラクル・ホイップの空瓶を取り出した。「おばあちゃんがスープを作るのにアヒルの血が要るんだ」

「生の血はもう売らないんだよ」とアンテクは言った。「衛生法違反なんだ」

「じゃあ手に入らないの？」

「俺が都合してやれるけどな」とアンテクはひそひそ声で言った。「でも土曜にならないと駄目だ。アヒルは週末しか入ってこなくなったんだよ。ブーシャの具合はどうだ？」

「悪いよ。死ぬのをみんな待ってる」

「ひょっとしたらいますぐ分けてくれそうな奴を知ってるぞ」とアンテクは言った。「少なくとも前は持ってた。クリスマスごろから見かけてないな。操車場で働いてたとき一緒によく飲んだんだ。ちょっと頭のネジがゆるい奴でな。ハトをいっぱい飼ってる。ときどきハトと一緒に屋上で寝るんだよ。そういや名前までハトだ――パン・ゴウォンプ、英語で言えばミスター・ピジョン」。包肉用紙の切れはしにアンテクは名前と住所を書いてくれた。「このあたりへ行ったら気をつけろよ」とアンテクは声を落として警告した。「黒人が入ってきてるからな」

二人は肉屋を出た。ダヴはソーセージを大きな葉巻みたいにぷかぷか吹かし、灰をとんとん落とした。次の四つ角の、ゴールドブラットの店のところまで来ると、盲目の男がアコーディオンを弾いていた。男は二十六番通りに背を向けて弾いていた。スティーヴにはいつも、その音楽が、目に見えない境界線のように思えた。

「おい、この二十五セントやって、犬を見てみろよ」と彼はダヴに言った。

コインがことんと音を立ててカップに落ちると、犬は前脚に埋《うず》めていた狼みたいな顔を上げて、目を開けた。真珠みたいな、銀色っぽく青緑に光る目だった。

「な? 犬も見えないんだよ」

ゼイゼイ喘ぐような音楽の境界線を二人は越えていった。隣の四つ角の、中古家具店のドアの上に掛かったスピーカーが、テンプテーションズの古いヒット曲をがなり立てていた。歩道には中古の家具や冷蔵庫が乱雑に置かれている。スーパーマーケットやデパートではなく、慈善古着店、騒々しい酒場、つぶれてしまった店がこの通りには並んでいた。

「ここに入ってみようよ」とダヴが軍隊放出品の店の前で言った。

「遊んでる暇なんかないぞ。ブーシャが待ってるんだ。それと、人のことをじろじろ見るのはよせ」とスティーヴは言った。あごひげを生やした黒人の男が、車の流れに向かって自分の信仰を表明しながら歩いていった。

アンテクが紙に書いてくれた住所をスティーヴは何度も確かめた。やっとのことで、壊れたパイプの柵に囲まれた海老茶色の煉瓦のビルの前で二人は立ちどまった。玄関には、すり切れて断線したコードから呼び鈴がいくつもぶら下がっていた。郵便受けの下の、ひびの入った漆喰に、ずっと昔からの住人の名前がクレヨンでびっしり書いてあった。

「このおんぼろビル、住所もないよ」とダヴが言った。

「だけどここのはずなんだよ。あったぞ、ゴウォンプ――四階だ」

階段の電球は切れていた。二人はどんより曇った光を発している天窓めざして上がっていった。四階の廊下の奥に非常口があり、ドアがいくらか開いていて夏の青空が一筋流れ込んでいたが、それぞれの部屋のドアが見える明るさではなかった。

「どうすんのさ?」とダヴが訊いた。

「部屋番号が書いてなかったんだよ」

いくつかの部屋でラジオが鳴っているのが聞こえた。

「パン・ゴウォンプ！　パン・ゴウォンプ！」とダヴは廊下じゅうに向けて叫んだ。

「静かにしろ！　何やってんだ馬鹿！　頭のおかしい奴らが出てきてもいいのかよ?」

二人は首を縮めて非常口を抜け、非常階段の踊り場にしゃがみ込んだが、どの部屋のドアも開きはしなかった。

「屋上に行ってみようぜ」とスティーヴは言った。半分冗談のつもりだった。金属製の、幅の狭い梯子が、建物の側面を伝って屋上まで上がっている。

「やだよ、あんなののぼるの」とダヴが言った。

「わかったよ、意気地なし。じゃここで瓶を持って待ってろ」

「一人で待つのなんかやだよ」

「じゃあのぼれよ」

梯子の段は錆びついていた。ダヴのあとについてスティーヴがのぼっていくと、崩れかけたモルタルに埋め込んだボルトが揺れて、一瞬、四階分の非常階段全部が、建物からすうっと外れていくように思えた。

「ぎゃあああああ」とダヴが悲鳴を上げた。

「止まるな、体が凍りついちゃうぞ」とスティーヴは言った。

ダヴは両手をのろのろ交互に動かしながらのぼっていった。やっとのことで屋上のへりを越えると、どさっと屋上に座り込み、両手の爪をタールに、まるでいまにも建物が傾いて滑り落ちてしまうとでも思っているみたいにぎゅっと食い込ませた。

通りでは吹いていなかった風が、焼けるように熱いタールを扇いでいた。運動靴の裏にタールがねばねばくっついた。ねじれたテレビアンテナが横に倒れて配線に絡まり、屋上に埋め込まれたみたいになっていた。傾きかけた、新聞スタンドくらいの大きさの、木で作った小屋が煙突のかたわらに立っていた。その向こう、とんがり屋根の天窓に接して、鳥小屋がいくつも、木の台座に載って並んでいた。トウモロコシの硬い粒が、砂利みたいに台の下に散らばっている。天窓のガラスにはハトの糞や漆喰のはね返りがびっしりこびりついていた。

二人は鳥小屋の前まで歩いていった。ハトが二羽、ばたばたと飛んで逃げていった。二羽が家々の屋根や木々を越えて飛び、聖カシミール教会の青銅色の尖塔のまわりを旋回するのを彼らは見守った。

「ほかのハト、みんなどこにいるのかな」とスティーヴは言った。

クークー、と半分ハトのような、半分幽霊のような叫び声が背後で響いた。彼らはぎょっと凍りついた。

「さっさと帰れ、つき落とされたいか」と、きしむような声が木の小屋から聞こえた。

「ミスター・ゴウォンプを探してるんです。肉屋のアンテクに住所を教わったんです」とスティーヴは早口で言った。

「お前らだな、皆殺しの犯人は！　もう顔も覚えたぞ！」

木の扉がかすかに開いた。イタチみたいな形の、白っぽい目をした顔が現われた。

「僕たち、病気のおばあちゃんにスープを飲ませたくてアヒルの血を買いに来ただけです。ほら」とスティーヴはミラクル・ホイップの広口瓶を掲げてみせた。

「いくら出す？」

「あんた、パン・ゴウォンプなの？」

ドアがさらに開いた。郵便配達の帽子をかぶった、小柄で猫背の黒人の男が、小屋の壁から壁にぴったり詰め込まれていくぶん折れ曲がっているマットレスの上にしゃがみ込んでいた。男の周りには、いくつも重ねたダンボール箱や、ボロ服の山や、新聞紙などが所狭しと積まれ、いまにも崩れ落ちそうに見えた。

「パンはもう終わってるよ」と男は言った。

「死んじゃったの？」

「死んだ？　ざけんじゃねーよ！　あんな奴、殺したって死ぬもんか。あんな悪党のクレージーが死ぬわけないよ。あれだっていまだに立つんだぜ。この下でアヒルだの鶏だのゴチャゴチャいっぱい飼っててな、それで保健所に追い出されそうになったんだよ。そしたら誰かがここに上がってきて、奴が二十年飼ってたハトを皆殺しにしちまったんだ。もう終わってるだけさ、死んじゃいない」

二人はもう一度鳥小屋を眺めた。今度は羽根のかたまりや、茶色っぽいしみや、皮膚の切れはしなどが木やガラスの上に散らばっているのも目に入った。スティーヴは瓶を袋に戻した。

「あんた、そこに住んでるの？」とダヴが訊いた。

「入れよ、よう。ちょっと見てみろって」。男はニヤッと笑ってぼろぼろの歯を見せ、ドアマンのように手招きした。

「もう行かなくちゃ」とスティーヴは言った。「どうもお邪魔しました」

「おいおい、お前らのばあちゃんはどうなったんだ？　アヒルの血、欲しくないのか？」

「血でスープを作るんだよ」

「俺が都合してやれるかもしれんぞ」

「パン・ゴウォンプがどこに越してったか知ってるの？」

「知ってるかもしれん」。男は郵便配達の帽子を脱いで、もじゃもじゃの銀髪を片手でさすった。ニスを塗った木みたいに、頭の皮が透けて見えた。「一ドルかかる」

「オーケー」とスティーヴは言った。「でも連れてってくれるのが先だよ」

小男は小屋の奥に頭をつっ込み、中をごそごそ探して郵便配達の革袋を引っぱり出し、肩にひょいと掛けて、小屋の扉を南京錠で閉めた。「こっちだ」と男は、屋上の床に作られた跳ね上げ戸を持ち上げながら言った。

二人は男について路地裏を進んでいった。男が立ちどまってゴミバケツを漁り、空のジュース瓶を郵便袋に詰め込むたびに、二人はうしろで待っていた。

「あんた、郵便配達《メールマン》だったの？」

「いいや、いまもだよ。このへんじゃみんなにそう呼ばれてる。USメールにちょっかい出す奴はおらん」

男はスーパーマーケットの裏に置かれたゴミ箱の前で立ちどまった。蠅がぶんぶん群がるなか、傷んだ桃をより分け、しなびたレタスや人参を袋に詰め込んだ。「田舎の人間が土地から生きるのと同じに、都会では街から生きにゃならん。鼠みたいにな。お前ら、ゴミ食ったことあるか？」

「無理に食べさせられたときだけ」とダヴはスティーヴを指さして言った。

「お前、弟にゴミ食わせるのか？」

「脅《おど》かすだけだよ」とスティーヴは言った。

「歳をとってみろって。脅かしなんてお呼びでなくなるよ。白人だろうが赤かろうが黒かろうがおんなじさ、手に入るもの食うしかないんだよ。ゴミだって、ドッグフードだって食う、アヒルの血だって飲む」。男は笑い出した。「で、お前らのばあちゃんの病気、どれくらい重いんだ？」

「もうすぐ死ぬって自分で言ってる」

「それがアヒルのスープで治るってのか？　そいつぁ俺も手に入れなくちゃな」

「おくれよズーパ、ズーパ、ズーパ」とダヴが歌い出した。

「いいな、それ」と郵便配達は言って、一緒に歌い出した。

みんなで歌いながら、路地の果てに行きついた。表通りを自動車がびゅんびゅん通り過ぎていった。道路の向こう側に、ダグラス・パークが何ブロックも広がっていた。前の年の夏、白人ソフトボール・チームと黒人チームとの喧嘩がきっかけで起きた暴動はさんざんニュースになっていた。

「ゴウォンプのうち、ほんとにこっちなの?」とスティーヴが訊いた。

「近道だよ」と郵便配達は答えた。

がたがたのバックネットの向こうで、黒人のグループがソフトボールをしていたが、公園にやって来た三人には目もくれなかった。郵便配達はスティーヴたちを連れて林に入っていき、曲がりくねった小道を囲んでいる、ジャングルのように鬱蒼《うっそう》と茂る藪をかき分けていった。藪のすきまから、きらきら光る池が見えてくると、かがみ込め、と郵便配達は合図した。みんなで池のほとりまで這っていき、やがて池を囲むアシやガマの手前の、土も湿ったところまで来ると、背中を丸めて池を覗き込んだ。池の真ん中近く、スイレンの葉の向こう側で、白いアヒルの家族が水面を滑っていた。

「ズーパ」と郵便配達はささやき、ニヤッと笑った。

「冗談じゃないよ」とスティーヴは声をひそめて言った。「あんた、頭おかしいんじゃないの。パン・ゴウォンプのところに連れてってくれるって言ったじゃないか」

「そうは言うとらん。アヒルの血を手に入れてやるって言ったのさ。いいか、パンのことなら俺も知ってる。鳥たちをな、家族同然に扱うんだよ。絶対なんにもくれっこないって。俺なんか長年知りあいだったのに、なあんにもくれやしない。ときどき卵を一個分けてくれるくらいさ。向こうは元気一杯、こっちは飢え死にしかけてるのにだぞ」。郵便配達は袋をごそごそかき回して、乾いたパン屑を一つかみ取り出した。「みんなこういうのを鳥に投げてやるんだよ。人生まるごと投げ捨てる連中が世の中にはいるんだ。お前らも周りをよおく見て、拾えるものはないか、ちゃんとわかるようにならにゃいかんぞ」

郵便配達はパンの端をもぎ取って、水面にほぼ平行に投げた。水に触れると輪がすうっと広がって、まるで魚が餌を食べているみたいに見えた。

「こっちを向き出したよ」とダヴが言った。

「もちろんさ。タダ飯ってものをアヒルは知ってるんだよ。さ、音を立ててるんじゃないぞ」

郵便配達はパン屑を投げつづけた。三人は腰をかがめて、アヒルたちがわれ先に争ってパンを丸呑みするのを見守った。ひと切れ投げるごとに、アヒルたちは少しずつこっちに近づいてきた。

郵便配達は袋の中味を両脚のあいだに注意深く空けて、何が入っていたのかと首を伸ばしてきたスティーヴに空の袋を渡した。

「俺がアヒルを池から出すから、お前は連中のうしろに回りこんで、どれか一羽を狙って、こいつを頭からかぶせるんだ。すばやくやるんだぞ。子供が石をぶつけるんで、あいつらただでさえ敏感になってるからな」

パン屑を投げる先は、もう池のほとり近くになっていた。郵便配達はパン屑を地面に点々と置きながらうしろに下がっていった。群れのなかでも度胸のあるアヒルが二羽、苔むした池の縁までばたばた泳いできた。

　スティーヴはアシに囲まれ、身を固くした。すぐ近くで見ると、アヒルたちの白い羽根は、まるで太陽がいつもより力を入れて照っているみたいに輝いていた。泥の上をびしゃぴしゃ音を立てて歩く彼らの、細かく震えるオレンジ色の水かきのうろこが見えた。スティーヴの体から汗がにじみ出た。ガマの焦げるような匂いに頭がくらくらした。何だかまるで、目がこの小さな池の世界を増幅して、ミズグモが泡の上に残していく航跡まで見える気がした。水に映る自分の鏡像をすうっとつき抜けていくハヤの半透明の体や、イトトンボの胴の青緑色の帯まで見えた。今日という日は、何かがおかしくなってしまっている。ときどき、ダヴと一緒に歯医者まで歩いていく途中にふと、ここで回れ右して歯医者に行かないっていうのはすごく簡単なことなんだ、と思ったりしたが、そういうときと同じに、自分が世界から切り離されてしまったような気がした。でも回れ右しようとは思わなかった。回れ右したら、誰か別の人間が彼の体で歩いているみたいな感じになってしまうだろう。それからブーシャのことを考えた。ブラインドを下ろした、写真や聖画がごちゃごちゃと、彼女の人生から切りとられた情景のように並ぶ部屋で、ブーシャが息をしようと苦しそうにもがいている姿が目に浮かんだ。どうしてブーシャはまだ生きていたいんだろう？　でもそう考えたとたん、スティーヴの胃はぎゅっと締め上げられた。もちろんブーシャには生きていてほしい。ブーシャがいなくなったら、世界はあまりにも不自然になってしまうだろう。

「さあ、行け！」と郵便配達がささやいた。

　スティーヴが飛び出していくと、アヒルたちはすさまじい勢いで羽根をばたばたさせた。スティーヴは大きな雄アヒルめざして突進していったが、そいつは羽根をはばたかせて彼のすねをかすめて逃げていった。あまりの勢いに、彼はもう少しで倒れてしまうところだった。と、二羽の子アヒルが、彼とダヴと郵便配達に包囲される格好になった。みんなは両腕を振って子アヒルを追いつめた。そして一羽がスティーヴの脇をすり抜けて水に戻ろうとした瞬間、彼は袋をばさっとかぶせた。

ようし、と郵便配達が喚声を上げた。「言っただろ、アヒルの血を手に入れてやるって！」

三人はかがみ込んで、大きく息をしながら袋を囲んだ。なかでアヒルが不安げにガアガア鳴いていた。スティーヴの両脚から力が抜けてしまっていた。

「一番ちっちゃいやつだね」とダヴが言った。

「べつに焼いて食うわけじゃねえだろ」と郵便配達が言った。

「次はどうするの？」

「ナイフは持ってるか？」

「持ってない」とスティーヴは言った。

「入れ物はあるけどナイフはないってのか？」と郵便配達は軽蔑した目つきでスティーヴを見た。

「逃してやったほうがいいよ」とダヴが言った。声が震えて、顔も火照《ほて》っていた。もう嫌だとダヴが思っているのがスティーヴにはわかった。

「お前のばあちゃんのスープはどうなる？　黙って死なせるのか？」

ダヴは雑草を吟味するみたいにうつむいた。郵便配達はさっき袋から出したガラクタのところに行って、セブンアップの瓶を一瓶拾い上げ、アシの茂みに埋もれかけた石に叩きつけた。瓶は割れなかった。もう一度叩いた。それでも割れなかった。

「殺さないよね？」とダヴがスティーヴにささやいた。

郵便配達はまだ瓶を叩いていた。突然、瓶は粉々に砕け、ぎざぎざの口が手のなかに残った。

「危ねえ危ねえ！　下手すりゃ指が取れちまうぜ」。郵便配達は戻ってきて破片をスティーヴに渡した。「ちょっと持ってろ」

スティーヴはそれを草の上に置いた。郵便配達は袋の一方の端をゆっくりと持ち上げて、中を覗き込んだ。緑色の液体がぴゅーっと飛び出した。

「ぎゃあ！」と郵便配達は叫んで身をすくめ、よろめいて尻餅をついた。「目が見えない！」

アヒルの尾の先っぽが袋から顔を出していた。外に出ようとばたばたもがきながら、アヒルは相変わらず緑の噴水を上げている。ダヴとスティーヴはアヒルを袋に押し戻そうとした。

「お前ら、そのアヒルどうしようってんだ？」と間のびした声が聞こえた。

黒人のティーンエージャーが四人、道に立っていた。みんなグローブを持っていて、声を出した男はバットも握っている。

「お前ら白んぼのくせして、誰に断って俺たちの池でアヒルを盗んでる？」とその男は言った。

「ここは黒人の公園だぞ。お前ら、人の権利を尊重するってことを知らんのか？　おい、お前に訊いてるんだよ、白んぼ」

「尊重してるよ」とスティーヴは言った。言ったとたんに、まるっきり嘘っぽく聞こえた。

「してるもんか、ふざけやがって」。男は郵便配達が袋から出した瓶や腐った野菜の山のところに行って、バットでそれを散らしてみた。「ほうほう、俺たちのゴミも盗んでたのか。お前ら、ゴミ漁りもやるわけか」

ほかの三人が笑った。

「なあ、君《サン》」と郵便配達は言った。相変わらず両目をシャツの裾で拭いている。

「お前なんかの息子なもんか、クソ爺いが。何のつもりだ、白いのをここに連れてきたりして？お前の噂は子供のころ聞いたぞ。夜中に子供をさらいに来て、郵便袋に入れて連れて帰るんだってみんな言ってたぞ。お前なんか、頭に一発喰らうといいんだ」。男はバットを傾けたが、それからさっとスティーヴの方を向いた。「おい、ポケットの中味出せ」

スティーヴはポケットをひっくり返した。四人組の一人が金を取って、自分のミットのなかに落とした。バットを持った男はスティーヴのシャツのポケットに指を二本つっ込み、クールの箱をつまみ上げた。

「ガキのくせに煙草なんか喫うんじゃねえ」と男は言った。「まったく、か弱い動物をいじめたりしやがって。お前の白いケツに思いっきり蹴り入れて、ここから動物愛護協会まで飛ばしてやろうか。ほんとにそうしてやるぜ、お前らがいますぐ消えなかったら。走れ、糞ったれども！」

彼らは走った。道がわからなくなると、やぶをかき分けてよろよろ走り、グラウンドに出て、ぼうぼうに生えた外野の芝を越えていった。

「待ってくれ」と、内野にたどり着いたところで郵便配達がほとんど倒れ込みそうになって叫んだ。ゼイゼイ息をして、心臓を押さえていた。スティーヴたちは彼が追いついてくるのを待ち、バス停の向かいの木蔭に置かれたベンチに連れていってやった。

「くそ、一ドルは俺のだったのに！」郵便配達は頭をうしろに倒した。片方の鼻の穴から血が出ていて、シャツの襟にはアヒルの緑色の糞がくっついていた。「俺は病気なんだ。俺こそズーパが要るんだ。薬が要るんだよ」

「瓶は取られなかったよ」とダヴが言って、ぎゅっと握っていたせいでねじれて汗の染みた紙袋をスティーヴに渡した。

バスが停留所に停まり、乗客たちが何人か、彼らをじろじろ眺めた。

「もう行こう」とスティーヴがささやいた。「じき日も暮れるよ」

「オーケー」と郵便配達は言った。「ゴウォンプのところに連れてくよ。そんなに遠くないんだ」

居住禁止になった建物の骨組のあいだを、彼らは抜けていった。割れた窓は漆喰の埃で曇り、建物のなかはひっくり返ったテーブルやべったりつぶれたカウチなど部屋の残骸が、崩れ落ちた天井の破片にまみれて転がっていた。まるでそこに住んでいた人たちが大急ぎで出ていったみたいに見えた。帰り道を知る助けになる、何か見慣れたものはないかと、スティーヴは気をつけて周りを見ていた。迷子になった、というわけではなかったけれど、いま一つ方向感がつかめなかった。ダヴや郵便配達にはそのことを悟られたくなかった。

郵便配達を先頭に、捨てられた車で混みあった裏庭に入っていった。あちこちで、ボンネットのなくなったエンジンから雑草が生えていた。

「あそこに住んでるんだよ」と郵便配達は言って、高架鉄道の線路にほとんどくっついていそうな建物の三階を指さした。窓という窓が全部叩き割られていた。

「あんなところ誰も住んでないよ」とスティーヴは言った。「いまにも崩れそうじゃないか」

「奴はもう終わってるって言ったろ。あそこに越していくとこ、俺は見たんだよ。奴は撒《ま》こうとしたけど、俺は尾《つ》けてったんだ。ほら、あれ見ろよ」

「え？」

「ハトだ」

ハトが線路に並んでいた。いったんその姿が目に入ると、いままでも彼らの立てる声が聞こえていたことにスティーヴは気づいた。ばたばた羽根をはためかせて、ハトたちは線路と三階の窓とを行ったり来たりしている。

「な、中に入ってくだろ？　ハトはふつう家に入らないんだよ。さ、上がっていきな」

「あんたは一緒に来ないの？」

「俺が行ったらブチ壊しになっちまうんだよ。実はな、あっちのビルでどれが誰のハトかでちょっともめてな。何しろこっちは屋上に住んでたりするもんでな。で、俺が保健所に告げ口したとパンは思ってるんだよ。言ったろ、奴は終わってるんだよ。さ、行きな。俺はここで待ってるから。俺に借りがあること、忘れるなよ」

「金は取られちゃったよ、あんたも見てただろ」

「ズーパ分けてくれればいいよ。お前らの家までついてくからさ、ばあちゃんがスープ作ったら俺の分くすねてきてくれよ」

「そんな約束してないよ」

「じゃあお前らの家まで行って一ドルもらうよ」

スティーヴとダヴは蝶番《ちょうつがい》の外れたドアを脇へ押しやり、階段をのぼっていった。戸口からの陽ざしが届かないところまで来ると、中はいっぺんに暗くなった。階段は瓦礫だらけだった。

「気をつけろよ」とスティーヴは言った。「手すりがなくなってるからな」

うしろで郵便配達が、声をひそめて何か言っていたが、よく聞こえなかった。二人は立ちどまらずにそのまま進んだ。

「約束破ったら呪いをかけるからなって言ったんだと思うよ」とダヴがひそひそ声で言った。

ちょうど二階にたどり着いたところで、階段がゴロゴロ鳴り出した。壁が揺れ、漆喰が雨のように降った。すさまじい轟音が響きわたった。高架の列車が通過していく様子が、耳だけでなく体全体でわかった。

「きっとこの壁、線路にほとんどくっついてんだぜ」とスティーヴが言った。

列車の残響がゴトゴトと遠ざかるなか、二人は二階の廊下を歩き、壁紙がすすで汚れた古い部屋の前をいくつも過ぎていった。ドアもみんな外されていた。壊れた西向きの窓から光が流れ込んできた。太陽はほとんど目の高さにあって、宙に舞う埃の一粒一粒がちっぽけな鏡みたいに眩しく光った。二人はひとつの部屋に入っていって、高架の線路とまっすぐ同じ高さの窓からぽかんと外を眺めた。汽車の嵐も過ぎて、ハトたちは元の位置に戻りかけている。枕木のあいだに何か散らばっているのか、みんな盛んにつっついていた。

「これだけ近けりゃ、あそこから線路に出られるぜ。そうだ、次の電車が来る前にここから隣の駅まで走っていってプラットホームに上がればさ、タダ乗りして帰れるぜ」。スティーヴは窓から這い出そうとするみたいに片脚を上げて窓台に載せた。

「やめてよ」とダヴが泣きそうな声で言った。

「俺のこと、頭おかしいと思ってんだろ」

「ねえ、あれ」とダヴが言った。「聞こえる？　蛇使いの笛みたい」

「あれはクラリネットだよ」

二人は音に導かれて三階にのぼっていった。

「結婚式の音楽だよ、あの歌」とダヴが小声で言った。

スティーヴも知っているメロディだった。題名は知らなかったけれど、歌詞は「ああ、私たち踊り明かしたわねえ、結婚式の夜に」というやつだ。ジプシーっぽいメロディで、結婚式でこれが演奏されると、歳とった人たちは夢見るような表情を浮かべて踊るのだ。酔っていたりすると、しくしく泣き出す人もいた。スティーヴはその曲が聞こえてくるドアをそっとノックした。音楽が止んだ。もう一度、もう少し強くノックした。返事なし。

「ミスター・ゴウォンプ、ジョー精肉店のアンテクから聞いてきたんです。あんたのところへ行けば、スープにするアヒルの血を売ってもらえるって」

もう一回ノックした。鍵穴に向かって、スティーヴは自分の祖母のことを話した。ハトがクークー言う以外、ドアの向こう側からはまったく何の音も聞こえてこなかった。

「帰ってくふりをしろ、階段を下りるんだ」とスティーヴはダヴに耳打ちした。「できるだけ大きな音を立てろ」

「どうもすいませんでしたぁ」とスティーヴはドアに向かって叫んだ。「さよならぁ」

ダヴがどすどすと階段を下りていった。スティーヴはドア付近の壁にぴったり体をくっつけた。ドアの向こうで床がきしむ音が聞こえ、それから、ドアノブがかちりと静かに回った。白い逆毛の、巨大なもじゃもじゃ頭が恐るおそる出てきて、階段の下を見下ろした。

「ミスター・ゴウォンプ」とスティーヴは言った。

男はぎょっと飛び上がって、ドアの柱に倒れ込み、長い下着の一番上のボタンをつかみながら、ずるずる滑り落ちていった。ダヴが階段を駆け戻ってくるのと同時に、男は這って部屋に逃げ戻った。そしてごろんと重たげに身を転がし、金属製のクラリネットのかたわらに横たわった。

「心臓発作、起こしちゃったよ」とダヴが言った。

男は倒れたまま天井をぼんやり眺めていた。床には鳥の糞だらけの新聞紙が敷きつめられ、煉瓦で重しがしてあった。破れたベッドカバーが窓のひとつに吊ってあって、夕方近くの光を淡いバラ色に染めていた。老いた男は胸の上で腕を組み、目を閉じた。

「ミスター・ゴウォンプ、ミスター・ゴウォンプ」とスティーヴは言った。「大丈夫ですか？　お医者さん呼んできましょうか？」

巨大な白いガチョウが隣の部屋からよちよちと出てきて、老いた男の体に嘴《くちばし》をすり寄せた。

男は目を開けた。もじゃもじゃの白い眉毛の下に、ガスの炎の青色をした瞳が見えた。男は顔をしかめ、歯を剝いた。と、その瞬間、オウムとよく似た声でガチョウが言った。「医者？　医者？　医者に何がわかる？」

ガチョウはなおも嘴を開けたり閉じたりしたが、言葉はもうそれ以上出てこなかった。

男は上半身を起こした。「こいつの言うとおりだ」と男はガチョウを肱《ひじ》でつっつきながら言った。

「たとえ病気だって医者なぞ要らん。わしが病気に見えるのか？」

「なんで床に倒れてるの？」とダヴが訊いた。

「いい床だろう。それにな、お前らにちょっと脅かされたからな、今度はこっちが脅かしてやる番だと思ってな」

いまやいろいろな家禽《かきん》が部屋じゅうを歩きまわっていた。虹色の雄鶏たち、ぶちの雌鶏たち、白いアヒルたち。ハトの群れが窓に降り立って、クークー鳴きながら、金属みたいに見える喉を左右にくるくる回していた。

「ガチョウ、もう一度喋らせてもらえる？」とダヴが言った。

ゴウォンプがまた顔をしかめ、馬みたいに丈夫そうな歯を見せると、オウムの声がガチョウから出てきた。その声を聞いたとたん、ガチョウは嘴を開け閉めしはじめた。「お前たちのブーシャ、なんの病気なんだ？　歳とっただけか？」

「階段から落ちて腰の骨を折ったのが始まりなんです」

ゴウォンプは笑い出した。「そりゃあチャルニーナでも治らんわな」と彼は唾を飛ばしながら言った。「そりゃこってりはしてるけど、ギプスになるわけじゃないからな。奇跡が起こせるわけじゃなし。死ぬときが来たら、死ぬときだよ」。彼ががははと笑うごとに、鳥たちが周りを回る速度がどんどん速くなっていった。「ま、キリストの血でスープを作りゃ別かもしれんがな。お前たち、婆さん連中が聖遺物にキスしてるの、見たことあるか？ 蠟燭で喉を浄めたり、目とか耳とか浄めたり。ヘイ、ケツの穴を浄める奴はおらんな。いたっていいと思うけどね——ケツの穴にはケツの穴の苦しみがあるだろうが」。男はいつのまにかまたガチョウの声に戻っていた。「どうやってわしの居所がわかった？」

「郵便配達《メールマン》に連れてきてもらったんです」とスティーヴは言った。

「郵便配達！ ヘイ、ありゃあ汚ない、泥棒の糞ったれだぞ！」

「病気なんだよ」とダヴが言った。「あの人もスープが欲しいって」

「病気なんかじゃないよ。ありゃあ呪いをかけられとるんだ。あのおんぼろビルに住んでた、気のふれた婆さんがな、自分のゴミの中味を奴に覗かれて、凶眼《イーヴル・アイ》の呪いをかけたんだよ。婆さんときたら、あいつのことソ連のスパイだと思ったんだ！」。彼はがははと笑い出し、雄鶏たちがまた部屋をぐるぐる回り出した。「あいつはな、血のスープを飲めばまた立つと思っとるのよ、わかる？ プッシュ＝プッシュ。スープでプッシュ＝プッシュできると思っとるのよ」。白いたてがみの垂れた顔を火照らせて、ゴウォンプは自分の笑いに合わせて足をどすどす踏みならした。「プッシュ＝プッシュ」と言うたびに左手の中指を、右手で作った握りこぶしに出し入れした。壁が揺れて、豪快な笑い声がはね返るのが感じられた。やがて床が震え出し、漆喰が天井から降ってきた。ハトの群れが羽根をばたばたいわせて窓から入ってきた。ダヴが両手で耳をふさぐのと同時に、線路が部屋を真っ二つに割ったみたいなすさまじい轟音を立てて高架電車が通っていった。漆喰の埃と鳥の羽根がそこらじゅうに舞った。

「七十五！　七十五！　ゴウォンプ爺さんは七十五歳だぞ！」老人はガチョウの声でガアガアわめいていた。「それでまだプッシュ＝プッシュだ！」

電車はがたごと走り去っていった。「お前、いくつだ？」とゴウォンプはダヴに指をつきつけて訊いた。

「九つ」

「九つか、じゃ、プッシュ＝プッシュはまだだな。できなかないけどな！　わしゃ九つのときはまだ旧世界におった。なあんにも知らんかった。九つじゃまだ誰だって何も知らんよ。お前、何を知ってる？」

「なんにも」とダヴは言った。

「な、わしの言ったとおりだろ。お前いくつだ、ドゥーパ？」とゴウォンプはスティーヴに訊いた。

「十三」

「ドゥーパってわかるか？」

「『お尻』でしょ」とスティーヴは言った。「『ケツ』とか『ケツの穴』とか」

「そのとおりだ。な、十三歳なら『ケツの穴』がわかる。七十五で、わしは何を知っておるか？」

「なんなの？」

「もっとたくさんのドゥーパ」

ついて来いと合図しながら、ゴウォンプは部屋の向こう側に大股で歩いていった。鶏たちがキーキー言いながら彼の足の下から飛びのいた。「ヘイ、新聞の上を踏むようにしろよ」と彼はスティーヴとダヴに向かってわめいた。

「ガラスのドアノブ」とゴウォンプは言って指さした。「ドゥーパの玉座はな、いつだってガラスのノブのついたドアの向こうにあるんだよ」。彼はさっとドアを開けると、ダヴの襟をつかんだ。「下を見ろ、落ちるんじゃないぞ」

ドアの向こうは床板が三十センチつき出しているだけで、あとは三階分の闇に落ちていっていた。むき出しの貫板《ぬきいた》から配管がぶら下がっていた。ゴウォンプはニヤニヤ笑いながら、うなり声を上げたり、唇でおならの音を出したり、すさまじい爆発をパントマイムしてみせたりした。

「そのうち保健所の奴が来て、この下に鼻つき出して、ゴウォンプのウンコ爆弾にやられて一巻の終わりだぞ！」

「じゃあ何、ほんとにここに出しちゃうわけ？」とダヴが目を丸くして訊いた。

「もうひとつ見せてやる」。そう言ってゴウォンプは床に四つんばいになり、何の音も出さずに口を開けたり閉じたりした。と、さっきのガチョウがすぐさま寄ってきて、まったく同じように口を開けたり閉じたりしながら軽く羽ばたいてゴウォンプの背中に飛び乗った。そしてゴウォンプが銀のクラリネットの前まで這っていってゆっくり立ち上がると、ガチョウもそれに合わせて彼の背骨をちょこちょこのぼっていき、やがては、まっすぐ立ったゴウォンプの頭の上にガチョウが乗っている格好になった。ゴウォンプがクラリネットをいかにもそれらしく天井に向けて吹きはじめると、ガチョウは首を伸ばし、完璧な音階でガアガア鳴きながら、その幅広の白い翼を広げた。

一緒に同じ音を出している、もじゃもじゃの白髪、白い喉、白い翼。彼らの存在が、部屋じゅうを満たすように思えた。

ダヴとスティーヴは拍手喝采した。

「十年一緒にやっておる」とゴウォンプは眉毛をガチョウの方に上げながら言った。「このガチョウ、お前らより年上なんだよ」

ゴウォンプが身をかがめると、ガチョウは新聞の上に飛び降りた。

「その袋、何が入ってるんだ?」とガチョウが訊いた。

ダヴがミラクル・ホイップの広口瓶を袋から出して、ガチョウに見せた。

「おおそうだ、お前、血が欲しいんだっけな。たいていの子供は羽根しか欲しがらんのだが」とガチョウは言った。

「子供たち、いいこと教えてやろう」とゴウォンプが割って入った。「わしは昔、肉市場で働いておった。な? アーマー、ウィルソン、スウィフト、どこでも働いたよ。二十年前は市場もえらく盛んでな、木曜日になると街じゅうが臭うんだよ。『お、石鹸を作ってるな。にかわを作ってる』とみんな言ったもんだ。いろんな国からの難民《DP》が働いておってな――いいのさ、わしもDPなんだ――ポーランド人、リトアニア人、ハンガリー人。腹の空かせ方を知ってる連中だよ。それがそこらじゅう肉に囲まれて働くんだ! ときどき、仕事中にDPが血を飲むんだよ。生の、出来立てのやつをな。奴らの魂胆はわかってる。血を飲めば強くなれると思ってるんだ。二日酔いも治るし、プッシュ＝プッシュにもいいってね。女房がいつまでも若くいられるようにって、瓶に入れて持って帰る奴もおった。てんでデタラメだよ」

「おばあちゃんは血が効くと思ってるよ」とスティーヴは言った。

「無理だね。お前たちにはまだわからん。人間には二種類あるんだ。生きてる人間と、死にかけてる人間と。生きてる人間は、死にかけてる人間のことなんかほとんど何も知らん。ただの人間だと思ってるんだよ。でも死にかけてる人間は、人間に二種類あることがわかってるんだ。その違いに較べりゃ、ほかの違いなんかどうだっていいことを知ってるんだよ。男と女、黒人と白人、年寄りと若者、みんな大した違いじゃない。それがわかって、怒る奴もいるし、恥じる奴もいるし、生きてるふりしようとする奴もいる」。ゴウォンプはスティーヴたちの顔を見た。「やれやれ」と彼はうんざりしたように首を横に振ったが、やがてダヴに向かって、「ヘイ、もうひとつ見せてやるよ」と言った。

彼は二人を連れて、さっきガチョウが出てきた部屋に入っていった。床にはトウモロコシの粒が散らばっていた。四つ足のついた、配管も外された古い浴槽が二つ、それぞれ部屋の隅に置いてあって、半分くらい入った水のなかをアヒルの子供たちがひょこひょこ泳いでいた。濡れた新聞紙の上を、アヒルたちがガアガア言いながら歩きまわっている。そして、鳥小屋の金網やふるいの網や木の枝を寄せ集めて作った巨大な手作りの鳥カゴが一つ、壁に接して置かれていた。カナリアやインコやアトリが中で飛び回っていた。

「みんな自分で飼えなくなると、わしにくれるのよ」とゴウォンプは言った。「寒くならんうちにどこか別の場所を探さんとな。いいか、見ろよ」

ゴウォンプが隣の部屋につながるドアをそっと開けると、中は狭い寝室だった。一つしかない窓には板が鉄棒みたいに横に何枚も打ちつけてあって、すきまから少しは光が入り込んできたが、部屋の大半は薄暗かった。隅のクローゼットにはドアがなかった。クローゼットのなかの、何も掛かっていないコート掛けに、大きな、目の覚めるような青色の鳥がとまっていて目をパチクリさせていた。深紅の羽根が三日月型を成し、喉の下で傷口のように開いている。尾羽《おは》が二筋、弧を描いて長く伸び、ほとんど床まで届いていた。そのスミレ色の先っぽが、水飲み用の糞まみれのパイ皿や、蠅がぶんぶんたかっている刻んだ果物の上をすうっと流れている。鳥はその羽根を心もち伸ばして、あざやかな羽毛のあいだから生々しい素肌をさらしていた。

「自分の羽根をむしっちまうんだよ」とゴウォンプがひそひそ声で言った。

突然、鳥がものすごい金切り声を上げたので、スティーヴとダヴはあわててドアを閉めた。

「お前たち、いいもの見逃しちゃうぞ」とゴウォンプは言って、またドアを開け、中を見ろと二人をうしろから押した。

覗いてみると、鳥は羽毛を逆立てて、元の倍の大きさになっていた。青い羽毛が光を浴びて青銅色や緑色に輝き、コート掛けから逆さにぶら下がって激しく揺れる体からさまざまな色が放射されている。吹き流しのような尾羽が、どこか別世界からのアンテナみたいに空気を鞭《むち》打っていた。

ゴウォンプは二人を部屋の外に押し出し、ドアを閉めた。

「なんなの、あの鳥?」

「わからん。どっかの婆さんにな、歯医者の後家さんだったが、もらったのさ」

新聞とトウモロコシの粒が散乱した部屋に彼らは戻っていったが、スティーヴの目にいまやその部屋は違って見えた。鳥の姿が頭にこびりついて離れなかった。鳥のいろんな色が、ぼろぼろの壁の上に重なって見えた。ダヴはアヒルの子供たちのいる浴槽に片手を浸していた。

「まだ欲しいか?」スティーヴの気が変わったかもしれないと思っているみたいに、ゴウォンプは広口瓶を指さして訊ねた。

「欲しい」とスティーヴは答えた。

「金はいくら持ってる?」

「ここに来る途中に公園で取られちゃったんだよ。でも値段を言ってくれれば、うちへ帰って持ってくるよ」

「取られたのか。わしなんかこの街に四十年、ＤＰやメキシコ人や黒いのと住んでて、一度も取られたことないぞ」

「ハトは殺されたんじゃないの?」

「あれはイカレた奴の仕業さ」。ゴウォンプは窓から靴箱を下ろした。中で食器ががちゃがちゃ鳴った。彼は肉切り包丁を取り出した。

「もう一度ここに来たり、ゴウォンプがどこに住んでるか人に話してみろ、これでシュルシュシュだぞ」と彼はスティーヴの方を向いて、自分の喉の前に包丁を走らせながら言った。

「誰にも言わないよ」とスティーヴは誓った。

「アヒル、殺すんじゃないよね」とダヴが言った。

「殺さないよ、体に小さな栓がついてるんだ」

二人は待った。高架電車がもう一本、キーンと音を立てて走ってきて、部屋をハトたちで一杯にした。ダヴは両耳を押さえて、電車が通過するまで壁に顔をくっつけていた。やっとゴウォンプが、大きな手のひらに袋を載せて出てきた。

「下を持てよ、重いからな。触ってみろ、まだあったかいぞ」

ダヴは触ろうとしなかった。ゴウォンプはそれをスティーヴに渡した。

「ありがとう」

「なんのなんの、チェンクイエン《ありがとう》ってほどでも。お前ら年寄り思いだよほんとに。もしブーシャが飲めなかったら、医者にポンプで入れてもらえ。鼻や腕にチューブ刺して、老人ホームの囚人にするんだよ。いい子だ。さ、帰んな。わしは昼寝の時間だよ。鼠が鳥に近寄らんようにするのに、夜の半分は起きてるもんでな」

「さよなら」

「さよなら、ドゥーパ・ヤーシュ《あほんだら》とナッシング《からっぽ》・ヘッド《あたま》」とガチョウが、ドアが閉まるとともにガーガー声で言った。

炭殻を敷いた狭い路地に出た二人は、高架線路の支柱の並ぶ薄暗い方角を見据えた。もと来た入口に戻る代わりに、廊下の反対側の出口を使ったのだ。

「郵便配達《メールマン》がきっとあっちでまだ待ってるぞ」とスティーヴがひそひそ声で言った。「電車が行ったらすぐ、線路の下を走ってくんだ。線路に沿って行けばうちに帰れるから」

「分けてあげるって約束したじゃない」とダヴが言った。

「自分で手に入れりゃいいんだ。何考えてんだよ、あんな奴に追っかけ回されたいか？」

「見つかったらどうするの？」

「そのまま走るんだよ」

「僕がつかまったら置いてかないでくれる？」

「走ってりゃつかまりっこないよ、馬鹿だな。向こうはもう爺さんだぜ。さ、用意はいいな」

まだ何ブロックも先から、列車がゴトゴト近づいてくる音が聞こえてきた。やがてそれが飛ぶように頭上を通過すると、二人は倒れた金網を乗り越えて、駆け足で路地を渡った。

鉄骨の森に入ったみたいだった。頭上の線路から光が薄い板のように落ちてきて、二人の目の前に線路の漂白された影を投げた。鉄骨はところどころで交叉していて、V字形に交わるところはすばやく飛び込えて進まないといけなかった。スティーヴは広口瓶をフットボールみたいに抱えていた。シャツは汗ばみ、紙袋に貼りついた。二人は何度もうしろをふり返った。郵便配達が鉄骨に沿って追いかけてきているとしても、彼らには見えなかった。でも影はあちこちで動いていた。二人は走りつづけた。

ラッシュアワーの電車が両方向からびゅんびゅん飛んできた。やって来る間隔もだんだん短くなってきて、すすと火花が雨のように降り注いだ。甲高くきしむ鋼鉄や、しゅうっと鳴る空気ブレーキの摩擦で、あたり一帯が焦げくさかった。

「来たよ」とダヴは電車が追ってくるたびにわめいた。まるで自分たちが線路の下の影ではなく線路そのものを走っていて、上から注ぐ光の薄板が車両間の閃光にかき消され轟音が耳をつんざくなか、いまにも自分たちが電車に追いつかれ轢《ひ》かれてしまうと思っているみたいな声だった。スティーヴはちらっとうしろをふり返った。ダヴは両手で耳をふさぎ、口をあんぐり開けて走っている。弟が悲鳴を上げているとしてもスティーヴには聞こえなかった。

線路は路地に沿って伸び、黒ずんだ壁や裏庭の壊れた塀や薄汚れたロープに吊した洗濯物の上を走っていた。路地と交差する表通りはどこも帰宅途中の通勤者でにぎわい、夜に向けて活気づいてきていた。商店のネオンがちかちかと点灯しはじめ、酒場からは音楽が大音量で流れ出てきた。線路の下にいる限り、自分たちの姿は誰からも見えない気がした。

二十二番通りに着いて、これでもう大丈夫だ、とスティーヴは思った。角ひとつ分遅れているダヴが追いつくのを鉄骨に座って待った。もっと息が切れていいはずなのに、不思議と平気だった。まだあと何マイルも走っていられる気がした。血を家に持って帰ってスープを作ることを彼は考えていた。叔父さんや伯母さんが家に集まって、みんなでお酒を飲んだり冗談を言ったりしている情景を考えていた。洗濯だらいに氷が一杯入れられ、ビールやジュースの缶が冷たい水にプカプカ浮かんでいる。

「もう走れないよ」とダヴは言って、鉄骨の上に座り込んだ。「盲腸ってどっち側にあるの？」

「そっちじゃないよ」

電車がまた一本過ぎていった。ダヴは耳を両手でぴしゃっとふさいで目を閉じた。

「ここがどこだか、わかるか？」とスティーヴは訊いた。「ほら、あそこが歯医者だよ」。それは四階建ての、黄褐色の煉瓦のビルだった。黄昏の光に、煉瓦がピンク色に見えた。「ちょっと寄って、一、二本診てもらうか？　さ、行こうぜ、ここからは哀しみ路地を通っていけるよ」

二人は二十二番通りを歩いて歯医者の前を過ぎ、近道して狭い通路を抜けて路地裏に入っていった。家々の裏庭に生えた木々の上で、空は藤色だった。

「鉄骨にくるぶしぶつけちゃった」とダヴは言って立ちどまり、靴下を下ろした。

「死にゃしないさ。痛いふりはよせ」

「ふりなんかじゃないよ」とダヴは口ごもるように言って、足を引きずった。

「やったね！」とスティーヴは弟に向かってわめいて、芝居っ気たっぷりに歩きながら歌い出した。

「おくれよズーパ、ズーパ、ズーパ。
けとばせドゥーパ、ドゥーパ、ドゥーパ」

彼はぴょんぴょん跳ねながらダヴのうしろについて行き、歌詞に合わせて弟の尻を蹴った。ダヴは頭を垂れてとぼとぼ歩き、知らん顔をしていた。スティーヴを包んでいる高揚感をダヴは全然感じていなかった。

「歌えよ！」とスティーヴは言った。

「やめろ！」

「白ける奴だな。何が気に入らないんだ？」

「郵便配達《メールマン》に約束したじゃないか。あの人だって病気なんだよ。それに、うちを知られたらどうするんだよ？」

「郵便配達！」突知スティーヴは体をぐるっと一回転させた。「大変だ！　いまあそこに隠れたの見えたぞ！　逃げろ！」

彼は全速力で路地を駆けていった。ダヴも一生懸命ついて来たが、じきに遅れてしまった。スティーヴは走りつづけた。息が切れてしまうまで走りたかった。自分の血を電気みたいに跳ねさせているものが何であれ、そいつを焼きつくしてしまいたかった。走っているといつも、いろんな可能性がある気になれた。まだ家に帰りたくなかった。一日が終わってほしくなかった――遅くなった言い訳はさっさと済ませたかったけれど。家に近づけば近づくほど、頭のなかで思い描いていた、叔父や伯母たちの集まるお祝いが、どんどん現実味を失っていった。わくわくした思いの下には、まともに向きあいたくない不安が隠れていた。高揚感の奥で、自分のちっぽけさ、無力さを感じる気持ちがじわじわ膨らんでいった。ミラクル・ホイップの瓶が何週間も冷蔵庫に放置され、血が寒さに凝固していく情景が目に浮かんだ。ベイナーズ・ドラッグの裏の空地まで来たころには、息がゼイゼイ荒くなっていた。通りと空地を仕切っている広告板の陰に生えた、背の高い雑草のなかにスティーヴは座り込んだ。袋から瓶を出してみた。それはプラムみたいな紫色をしていて、記憶に残っている茶色っぽい感じとは違っていた。夕方の光線のせいだろうか。ゆっくりと蓋を外し、雑草の匂う空気を大きく吸い込んでから、吐き気が襲ってくるのを覚悟してそろそろと鼻を瓶に近づけて嗅いでみた。酢みたいな匂いがした。よく知っている酸っぱい匂いの下に、甘ったるい、土くさい香りがあった。指先に一滴つけてみた。水っぽすぎる。ビーツだ。

舐めてみた。

ゴウォンプがくれたのはビーツの汁だった。

スティーヴは雑草に倒れ込んで、ウエハースのように薄い月がガレージの屋根の上でだんだんと厚みを帯びてくのを眺めていた。彼は目を閉じ、家に帰ったら何と言おうか考えようとし、ブーシャのことを考えようとした。でもそのたびに頭は、あの不思議な鳥に戻っていってしまうのだった。燃えるような色の羽根の、クローゼットに住む鳥。ダヴがハアハア喘ぎながら路地を走ってくるのが聞こえた。スティーヴは指先を瓶に浸し、おでこに線を一本引いてから、蓋を閉めて、破れた袋に瓶を戻した。そして雑草に埋もれて横になり、目を半分閉じてうんうんうめき声を上げた。

「ブッチーにやられた……ブッチーにやられた」

ダヴは泣きながら脇腹を押さえていた。

「死んじまえ！　馬鹿野郎！」

「うう、やられた」とスティーヴは言って、雑草から頭を起こした。

「ねえ、血が出てるよ！　どうしたらいい？」

「神父さまを呼んでくれ。俺はもう死ぬ」

「ベイナーさん呼んでくるよ」

スティーヴは飛び上がって、ゲラゲラ笑った。

彼が葉っぱで頭を拭くのをダヴは睨みつけていた。

「だまされなかったぞ。ブッチーなんていやしないよ。郵便配達《メールマン》だって追っかけてなんかこなかったよ」

「嘘つけ。強がりはよせ。お前泣いてたじゃないか。つかまると思ったんだろ」

「嘘ついてるのはいつもそっちじゃないかよ」とダヴは言った。

スティーヴは瓶を袋から取り出した。「これ、落としてみせようか?」

「やりたきゃやれよ。ブーシャのだぞ」

「やるわけないと思ってんだな?」

「そうさ」

「じゃお前がブーシャを救いな」

彼は瓶をガレージの上空に放り投げた。色あせてゆく空を背に、瓶は上下にくるくる回転し、キックされたフットボールみたいに一瞬宙に静止して、やがて一直線に落ちていった。ダヴはそれをつかまえようと飛び出した。が、瓶に手を触れるのが精一杯で、触れたとたんにびくっと身をすくませ、目に絶望の色を浮かべて両肱を腹に引き戻した。それと同時に瓶は舗道に墜落し、ガラスが破裂するくぐもった音を立てて、二人のジーンズの裾や運動靴の白い紐にその中味を飛び散らせた。

近所の酔っ払い

Neighborhood Drunk

スタンドーフはいつもひげ剃りが必要に見えた。二十三番通りの角の戦勝公園《ヴィクトリー・ガーデン》で大の字に寝転がり、陽を浴びながら、茶色い紙袋に入れた壜から飲んでいる。公園といっても、コンクリートの斜面に草とタンポポがぽちぽちあるだけだ。コンクリートは赤、白、青に塗ってあったが、赤と青の大半は剝げ落ちてしまっていた。真ん中の白い星の部分に、錆びた旗竿が立てられて、近所の戦死者全員の名を刻んだ銘板があった。

　祖父《じい》ちゃんが散歩に連れていってくれると、僕はいつもその公園で遊んだ。片手で旗竿を摑んで、星の先端の五点を、眩暈《めまい》がするまでぐるぐる巡った。祖父ちゃんもたいていそのへんに座って一休みした。スタンドーフのもじゃもじゃの髪はまだ金髪だったけれど、もうそのころからすでに、どこか僕から見ても老人のように思えるところがあった。彼と祖父ちゃんが、喋ったり冗談を交わしたりしながら酒壜を行き来させるのはごく自然なことに思えた。

　あるとき、グッドヒューマーのアイスクリーム売りがやって来て、スタンドーフは僕にバナナキャンデーを買ってくれた。あんまり冷たいので、二つに割ろうと銘板の縁に彼が震える両手で叩きつけると紙が銘板にくっついた。

ダニーの祖父《ジャ＝ジャ》が足を引きひきやって来た。

「徴兵逃れが来よった」と僕の祖父ちゃんは言った。ダニーのジャ＝ジャはいつも、ブロークンの英語で同じ話をしたのだ。ロシア皇帝の軍隊に入るのが嫌でアメリカに来たという話。

「ひと噛みおくれ《ギミー・バイト》」とジャ＝ジャは、僕にでなくキャンデーに向かって言った。

僕たちはゲラゲラ笑い出した。ジャ＝ジャには歯が一本もなかったのだ。

僕と祖父ちゃんはそんなに長くはいなかった。街なかで飲んだりして、と家族は祖父ちゃんを叱った。

「人に見られるわよ、噂されるわよ」と僕の母さんは祖父ちゃんに言った。

戦勝公園を通る散歩に祖父ちゃんと出かけるたび、僕たちを見ている人、噂している人がいないか僕は目を光らせた。けれど時刻は午前なかばで、みんな仕事に出ていたから、そこにいるのは、夏でも裾の長いコートを着て頭にバブーシュカを巻いた、教会帰りのお婆さんたちだけだった。

祖父ちゃんが死んだ次の年のことだった。僕は母さんに無理矢理半ズボンをはかされたせいで裏庭で泣いていた。

スタンドーフがこっそり寄ってきて、金網ごしにこっちを覗いた。スタンドーフはさっきから路地を歩いていた。彼はいつも路地を歩いていた。何してんだい、とスタンドーフは僕に訊いた。

「僕はハンターだぞ」と僕は遊んでいたふりをして、棒切れの銃を撃った。

「お前原住民やれよ、俺はライオンやるから」とスタンドーフは言った。そして箱に入ったゴミをぶちまけて、箱を庭に放り投げた。それから並んでいるゴミバケツの上にのぼって、金網のこっち側に飛び降りた。「これがお前の盾だよ」。蠅がぶんぶん飛び出てくる空っぽのゴミ箱を、スタンドーフは僕に渡した。

僕は棒切れを槍みたいに構え、盾をかざして腰を落とした。スタンドーフは両手両膝をついてグルグルうなり出し、たてがみみたいな頭を荒々しく振った。

うなり声が母さんの気を惹いた。母さんがジャガイモつぶしを手に家から飛び出してくると同時に、スタンドーフが箱を頭突きし、ぴょんぴょん跳ねながら僕を前足でつつきはじめた。僕も棒切れで突き返した。

「何やってんのよ！」と母さんは言った。

スタンドーフがあたふた起き上がって金網めざして駆け出すと、母さんは金切り声を上げた。

スタンドーフは片手でひょいと跳び越えようとしたが、袖口が引っかかって路地にどさっと落ちた。

「ママ！」と僕は言った。

母さんはぐるっと回れ右して、ジャガイモつぶしを僕の頭に叩きつけた。破れたズボンをぱたぱたはためかせて、スタンドーフは路地を駆けていった。

「警察に電話したわよ」と隣のおばさんが二階の窓からわめいた。

「やってくれたわね」と母さんは声をひそめて言い、僕を睨みつけた。

じきにパトカーが、青い光を点滅させ警察電話をバリバリ言わせながらうちの前に停まった。母さんが警官たちと話をしにパトカーの方へ行った。スタンドーフは手錠をはめられて後部席に乗っていた。パトカーの周りは、スタンドーフを一度も見たことがないみたいに中を覗き込む人で一杯だった。

　僕はスタンドーフを避けようと努めた。スタンドーフはますますもじゃもじゃペーターみたいに見えてきた――ドイツのおとぎ話に出てくる、黒い爪を長くのばして角《つの》みたいな髪がぼうぼうに生えた怪物だ。でもすれ違って会釈もしないで済ませるのはうしろめたかった。本人はもう、身の周りで何が起きているのか、よくわかっていないみたいだった。

　ある日の昼食時間に、スタンドーフは学校の校庭をよたよた歩いてきた。無精ひげの生えたあごから振り子みたいに垂れている茶色いよだれの糸を、スタンドーフはあごを振って落とそうとした。そしてバレーボールコートに立ってゲーゲー吐きはじめ、子供たちは周りを駆け回りキャアキャアわめいた。シスターたちが僕らを中に引っぱっていった。「くわばらくわばら」とシスターたちは言った。

　スタンドーフは時おり無茶苦茶な真似をやった。日曜版の漫画ページを体じゅうに巻きつけて、ラッシュアワーのカリフォルニア・アベニューの真ん中で眠り、警察が来て連行していった。またあるときは高圧電線を張った電柱のてっぺんにのぼって、一日じゅう酒を飲んで汚い言葉をわめき、下に誰か立ちどまるたびに唾を吐いたので、梯子車が来て下ろす破目になった。

　長いあいだ留置されたことは一度もなかった。一週間もするとまた姿を現わし、身なりも綺麗になっていて、夕方にビールを飲んだり小さな庭の芝生に水をやったりしている近所の男たちとお喋りした。

　スタンドーフが唯一やる仕事は、近所のあちこちの酒場の床をモップで拭く仕事だった。働く必要はそんなになかった。軍から小切手が送られてきたし、母親がルーサー・ストリートに持っている家に一緒に住んでいた。母親はたいていの年寄りたちと同じく旧世界の出だった。ほかの女の人たちと見分けるのは困難だった。何しろみんな、年じゅう葬式に行っているみたいに同じ黒い服を着ているし、聖母チェストホヴァの聖像《イコン》の下で燃えている常灯明が並ぶ金色の棚と向かい合わせの会衆席前列で一緒にひざまずき、ミサが終わってずいぶん経ってもまだ、哀しげな、鼻にかかった声を揃えてロザリオの祈りを唱えているのだ。

その夏スタンドーフは、僕たちの仲間に入ってソフトボールをやるようになった。なぜだかふっと現われて、入れてくれよ、と言うようになったのだ。煙草を唇から垂らしてバッターボックスに立ち、バットをぶんぶん振り回す。もじゃもじゃの腋毛が腋の下で光り、そばかすのある肩はピンク色に日焼けしていたが、それ以外は全身いまもアル中っぽく真っ白だった。

狂ったようにベースを回り、必要があろうとなかろうと滑り込み、埃を立てて跳び上がり、「見たか、いまのスライディング?」とわめく。外野の守り方も同じで、フライを追って疾走し、垂れ下がったズボンの裾を踏んづけてよろけながら「オーライ！　オーライ！」と叫び、寄ってくる仲間を両腕をばたばた振って追い払った。七月になるとたまにはボールが捕れるようになっていた。

試合のあと、僕たちはコーザックの店先にたむろしてコークをちびちび飲み、コインを投げながら、ジョージの兄貴のパンチョがオートバイで近所を走りまわるのを眺めた。バイクは巨大な黒いハーレーで、クロームや反射板がキラキラ光り、サドルバッグがほとんど地面に触れそうだった。飛行機が離陸するみたいな音がして、角を曲がっていくたび、舞い上がる埃と紙切れがあとに残った。兄貴は徴兵されて朝鮮行きが決まったんでバイクを売ろうとしてるんだ、とジョージが自慢げに言った。「軍隊に入ってるあいだにヘリコプターの操縦を覚えたいんだってさ」とジョージは言った。「このへんで命落とす前に徴兵されて嬉しいって」

僕たちはみんな笑った。パンチョはあとに引かない性格で知られていたのだ。

「俺にはそんなに嬉しそうに見えんがな」とスタンドーフは言った。さっきからそこに座ってケイオー（チョコレート味のソフトドリンク）を飲んでいた。最近はもう酔っ払わなくなっていた。

「自分の番が来たら、戦わなくちゃいけないんだよ」とターブルが言った。

「俺に戦わせろ」とスタンドーフは言って、殴りかかる構えで跳び上がり、何か見えない力にうしろから抑えられているみたいにじたばたした。「敵は誰だ？」

「アカ《コミーズ》って聞いたことある？」とターブルが訊ねた。ターブルは朝鮮戦争の風船ガムカードを集めていたのだ。

スタンドーフは片手で腋の下を覆い、腕を上下させて、腋の下が屁をこいているみたいな音を立てた。

「そいつらが俺たちの兵隊捕まえたらどうするか知ってる？」とターブルが言った。「銃剣の演習に使うんだよ。内臓を引っぱり出して脚に縛りつけてから駆けっこさせるんだ。兵隊だけじゃない、シスターも神父さまもだよ」

「俺が学校に行ってたときもおんなじ寝言教わったよ。知ってるか、俺が軍隊入ってたころアカは味方だったんだぜ」

「あんたさ、もう一回入らなくちゃ」とダンが言った。

「いいや、俺たちと一緒に学校に戻んないと」

「きっと雪のなかでもベースぐるぐる回るぜ」

僕たちはみんな笑っていたし、スタンドーフも笑っていた。

「入ってたときな、よく死んだ連中を埋めたよ。戦場でさ、死んでるしるしどう付けるか、知ってるか？　認識票を歯にはさんでさ、あごを蹴って閉じるんだよ」

「嘘つけ！」とジョージが言った。

「嘘じゃねえって！　酔いを覚まそうと寝てたら死んだと思われた奴もいたよ。バタン！」。スタンドーフは歩道に横になっていびきをかいた。そして壜の蓋を手に取って、歯にはさんで跳び上がり、あごをこじ開けようと引っぱり、行進して輪を描き、片手で敬礼してもう一方の手で口を指さした。

ダンが自分のソーダの壜に親指をつっ込み、壜を振ってから、ソーダをスタンドーフに浴びせた。

「やったな」とスタンドーフは言って歯をきしらせた。

それは合図みたいなものだった。突如僕たちはみんな四方八方からスタンドーフにソーダ水を浴びせ、マシンガンみたいな音を立てていた。

スタンドーフはうううとうなり、くるくる回って、弾が食い込んできているみたいに体じゅうを押さえ、映画の終わりに出てくる瀕死のガンマンのようによたよた道路に歩み出て、ちょうどそこへパンチョのバイクが角を曲がって突進してきた。スタンドーフはあわてて歩道に飛びのいた。オートバイに片脚を引っかけられ、依然ふざけているみたいに体がくるっと回ったが、倒れたときに頭が縁石にぶつかった。腕を前に突き出す暇さえなかった。歩道じゅうに振動が広がり、僕の運動靴の靴底を通って歯にまで伝わってきた。スタンドーフはそこに倒れたまま動かなかった。

パンチョはそのまま走っていった。

「大変だ！」とターブルが言った。ターブルと僕とでミスター・コーザックを呼びに店に駆け込んだ。

救急車を呼んだが、来るのにしばらく時間がかかった。まずはミスター・コーザックと弟さんが飛び出してきてスタンドーフの体をひっくり返した。スタンドーフは悲鳴を上げた。くるぶしの骨が折れていたが、頭の方に気をとられて誰も気がつかなかった。眉毛が消えていて、露出した骨が白く光っていた。僕は目をそむけた。スタンドーフはミスター・コーザックたちに押さえつけられてうめき声を漏らし、起き上がろうとあがいていた。

野次馬が集まった。誰かがスタンドーフの母親を呼んできた。みんなうしろに下がって母親を通してやった。小柄で皺だらけの人だった。息子のかたわらに膝をつくと、棒みたいに細い脚がスカートの裾から突き出し、祈っているのか、唇が細かく動いたが、入れ歯をはめてくる時間がなかったのでモグモグ噛んでいるみたいに見えた。小さなハンカチを出して、血がたまった片目を拭こうとした。ハンカチが血でぐっしょり濡れると母親はそれをぎゅっと絞った。

救急車が来たころには、スタンドーフはなかば体を起こし、血の染みたタオルを頭に押しつけていた。担架に乗せられると、母親が救急隊員たちに頼み込んだ――「ＶＡ（在郷軍人病院）連れてく？　ＶＡ連れてく?」。

両手で自分の顔に触ったので、何だか母親も事故に遭ったみたいに見えた。息子もろとも救急車に放り込まれ、その怯《おび》えた顔の鼻先でドアがばたんと閉められ、救急車は甲高いサイレンの音とともに走り去った。

僕たちは縁石のところに戻っていき、ミスター・コーザックがバケツの水を撒《ま》いて血を排水口に流すのを眺めた。


事故のあとスタンドーフは姿を消した。もう黄昏どきにホースで芝に水をやっている男たちと喋ったり、週末の客たちと一緒に酒を飲んだりもしなかった。〈バッズ・ラウンジ〉や〈24レーンズ〉のソフトボール・チームもすでに解散し、昔の仲間はあらかたいなくなっていた。〈エディーズ・エーデルワイス・タップ〉が午前四時に閉店したあとに床をモップで拭く仕事にスタンドーフは就いていた。朝九時になってもまだ残っていることもあって、そんなとき両腕はいつも肱《ひじ》まで火傷したばかりみたいに見えた。

いまもたいていは酔っ払っていたが、もうふざけたりはしなかった。パトカー、消防車、救急車のサイレンがその場を彩ることもなくなった。

一度だけ、母親の葬式の翌日の午前三時、しゃがれ声を精一杯張り上げて「もう雨は降らない」を歌って街を歩き回り、かつての無茶苦茶ぶりを偲ばせたが、黙れ、と誰かにどなられて黙った。

母親が亡くなったあとは一人で家に住んでいた。いずれ火事を起こして焼け死ぬものと誰もが思っていた。家にこもって何週間も出てこなかった。小さい子供たちが家に行って、まだ死んでいないか中を覗いた。ある日スタンドーフは、誰にも覗かれないようオレンジ色のペンキで窓を全部塗った。うだるように暑い夏の夜、窓を開けようとしたがペンキがこびりついて開かなかった。それで外から煉瓦を投げ込んで、台所の窓を割った。やがてそこにベッドカバーを釘で留めた。

そのあとはもう玄関を使わなかった。路地を歩いて帰ってきて、裏手の割れた窓から這って中に入る。時おりラジオをガンガンかけて路地で一人で踊るんだとみんなは言っていて、一度などは午前二時から六時まで泣いていたという噂だった。何をやるにせよ、やるのは夜のあいだで、それで子供たちは伯爵とあだ名をつけ、子供の血を吸いに窓まで来るとかいった話をでっち上げた。

昼間は家にこもっていたのも、子供たちが一因だったかもしれない。足を引きひき出てくるたびに小さな子供たちがうしろからついて行き、「伯爵!」と叫ぶのだ。でもスタンドーフはいつも腹が痛いみたいに体を折り曲げ、服はボロボロ、肌は黄疸が出ていて、全然ドラキュラみたいに見えなかった。子供たちは石や生ゴミを投げつけ、僕たちよりずっと残酷にスタンドーフを苛《さいな》んだ。彼があまりにも醜いので、みんな本気で怖かったのかもしれない。

僕たちが十五の夏、リキュールのミニチュアボトルを父親が貯め込んだ古いスーツケースをダンが発見した。裏手のポーチに何年も放置されていたスーツケースで、隠されていた宝箱に出くわしたみたいだった。ミニチュアのガラス壜は形も繊細で、ルビー、琥珀、クレーム・ド・マントのエメラルド、と色とりどりの光を放つ宝石みたいに見えた。

僕たちは六月の晩に何度も、台所の明かりも消えてダンの両親が表の部屋でテレビを観ているすきにこっそり裏手に回っていった。僕がペンライトを持っていたので、味見する前にラベルをじっくり眺めた。地理の本なんかでは伝わってこない世界が僕らの生活にもたらされた。ストローよりも細い首から、エキゾチックな場所の滴が落ちてきて僕たちの舌を焦がした。コニャック、シャルトルーズ、キュラソー。

その夏、僕の家族は労働祝日《レイバー・デイ》（九月の第一月曜）にウィスコンシンへ旅行に出かけ、僕はダンの家に泊まりに行っていいと言われた。家族がいなくなった僕のアパートメントで、ダン、ジョージ、僕とでトランプをして葉巻を喫っている最中、自分たちで酒を一本買うというアイデアを僕たちは思いついた。僕たちはまだ見かけが若すぎるけれど、アル中に頼んで買ってもらうという手口を聞いていたので、みんなで金を出しあい、スタンドーフを探しに行った。

「あいつが俺たちの親にバラしたら?」とジョージが言った。

僕らはピタッと止まった。その夏、ジョージもミニチュアボトルの仲間に入れてやったとき、お返しにジョージは、父親がボウリングに出かけた夜に家の地下のホームバーに僕たちを招いて味見させてくれた。僕たちが酒を注いだ分、ジョージは壜に水を入れて元の量に戻した。やがて気がついた父親は、十八になる前にもう一度飲んだら腕をもぎ取るとジョージを脅した。本気で言っていると誰もが信じた。パンチョが戦死して以来、ジョージの父親はいささか暴力的になっていたのだ。

「どうしてあいつがバラしたりする?」

「そうだよ、余計な心配はよせ」とダンが言った。

僕はピリピリしてきて、半分、スタンドーフが見つからなければいいという気持ちになっていた。誰がスタンドーフに頼むかを決めようとコインを投げた。ダンが負けたので、僕は少し気分がよくなった。

スタンドーフはエディーズ・エーデルワイスの店先のパイプ柵に座って、車の流れを眺めていた。もう暗くなっていて、ネオンサインの焼け切れたEの字が赤とピンク交互に点滅し、パチパチ音を立てる小さな茶色い蛾の群れを引き寄せていた。僕たちは周りを確かめてからスタンドーフの方に歩いていった。チカチカ点滅する赤い光のせいで、眉があるべきところから始まって額にのぼっていって消える傷跡が際立った。目がポカンと見返してきたが、左右の焦点が揃っていなくて、目の周りの皮膚がパサパサして目ヤニが流れていた。

「なあ、ちょっと金稼ぎたくないか?」とダンが、ダンにしては最高に腰の低い口調で言った。

「何買ってほしいんだ?」とスタンドーフは言った。

僕たちはホッとして顔を見合わせた。

「いくらかかる?」

「お前らいくら持ってる?」

「四ドル二十五」

「じゃあ二十五セント」

ダンが同意を求めて僕たちの顔を見た。「オーケー」

「で、何が欲しい?」

「ブランデーの五分の一ガロン壜」とダンが、「ブランデー」をひどくはっきり発音して言った。「四ドルじゃ安酒しか買えねえぞ」。スタンドーフはガラガラ耳ざわりな音を二度ばかり立てた。笑っているらしかった。「お前らパーティやるのか?」。そこに長く立っていればいるほど、スタンドーフの臭いがはっきり臭ってきた。アルコールの饐《す》えた臭いと、その下の、何かが腐ったみたいな黴臭《かびくさ》さ。

「仲間同士、ちょっとした集まりさ」とダンが言っていた。

「俺のあとについて路地を歩いてきな」とスタンドーフが言った。スタンドーフが難儀そうに歩き出すのを僕たちは見守った。背を丸めて、両足とも包帯にくるまれているみたいに足を引きずっている。スタンドーフが路地に消えると、僕たちもそっちへ行った。

「なあ、こうしてやるよ」とスタンドーフは言った。「ちゃんとした五分の一ガロン買える金、貸してやる」。そしてズボンのポケットを探り、鼻をかむのに使ったみたいに見える一ドル札を二枚引っぱり出した。「俺、バレたらブチ込まれるんだぜ、わかってるか?」

「うん」とダンが言った。声が上ずっていた。

「三人で五分の一ガロンじゃ、全然足りねえぜ」とスタンドーフは言った。

「わかってる」

「で、何がいい? ビームか?」

「うん、ビームでいい」

「じゃ、金よこしな」

「あ、うん」。ダンがあわてて金を引っぱり出した。二十五セント貨を落としてしまい、それがガレージのどこか陰で転がるのが聞こえた。僕たちは探そうと這いつくばった。

「いいよもう、放《ほ》っとけ」とスタンドーフが言った。「ここで待ってろよ」

僕たちは待ち、あまり喋らなかった。ダンが煙草に火を点けた。

「おまわりに見つかりたいのかよ?」とジョージが言った。

ダンがジョージを見て、それから煙草を踏んで消した。

「あいつ、なんで金貸してくれるのかな?」とジョージが言った。ひそひそ声だった。

「何やってんのか、自分でもわかってないんだよ」と僕は言った。

「ひょっとして戻ってこないとか」

「そんな真似したらぶっ殺す」とダンは言った。

街灯の光を背にスタンドーフが近づいてくるのが見えた。スタンドーフは袋をダンに渡した。

「ありがとう」と僕たちは言った。

「金返すの、忘れるなよ」

「わかってる」。僕たちは路地を歩いていった。ダンが僕に壜を渡し、僕はそれをシャツの下に突っ込んだ。僕たちは駆け出した。

僕たちは酒を賭けて勝負していた。一番いい手の奴が、テーブルの真ん中に置いた一杯を飲むのだ。僕は自分が勝つと、飲み干す前に体にぐっと力を入れた。酒は喉を上から下まで流れ落ち、心臓を過ぎて、残された心臓がドキドキ高鳴り、それから酒が胃に収まるのがわかった。汗が出てきたので僕はシャツの前をはだけた。僕たちはみんな大声で喋り、悪態をつき、狂ったみたいにゲラゲラ笑っていた。壜のブランデーは着々と減っていった。まさか全部飲めるとは思っていなかったけれど、どうやら飲んでしまいそうだった。ダンがトランプの束を手にとり、宙に投げ上げた。五十二枚拾い！カードはひらひらと絨毯に落ちていった。落ちていくカードの表が見えた。ジョージが絨毯の上でジンジャーエールの壜を倒してしまい、泡立つ水たまりのなかに壜が転がった。それを見て僕たちはゲラゲラ笑い、ほとんどヒステリーに陥った。と、みんなでメチャクチャにしているのが自分の家であることに僕は思いあたった。

「外の空気、吸いに行こうぜ」と僕は言った。立ち上がると、両肩がぐいんと揺れた——素晴らしく緩んでるみたいに、蝶番でも付いてるみたいに。

僕たちは千鳥足で街なかを歩いた。いつもとは違う街に見えた。月はまぶしすぎてまともに見られなかった。

「いま何時だ?」とジョージが訊いた。

「そんなに遅くないよ」と僕は言った。

「親父に腕もぎ取られるな」。ジョージはくっくっと笑った。

ロックウェル・ストリートの陸橋の下を抜けていった。ダンがひびの入った壁のセメントを蹴って剥がし、天井に並んで光っている黄色い電灯にぶつけて割った。

「親父に殺されるな」

「金玉むしり取られるぞ」とダンが言った。

「こんなに酔ってちゃ、うちへ帰れない」とジョージは言った。

「俺たち酔っ払った！」とダンがわめき、陸橋に声が反響して拡大された。もうひとつ電球をダンは割り、ガラスが雨みたいに僕たちに降ってきた。「何もかもクソくらえ！」とダンはどなった。

最後の一個の電灯がダンはどうしても割れないみたいだった。いっこうに壊れず、ギラついた光をこっちに返してくる。ダンは桁のすきまに手を突っ込んで、空のワインボトルを引っぱり出した。

「見てろよ！」。ダンはそれを手榴弾みたいに電球に投げつけた。

「やられた、やられた」とジョージがわめいた。両手で顔を覆っていた。車がゴトゴト過ぎていき、落書きだらけの壁をヘッドライトが照らしていった。僕たちは凍りついたが、車はそのまま走っていった。

「おまわりかと思ったぜ」とダンが言った。

僕たちは月光のなかに歩み出た。

「血、出てるか？」とジョージが訊いた。両手を放した。

「どこも何ともないぜ」

「ったく！　何て弱虫だ」とダンが言った。

僕たちは大通りを歩いていた。車が次々走り過ぎていき、ヘッドライトとテールライトがつながって帯を作っていた。ジョージが転んで生け垣に落ちて、起き上がれなかった。ダンはどこかの家の花壇を抹殺しにかかった。

僕は生け垣を跳び越えられるかと思ったのだが、気がつくと生け垣めがけて突進していた。ぶつかって両脚がくずおれて、ふわっと頭から倒れた。芝生は濡れてひんやりしていた。僕はただそこに転がっていたかった。僕が望遠鏡の小さい方の端、月がもう一方の端。惑星がくるくる回るのが感じられ、僕は遠心力でビロードの大地に押しつけられていた。

「お前大丈夫か?」とダンが叫んでいた。

「最高だよ」

「お前、三回宙返りやったんだぜ」

僕たちは二十四番通りに曲がった。どの家も明かりが消えていた。この時間に起きてるのがこんなに気持ちいいなんて知らなかった。街は僕らのものだった。路地に入って、どこかの家の柵に向きあって立った。

「お前、俺の靴に小便かけてるぞ」とダンがジョージにどなった。

「うち帰らなくちゃ」

「帰るんならさっさと帰れよ!」

「親父が起きて待ってるんだよ」。ジョージは顔をそむけた。

「おい、こいつ泣いてるぜ!」とダンが言った。

「違うよ、泣いてんじゃないよ。そうだよな、ジョージ?」

ダンが向き直って僕の靴に小便をかけた。

「この野郎、わざとやったな」。僕はズボンのジッパーを上げて、ゴミバケツの蓋を取ってダンの頭に投げつけた。ダンはよけて、蓋が柵にぶつかった。ダンがぐいいんと腕を振り回し、僕の鼻にパンチを喰わせた。僕は特大のアッパーカットをくり出したが外れた。二人ともふらふらしながらパンチを出したりよけたりしていた。

「タイム、ちょっと待って」とダンが言った。そして電信柱に寄りかかった。舌を突き出した。「ぐぐぐぐ」と喘いだ。

「鼻血出てるぞ」とジョージが言った。

「それがどうした」

僕たちはそこに立ってダンが吐くのを眺めた。スタンドーフが狭い路地の影からよたよた出てきてダンの前を過ぎていった。いつもの痰が絡んだ笑い声を上げていた。

「鼻血出てるな」とスタンドーフは言った。

「ほんとに?」

「お前ら盛り上がってるか? 俺たちみんな酔っ払いだよな」

「誰が酔っ払ってるってんだよ?」

スタンドーフが目をすぼめて、クックッと笑いながら僕を見た。そしてダンを指さした。「お前らまだ飲めないんだな。胃が慣れるまで待つっきゃない」

スタンドーフは笑いを抑えこもうとするみたいに声もなく一人笑っていて、体を丸めて抑えるのだけど抑えきれずに鼻汁が噴き出し、そのせいでますます激しくゲラゲラ笑った。街灯の下で皮膚が青っぽく見えた。頭をうしろに反らして股間を押さえている。ジョージはどう反応しているかと見てみたが、顔をそむけてぼーっと立ちつくしていた。スタンドーフはもう抑えが利かなくなったみたいで、近所じゅうを起こしてしまいそうなくらいけたたましく笑っていた。

「おい、ダン！　もう行こうぜ」と僕は言った。

スタンドーフはよたよたと僕に寄ってきて、片腕を僕の首に巻きつけ、無精ひげの生えたあごを、何か秘密でもささやこうとするみたいに僕の耳になすりつけてきた。でも言ったのは「どうだっていいさ！　どうだっていいさ！」だけだった。

僕はよたよたうしろに下がり、身を振りほどき、スタンドーフがまた寄ってくるとダンスでもしているみたいにその腕をねじり上げて体ごと押し倒した。スタンドーフはどさっと座り込み、何か黒っぽい唾を吐いてそれが自分の体に落ちた。それからまたすぐ起き上がってもう一度僕に寄ってきたので、僕は突然駆け出し、スタンドーフはろくに歩けもしないみたいなのに追いかけてきた。ゼイ、ゼイと不規則な息と咳込む音がすぐうしろで聞こえて、僕は一瞬、捕まるんじゃないかとパニックに襲われた。全速力で走った。路地を半分まで来たところでスピードを緩めてふり返った。スタンドーフはずっとうしろにいて、まだ黙々と走っていて、そのずっと向こうに、街灯が作るジョージとダンの影絵が見えた。一方が手を振っていた。

僕たちはスタンドーフに金を返さなかった。次の日ダンと僕とで、二日酔いのふりをしながらトマトジュースをちびちび飲んでいた。その週のどこかで僕たちはスタンドーフを探しに行ったけれどエディーズにはいなかった。もっとあとに、学校がまた始まってから、スタンドーフは消防署の救急車でVAの病院に連れていかれたとダンの父親から聞いた。胃から「黒い血」を内出血していて、もう望みなしということだった。

「あのときもそういうの吐いてたんだな」と僕はダンに言った。死にかけていたのに、なんであんなにやかましく笑えたのか、なんであんなに走れたのか。訳がわからなかった。

「だから金貸してくれたんだな」とダンが言った。

「そんなに悪いなんて、知らなかったかもしれないぜ」と僕は反論した。「何がどうなってんのか、ろくにわかってなかったんだよ」

でもダンは、自分が死にかけていることをスタンドーフが知っていたと確信していた。だってもし、まだしばらく生きられると思ってたら、自分の酒代に一セントでも余計に欲しかったはずだろ、とダンは言った。

バドハーディンの見たもの

Visions of Budhardin

象はその草ぼうぼうの空地にいて、待っていた。ずっと前は戦勝公園で、そのあと広告板が立てられたが、いまは捨てられた自動車の錆びた車体があるだけの場所。象をよく見ようと子供たちは集まってきたが、そばまで来ると静かになった。粗い作りの部分部分をつぎ合わせた、たっぷりした横腹と斜めに傾いだ尻。五ガロンのアイスクリーム容器みたいなずんぐり太い脚、ダンボール紙の巨大な耳。一つひとつの部分が違う色合いの灰色に塗られ、鼻は掃除機の伸縮ホースだった。鼻の上の黒い眼窩《がんか》から彼らを見ているバドハーディンの目を、子供たちはじっと見返した。穴は本物の象に較べてたがいに近すぎ、寄り目に、いくぶん邪悪に見えた。

中でバドハーディンが丸椅子に座って外の世界を見ている姿は、子供たちには見えない。ペダルに足を載せて、両手でレバーを操作し、体は綱や滑車につながっていて、額にはめた輪はぐにゃぐにゃの鼻を動かすのに使われ、腰に巻いた物干し綱が尻尾の穴から外に出ている。

子供たちは象の周りを回って、あらゆる角度から吟味した。

「なんだよこれ！」ビリー・クリスタルが言った。そしてナイフを取り出し、石膏の臀部に日付を彫り、それから自分のイニシャルＢ・Ｃを彫った。

このイニシャル・ジョークはみんな知っていたけれど、たいていの子供がくっくっと笑った（日付のあとにBCと書けば「紀元前」の意となる）。何人かは石を投げ、石がはね返って、ペンキを塗った表面に凹みが残るのを眺めた。何人かは空地を駆けて路地裏へ行き、ゴミバケツの中をひっかき回して、腐ったトマト、バナナの皮、リンゴの芯の砲撃を開始した。ペドロ・〈チンガ（「ファック」とほぼ同義のスペイン語）〉・サンチェスがキャンデーの棒に犬の糞を載せて走ってきて、手榴弾みたいに山なりに投げた。それは丸まった背の上の方に当たって飛び散り、ビールの缶やペトリのワインボトルの雨があとに続いた。バディ・ホリー・シュウォーツがうしろからこっそり寄っていって、尻尾を掴み、ぎゅっと引っぱった。

「なんだこれ、ただの物干し綱だぜ！」とバディが叫んだ。みんなでそれに火を点けようとしたが、誰もライターのオイルを持っていなくて、点きの悪い灯心みたいに煙を出させるのが精一杯だった。

象はさっきから瞼を閉じていて、鼻を左右に振るのもやめていた。この鼻、根元から引っこ抜いてやろうか、とか、ガソリン持ってきて焼いちまおうか、とかみんなが話しているあいだもじっと動かず立っていた。

「ちぇっ、つまんねえの」とビリー・クリスタルがしばらくしてから言い、みんなばらばらに散っていった。

子供たちがいなくなると、四つ角で食料品店兼駄菓子屋をやっているミスター・ガジーリがのそのそやって来た。例によって、冬のさなかでも、ずっと昔の塗装仕事の名残りのピンクのペンキが付いたままの室内用スリッパをはいている。ミスター・ガジーリは象を見上げて立ち、葉巻を噛んでいる。少しずつ、象が瞼を持ち上げた。

「そこにいるのお前だろ、バドハーディン？」ガジーリが言った。

象は鼻でうなずいた。

「ちょっと違って見えたって、その目、どこで見たってわかるさ……菓子のカウンターの向こうから見上げてたときと同じだよ。うん、お前、甘草《リコリス》の紐キャンデーが好きだったよな。店じゅうのリコリス買い占めて、表に出て、子供たちに片っ端から、我はイエス・キリストなりとか言って配ってたよな。そしたら奴ら、お前のこと電信柱に縛りつけて、リコリスでバシバシ叩いて。俺が飛び出してって、ほどいてやったんだったよな」

二粒の涙が象の顔を流れ落ちた。

「うん、覚えてるよ……いつも一人で……あの友だちだけは別だったけど——何て名前だっけ？——車に轢《ひ》かれた子……それがいまは、すっかり大物になって！　うん、新聞でお前のこと読んでるよ。はじめはみんなにも、ほら、あいつが載ってるよって見せたんだけど、このへんの連中そういうことにあんまり興味なくてさ。昔のあの太っちょの子供だよって言っても、きっと信じなかったろうよ」

バドハーディンは答えなかった。象に口を付けることを彼は怠ったのだ。

「お前の尻尾、だいぶ煙が出てるよ」とミスター・ガジーリは言った。そして回り込んで、繊維の火花をもみ消してやった。彼らはそこに立ってたがいを見ていた。突然、何摑み分かの一ドル銀貨、腕時計、指輪が鼻からガジーリの足元にこぼれ出た。

「いやいや、俺は何も要らん。ちょいと挨拶しに来ただけだから」。彼はさらに近くへ寄っていった。

スリッパでコインの山を踏み越え、象の鼻のすぐ上の出っぱりをぽんぽん撫でて、それからのそのそ立ち去った。


　バドハーディンは一人そこに立ち、うだる暑さの体内から一日が暮れていくのを眺めながら、ガジーリに物語を語ってやれたらよかったのにと思っていた。それは子供二人だけで生きている農民の兄弟の話だった。家族はおそらく疫病にかかって死んだ。兄弟は野原で、サーカスが置き去りにしていった巨大な石膏の象が立っているのを見つけ、その中に住みつく。でも象はあちこち傷んでいて、夜になると鼠の群れが穴から中に入ろうとする。昼のあいだ二人は人気《ひとけ》のとだえた田園地帯をさまよって食べ物を漁る。あるとき、まったく生命の絶えたどこかの村に行きつく。何もかもに鍵がかかっていて、兄弟はパン屋の窓ごしに、クッキーやら砂糖衣をかけたペストリーやらの豪華な陳列を目を丸くして見る。

　物語がどう終わるかは覚えていなかった。この話が、記憶に取り憑く閃光の連なりみたいに何度も頭に浮かぶようになってからもう二年が経っていたが、いまだに少年二人がパン屋の窓の外に立ってガラスに顔を押しつけているところから先へは進めずにいた。どっかで聞いた気もするなあ、と言う人もときどきいたが、彼と同じで、誰も結末は思い出せなかった。

　心が漂うに任せていると、気がつけば通り過ぎる車の数を数えていた。ラッシュアワーだった。ユージーンと二人でよく街角に立ち、はてしなく車を観察していたことを彼は思い出した。**シェヴィ**（シヴォレー）、**マーク**（メルセデス＝ベンツ）、**ハドソン**と上の欄に書いた表に、日付とチェックマークの長いリストがあった。何が楽しいと言って、珍しい車が来ると二人ともワクワクした。たとえばユージーンのお気に入りだった、パッカードのザ・クリッパーと名付けられたモデル。ボンネットに銀色の、船の舵輪の記章が付いていていた。ユージーンはいつも、あの記章をひとつ剝ぎとって自分の部屋に飾ろうと目論んでいた。だが彼は栗色の、五二年型スチュードベイカーに撥ねられて死んだ。前と後ろがほぼ同じに、どちらもクローム製の大砲の弾みたいに見える型だ。ユージーンはそのモデルが大嫌いだった。

二人は一緒に、ドリームモービルを構想した。その車に乗って国を横断し、パンアメリカン・ハイウェイ（南北アメリカを結ぶ）に至り、アマゾン川まで下っていく。テールフィンはキャデラック・エルドラドに似ていて、低く細長いボンネットはカイザーみたいで、全体の曲線はジャガーと同じ。クローム製のスポークホイールか、小さな青いライトが付いたスピナーホイールか、この点は意見が一致しなかった。

「ブルバード」と呼ばれる、二車線ずつの車の流れを隔てる幅一メートルちょっとの草の中央分離帯の上で、彼らは構想を練り、取っ組み合いをやった。仰向けに寝そべったり、上に下に転がりあったりする彼らの両側でエンジン音が轟き、疾走していくタイヤから十センチくらいしか離れていないところで彼らは組みあい、排気ガスを呑み込んだ。もちろんバドハーディンの方がずっと大きくてユージーンの敵ではなかったが、たいていはユージーンに勝たせてやった。勝負がつくと、頰を赤く染めゼイゼイ喘ぎバドハーディンの肩を膝で押さえつけているユージーンの軽い体の下でバドハーディンは力を抜き、つぶれた草に埋もれた頭を回して、くるくる回転するホイールキャップが次々過ぎていくのを眺めた。

あるとき、夕方五時の車の流れの只中でそうやって寝転がっていると、オートバイが中央分離帯に飛び込んできた。乗っていた男がハンドルの向こう側に吹っ飛び、「何やってんだ馬鹿野郎!」と自分をレーンから弾《はじ》き出した相手にどなるのがはっきり聞こえ、次の瞬間男は地面に激突した。どうにか立ち上がったが、ヘルメットを脱いでみると血が両耳から垂れていて、喋ろうとすると出てきたのは赤っぽいピンクの泡だけだった。男はどさっと座り込んで仰向きに倒れ、息を詰まらせていたが、と、ユージーンが駆け寄ってその頭を自分の膝に載せ、息ができるようにしてやった。そのあと、家への帰り道、ユージーンは泣き出した。ジーンズを一面血まみれにしてしまったので、父親に袋叩きにされると言って。

ユージーンが死んだあと、誰かが道路にピンク色のチョークで円を描き、矢印を引いて**ユージーンの脳味噌**と書き添えた。秋雨が続き、さんざん車が通っていったあともまだ、アスファルトの上に色褪せたチョークの字を学校へ向かうバドハーディンは読んだが、やがてそれも雪の下に消えた。

暗くなってきていた。バドハーディンはペダルを漕ぎはじめた。象が重たい足どりで広場を歩いて、ブリキの缶を踏みつぶし、風に吹き上げられてぶつかってくる新聞紙の中を抜けていった。彼は路地に現われ、裏庭の柵を背景にのびている電線の影をその影が消した。なおも動きつづけたが、じきに月が銀の水玉模様を成して目の前を流れていくのが耐えがたくなり、血が頭の中を怒濤のごとく流れ、眩暈がして、もはや一歩も進めなかった。この地点を通ることは承知していたが、自分の反応がここまで強いとは予想していなかった。決め手は匂いだった。もう何年も経ったのにまったく同じ、雨で腐った木、朽ちかけた落葉、猫の小便の黴《かび》、いまだ名も知らない何か途方もない雑草の匂い、そしてそのすべての背後にある湿った花壇の気配。狭い〈秘密の通路〉に彼は鼻をつっ込み、大きく息を吸い込んだ。

二つのガレージにはさまれたその暗いすきまを頭でつついたが、向こう側の裏庭へは少しも近づけなかった。子供のころでも、体をやっと押し込める程度だった。

ここを発見したのはユージーンだった。二人の一学年上のジェニファー・Rと一緒によく来ていたのだ。通路を抜けると、草が麦畑みたいに彼らの膝までのびている庭があった。壊れたバードバスが真ん中にあって、斜めに傾き、苔が垂れていた。一方の隅の、巨大な楢《なら》の木の下に古いあずまやがあり、蔓が一面びっしり絡まっているので中に入ると光が緑色に見えた。体の悪いお婆さんが家の持ち主だったが、裏手のポーチのブラインドはいつも閉じられ、ひとたびあずまやに入ると外から見られることはなかった。

彼とユージーンは交替でジェニファーのスカートの中に入ったものだった。鼻を通路につっ込んだままそこに立って思い出していると、象はぶるぶる震え出した。まずあずまやの中の緑の陽光を見て、それから膝をついてジェニファーの世界に入っていく。彼女の両脚、着ている花柄のワンピースを通して入ってくる光、汗ばむ手のひらで彼女のパンティを下ろして、見る。

しばらくそこに膝をついたままとどまり、それからユージーンの番になって、また彼の番になる。あるとき、そこへ行く途中ユージーンが「僕、今日あそこにキスする」と言った。だから自分の番が来たときバドハーディンもそこにキスした。するとジェニファーが「わっ、この人あそこにキスした！」とユージーンに言い、バドハーディンは顔が赤らむのを感じながら頭を上げ、ユージーンに「お前、しなかったのかよ？」と訊いた。ユージーンはゲラゲラ笑って転げ回った。

またあるときは、ユージーンがオモチャの小さなゴムの槌を持ってきて、二人で代わるがわるジェニファーをこんこん叩いた。彼女も気持ちよさそうだった。

その次のときユージーンは彼女に、僕たちのも見たいかと訊いた。はじめ彼女は見たがらなかったが結局見ると言った。

「二人とも見せるんだ」とユージーンが言った。「いち、に、さん、出せ！」。バドハーディンは出そうとしたができなかった。疚《やま》しさと恥ずかしさに、社会の窓を開けたまま、地獄堕ちの一歩手前で凍りついていた。

「さあさあ」とユージーンは言って、バドハーディンのジッパーの開いたズボンに手をつっ込み、ペニスを引っぱり出した。二人とも勃起していた。ジェニファーがクスクス笑い出した。ユージーンは自分のペニスをもてあそんでいた。ジェニファーに触らせようとしたが彼女は拒んだ。バイ菌が怖いと言って。

「ほら、バイ菌なんかないよ」とユージーンは言いながらバドハーディンのペニスを摑み、そっと動かしはじめた。

象は苦しげにうめき、巨大な灰色の頭を、秘密の通路の前に建っていて路地から中を見えなくしている電信柱にぶつけた。眩暈は過ぎたが、今度は体の中がそこらじゅうねじれて、もうこれ以上ここに立っていられなかった。先へ進むしかない。

離れることはできても、考えるのはやめられなかった。二人でガジーリの店に行って、風船を買って秘密の通路めざして路地を歩いていったときのことを思い出した。

「何に使うんだ?」バドハーディンは訊いた。

「チンポコにつけるんだよ」ユージーンは言った。

いくつか使って練習してみた。バドハーディンは赤い風船と格闘し、それを亀頭に被せようとあがいた。

「サンタクロースみたいだよ」ユージーンが笑いながら言った。そう言うユージーンは黄色いのを半分くらいまではめていた。「僕がやってみたいことわかる? こいつをジェニファーにつっ込んで、中でふくらませるんだ。そしたら喜ぶかなあ」

二人は喋りながらたがいのペニスを揺すっていた。

「なんでこれを大罪にしたのかなあ?」バドハーディンが言った。

「大罪!」ユージーンが愕然とした顔で彼を見た。「どういう意味だよ、大罪って?」

「第六の戒律に背いてるんだよ」バドハーディンは言った。そのくらいユージーンもわかっていると、たがいに地獄に落としあう盟約に携わっていることくらいわかっていると、バドハーディンは思っていたのだ。実際、一緒に地獄に堕ちていく近しさの方が、肉体の快楽より重要だった。

「大罪だと知ってたら僕、やらなかったよ」。変態の人間を見るみたいな目でユージーンは彼を見ていた。「じゃあ君、知ってるのにやったわけ?」

「大丈夫だよ」バドハーディンは静かに言った。「知らなかったんなら大罪にならないよ」

「馬鹿野郎」ユージーンは言った。いまにも泣き出しそうだった。「君に言われなけりゃ僕ずっとやってられたのに！」

ユージーンは告解に行ったあと、あずまやには二度と行かないとバドハーディンに言った。ユージーンにすべてを話させた神父さまは、償いとして誰も見ていないときを見計らって常灯明の炎に指を入れて一瞬とどめよ、一瞬だけだぞと命じた。そうして、永遠とはそういう瞬間のはてしない連なりなのだと、ただし地獄の業火はちっぽけな炎などではなく溶鉱炉のはらわたで燃え上がる大火なのだと思いをいたすこと。

ユージーン抜きではジェニファーも来なくなった。バドハーディンはこんなに独りぼっちな気持ちになったのは初めてだった。三年生のとき、まだ聖体拝領を受ける前に、神父さまに「神さまが善なんだったら、なんで地獄みたいにひどいもの作ったんですか？」と訊いたことを彼は覚えていた。すると神父さまは、もしかしたら地獄はほんとに炎で一杯じゃないのかもしれんぞ、本当の責め苦は、人間への愛を表に出さずにこらえている神の恐ろしい孤独ではないかなと答えた。それがどういう意味なのか、いまのバドハーディンにはわかった。ユージーンに出会うまでは、自分は地獄に堕ちる身と諦めていた。物心ついてからずっと、公理問答を理解する特別の才能が自分にあることをひそかに意識していて、幼いころからすでに、救われるために必要なことが自分にはどうしても受け容れられないのだとはっきり自覚していた。堕天使ルシフェルと同じで、自尊心が強すぎて、神の愛を得るために媚びへつらうことができない。けれどそのころはまだ、痛みがどこまで深くなりうるかは見えていなかった――ユージーンから切り離され、ユージーンの顔に浮かぶ嫌悪の表情を見て、「邪悪な仲間」として打ち捨てられたのだと思い知るまでは。それは耐えがたいことだった。ユージーンの友情を取り戻すためには、彼の魂を勝ちとらねばならない。

バドハーディンはフレンチーのところに行った。フレンチーはもう二十代の、頭のおかしい男で、海軍にいたことがあって、ありとあらゆる卑猥なジョークを知っていて、尻に裸の女たちの刺青《いれずみ》を入れていて、サンダルをはき、小さな口ひげを生やして、唇の下からはあごの代わりにあごひげのかたまりが垂れていた。フレンチーは変態だと誰もが知っていて、みんなが彼を避けた。街なかで子供たちに寄ってきて、犬の仲よしみたいにニタニタ笑いながら、黄色い歯のすきまから「よう、ちょっとやらねえか?」とささやくのだった。

フレンチーから卑猥なトランプを譲ってもらった。一方の面は普通のトランプで、マークと数が書いてあるが、もう一方は、想像したこともないような行為を人間たちが一緒にやっている写真だった。彼はユージーンにハートの2を見せた。裏側は股間で煙草を喫っている女だった。ほかのカードも見に、一緒にあずまやへ行った。

「すげえ、このデカいチンポコ!」ユージーンが言った。「僕も早く大人になりたい」

「お前の見せてみろよ、大きくなったか?」バドハーディンは言った。

これでパターンが決まった。ジェニファーなし、二人だけの方が熱が入った。終わるとユージーンが告解に行き、もう二度とやりませんとキリストに誓う。お前はホモになりかけているぞとウォーリー神父が警告し、恐ろしい誘惑を斥《しりぞ》ける力をお授けくださいと祈るのだと諭《さと》した。二人でやったあと、ユージーンは時おりむっつり不機嫌になった。一度などは泣き出した。でも、もうどうでもいいんだと言って、トランプに刷られた新しい技をやろうと言い出すこともあった。そんなときバドハーディンの胸に喜びの波が押し寄せた。キリストとの戦いに勝ったんだと思えた。

ユージーンがミサの侍者をやっているとき、バドハーディンがひどく心を動かされる出来事が起きた。その日は、信仰を捨てることを拒み火あぶりにされた聖ラウレンティウスの祝日で、ユージーンは血を表わす紅色の法衣《カソック》の上にレースの白衣《サープリス》を着ていた。聖体拝領の鐘が鳴った。ウォーリー神父が聖餅《ホスチア》を盛った聖杯《カリス》を手に向き直り、いつもどおり、まずは侍者の子供たちに聖餐を授ける。少年たちは神父さまの前、祭壇に通じる、フラシ天を敷いた階段にひざまずき、目を閉じ、口はホスチアを受けるべくぱっくり（前の日にユージーンがバドハーディンの前でひざまずいたときと同じに）開けていた。ユージーンの顔が蠟燭の光を浴びて赤らむのが見え、そして、ユージーンが下を向いてホスチアを受けるのを拒んだ瞬間、大罪を魂に抱えた者がミサの侍者を務めていることを理解したウォーリー神父の顔が歪むのがわかった。

ユージーンは表立って追放されたわけではなかった。ただ単に、もう侍者を務めぬよう求められただけだった。ユージーンは何も不平を言わなかったが、彼の中で何かが変わりつつあるのがバドハーディンにはわかった。まるでトランス状態で生きているみたいに、授業中は机につっ伏して眠っているし、車が来るかどうかも確かめず道に飛び出したりした。ほかの男の子たちの魂を集める、という案をバドハーディンが思いついたのはそのころだった。もう誰一人無垢でなくなって、香炉を振ったり奉献のさなかに重たい祈禱書を祭壇の右側から左側に運んだりラテン語の唱和を唱えたりするのに相応しい子供がいなくなるまで集めるのだ。男の子たちにトランプを見せて、すでに誰と誰が見たか、名前を明かす。フレンチーが地下室を使わせてくれて、バドハーディンはポルノ映画を男の子たちに見せた。一人ずつ連れていって、闇の中でフィルムを回し、光が蜘蛛の巣を貫いて、ブロックを積んだ壁で焦点を結ぶ。まさにここぞという瞬間に機械を止めて、「続きを見るために君は魂を差し出すか？」と訊ねる。証文はすでに用意してあって、あとは署名をさせるだけ。ちらつく蠟燭の光で自分の名前を殴り書きするとき、男の子たちは決まって声を上げて笑った。

象が顔を上げた。さっきからもう何ブロックも路地裏をぶらぶらし、そのあいだの誰もいない通りを渡ってはまた先へ進んでいった。二階、三階の屋根の上に、教会の尖塔が、スモークガラスみたいに青白い月を背景にそびえているのが見えてきた。ユージーンの鎮魂ミサの日、この同じ路地裏を冷たい小雨に打たれながら歩き、霧に包まれた尖塔を見たことをバドハーディンは思い出した。

教会の中では誰もが泣いていた。信じがたいほど陰惨な「怒りの日《ディエス・イレ》」を耳にして、このミサの残忍さにバドハーディンはいつになく感じ入った――

おお怒りの日！　恐ろしき日！
天と地が灰となって横たわる
ダビデとシビラの言うが如く。

棺台の中のユージーンの魂が、神父の黒い絹の外衣に劣らず黒いこと、小声で祈りつづけるシスターたちの羊毛の修道女服に劣らず黒いことをバドハーディンは知っていた。

どれほどの恐怖が心に入り込むことか
裁きの主の探る目が　人類すべての営みを
見出し　篩《ふるい》にかけるとき！

ユージーンは大罪を犯したまま死に、皆が弔いの言葉を唱えるいまも永遠の業火に包まれて燃えている。炎が棺を内側から焼いて流れ出てきても、バドハーディンは驚かないだろう。

あなたの前に、主よ、私は謹んで横たわります
心は灰の如く　粉々に砕けて　乾き
私が死ぬときは　どうかお助けを。

そしてとうとう、そんなのはいっさい嘘だとバドハーディンは悟った。地獄も天国も、善も、悪も、神も、魂と呼ばれるユージーンのいかなる痕跡も。永遠だけが真実なのだ、そして雨に打たれて路地に立っている自分だけが。あのとき彼は、その後あずまやまで歩いていった。ジェニファーがそこにいた。喪服を着て泣いていた。バドハーディンも泣いていた。雨が格子を伝って小川となって流れ落ち、彼は泥にひざまずいてジェニファーの体に顔を埋《うず》め、彼女のスカートの中にもぐり込もうとした。ジェニファーは身をふりほどき、その顔にビンタを喰わせ、滑るようにうしろに下がった。バドハー

ディンは彼女の上に倒れ込み、ズボンを開けようとした。

「みんなが言ってること、ほんとなのね」彼女は憎々しげに言った。「やられるといいわ、みんなが言ってたとおり」

「え？」。彼女はもう抵抗しなくなっていた。

「お葬式が済んだら、あんたをやっつけてやるって……男の子みんな。ユージーンの魂を盗んだ罰に」

そしてその晩、窓の外から低い怒号が聞こえて彼は目を覚ました。庭でいくつも人影が動いているのが見える気がした。彼はベッドに戻った。小石が窓ガラスに当たるのが聞こえた。窓の外を見てみた。庭で人影たちが彼に手招きしているのが見えた。彼らは「僕たちの魂を返せ」と唱えていた。目を覚ますと時おり、裏庭の柵のすぐ向こうでゴミバケツの焚き火が燃えていて、炎の中で誰かが静かに悲鳴を上げている気がした。学校では誰も——生徒もシスターも——彼と口を利かず、何だか自分が透明になったみたいで、バドハーディンはじきに行くのをやめた。ある夜、また小石が聞こえた。窓の外を見た。庭は雪に包まれていた。下に子供たちがいて、穴を掘っていた。彼の家の裏庭に墓を掘っていて、泥にまみれた棺をそこに下ろしている。「さあ、こいつここにいるよ」と誰かの声がした。「お前のすぐそばに。代わりに僕たちの魂を返せ」。翌朝彼は、コーヒーの空き缶で証文を燃やし、誰もいない夜明けの街路に灰を撒《ま》き散らして、町を去った。二度と戻ってこないつもりだった。

象は教会の巨大な扉の前に立ち、その錬鉄の把手に鼻を巻きつけたが、扉には鍵がかかっていた。

彼は空を見た。だんだん明るくなってきた——空自体ではなく、広がっていく街灯の円光が。

鐘を鳴らす係だったときに使った横扉があった。その仕事を与えられたのは、彼が侍者にはなれないからだった。松明《たいまつ》持ちの子供を選ぶときに、三年生の彼に合う大きさのカソックが見つからず、まず松明持ちをやらないことには侍者にもなれないのだった。鐘は電気で作動するようになっていた。ちょうどぴったりの瞬間に鍵を差し込んで、正しい回数鳴るようスイッチを入れるだけ。ゴーン、ゴーンという響きが町に広がるのを聴きながら、自分が尖塔に上がってロープからぶら下がって鳩たちを追い散らしている姿を思い浮かべたものだった。

いつものとおり、その扉は開いていた。中は薄暗かった。天井の電灯はどれも消えていた。棚に並ぶ色とりどりの常灯明と、祭壇の上に吊された内陣灯《ないじんとう》の赤い光があるだけ。どこの壁龕《ニッチ》にも彫像が立ち、殉教者としての傷、聖痕、力を込めて祈るせいでこぶになった筋肉、啓示を見ている無表情な目などが色付きの反射を返していた。

彼は聖水盤に鼻を挿し入れて吸い、すぐまたシューッと噴き出した。大勢の指が浸されたせいで水は塩辛く、濁っていて、汚れた金魚鉢みたいに底の方に何か菌類が漂っていた。盤が揺れてがしゃんと倒れ、大理石が割れた。

よろよろと通路を歩いて祭壇に向かった。聖体拝領台は閉ざされていたので、よじのぼって越えようとした。彼の重さで拝領台が揺れ、それから、花火が次々炸裂するみたいにパチパチと端から順に崩れていった。

祭壇は丁寧に整えられていた。百合を活けた花瓶、金色の柱付き燭台に刺さった蠟燭。ユージーンが苦労して運んでいた巨大な赤い祈禱書。バドハーディンは鼻をさっとひと振りしてそれらをなぎ倒し、何もかも踏みつけて絨毯に押し込み、それから、両の前足を持ち上げ、祭壇の上に掛かっていて教会前面を支配している巨大な木の十字架の底の部分を摑んだ。釘の刺さったキリストの石膏の足に鼻が巻きついた。足より上にある無数の傷から、血がマニキュアみたいに流れ落ちている。何かが剝がれるのをバドハーディンは感じて、いっそう激しく暴れた。ずっと上の方でキリストの頭が揺れて剝がれ、彼の背中に跳ねて落ち、祭壇の階段に転げ落ちてやっと止まった。茨の刺さった眉の下から青い目が彼を見上げていた。バドハーディンは向き直って、全体重を十字架に掛け、胴を狂おしく前後にねじると、やがて突然すべてが剝がれ、樹木のようにゆっくりと倒れて、祭壇の上の壁全体を一緒に引きずり下ろしていった。

意識が戻ると、彼は階段を半分降りたあたりにいて、幸いまだ腹這いの姿勢だった。内陣灯の赤い光の下、石膏の粉の雲が香の煙みたいに垂れ込めていた。彼は瓦礫に囲まれ、石膏と大理石の体のいろんな部分が周りに転がっていた。いまだ祈りに組まれた手、割れた翼、円光の破片。凝った装飾の飾り壁が祭壇の上に広がっていたところは、いまやぱっくり穴が開き、ずたずたに裂けた木の下地から電線が垂れ下がっていた。聖櫃《せいひつ》はそのまま残っていた。鋳鉄《ちゅうてつ》で出来ていて、金庫のように破壊不能なのだ。

のろのろ体を持ち上げると、折れた木材が背中から滑り落ちた。仕事を片付けるべくもう一度階段をのぼって行った。聖櫃の前に聖体顕示台が、刀剣のような光を四方に発するインカの黄金の太陽みたいに立ち、その中央に空っぽの巨大な目があった。ここに、白い大きな、浄められた聖体が――キリストの体と血が――降福式の際に挿し込まれるのだ。彼は顕示台を脇へどかし、聖櫃の扉を隠しているる絹のカーテンを開けた。

「ああ！　何をしてるの？」教会の後方から金切り声がした。老いたシスターが暗い影の中から通路をよたよたやって来る。色付きの奉納蠟燭を何本も載せた盆を持っている。たぶんいつものとおり一日の準備をしに朝早くから教会に来たのだろう。

「何をしてるの？」修道女は悲鳴を上げた。

蠟燭の淡い光で彼はその姿を認めた。シスター・ユーレイリア、以前にも増して背が曲がり皺も深くなっている。あたかもシスターが、じき彼が誰なのかに気づいて叱りはじめるものと思っているみたいに彼はそこに立ち尽くし、呆然と見ていた。だが代わりに蠟燭がかたかたと倒れて盆から床に落ちていった。

「ああ、ああ」彼女は何度も言った。「ああ、どうしましょう！」。縁なし眼鏡の向こうで目玉が膨れ上がって見えた。歯のない口が空気を吸おうとぱっくり開いていたが、やがて彼女は息を詰まらせ、会衆席に寄りかかり、胸を摑んだ。彼女が倒れるのをバドハーディンは見たくなかった。

聖櫃の方に向き直り、カーテンを引き裂き、黄金の扉を乱暴に開けた。中の光は目もくらむまぶしさで、鉛に収められたラジウムのようだった。と、教会の空洞を叫び声が切り裂くのが聞こえた。悲鳴というより、戦《いくさ》の鬨《とき》の声。そして突然、彼は背中に重みを感じた。シスター・ユーレイリアが彼の背にまたがって、頑丈な修道女靴で皮を蹴って剝いでいた。鼻をうしろにのばして彼女に触れようとしたが、シスターはその鼻をぐいとねじり、鼻は危うくもげそうになり、それから彼女は、胴に巻いて床まで垂れたクルミの数珠《ロザリオ》で目の穴をめったやたらと叩きはじめた。なかば目も見えなくなった彼が痛みにらっぱの如き音を発し、よたよたと階段を降りて、聖体拝領台をどうにか乗り越えるなか、彼女は依然攻め立て、かかとで蹴りつづけ、罵りの声を上げた。

何とかシスターを振り払おうと彼は体をぐるぐる回し、前足を高く上げたり後ろ足を蹴り上げたりしたが、彼女も必死にしがみついていた。彼の体が横に逸《そ》れて前方の会衆席を離れ、聖母マリアの岩屋《グロット》の前の、常灯明が並ぶ棚に突っ込んだ。シスターの体が彼と棚のあいだにはさまれた。彼女がぎゃっと喘ぐのが聞こえ、彼はシスターを何度も棚に叩きつけ、やがて彼女は床にくずおれた。

獣脂の水たまりを広げている、叩き落とされ転がった何本もの蠟燭の中に埋もれて倒れているシスターを彼は見た。黒いベールが顔をムスリムの女性のベールみたいに覆い、ずたずたに破れた修道女服は腰のあたりまでずり上がって、黒い下着があらわになっていた。教会全体がよろめいていた。彼は鼻でシスターの身をいじくり、服の残りを剝ぎとった。彼女は目を開け、恐怖のまなざしで彼を見上げた。

「いけません、いけません！」彼女は悲鳴を上げた。「私はキリストの花嫁です！　神の妻です！」

俺は何をやってるんだ、何てザマだ、と彼は考えた。とにかくここから逃げたくて、のそのそと歩き去り、中央通路を通って玄関扉に行ったが、依然鍵がかかっていた。頭がだんだん冴えてきたが、耳が鳴り出した。ガンガン鳴っている！　それから、鐘だ、とわかった。

脇の通路を急いで進み、入ってきた横扉に向かった。恐れたとおり、シスター・ユーレイリアが傷だらけの体を引きずって鐘まで行き、非常事態を知らせようと鳴らしているのだ。彼が扉にたどりつくより前に、ほかのシスターたちが教会内になだれ込んできた。

彼女たちから逃れようと、通路をもと来た方に戻っていったが、角を曲がるときに臀部《でんぶ》が横滑りし、また別の常灯明棚をひっくり返してしまった。シスターたちが飛んできて、何人かは先回りしようと会衆席を通り抜けていった。まだもうひとつ逃げられるかもしれない扉――聖具室の出入口だ――を彼は思い出し、真ん中の通路を越えていった。シスターを二人尻尾にしがみつかせたまま、壊れた拝領台を跳び越えた。

ビリー・クリスタルが先頭に立った侍者の男の子たちが、槍みたいに長い蠟燭消しを持って聖具室から飛び出してきた。彼はぴたっと止まって回れ右し、シスターたちを蹴散らして反対方向に向かった。教会は絶叫の響きわたるエコーチェンバーだった。後方の、彼が常灯明に激突したあたりが燃え上がっていた。角に来て、尻を振って速度を落とそうとしたが勢いは止まらず、告解室に頭から突っ込んだ。体がしっかりはまり込んでしまって動けなかった。

告解室にはまったままの体で彼は聖具室の出口から外に放り出され、横向きに倒されて、空しく脚をばたばた蹴り上げた。そこはシスターたちが花を育てている教会裏手の小さな庭で、金魚の池がある岩屋でホースからの水がちょろちょろ岩にかかっていた。前方から消防車のサイレンが聞こえ、もくもくと立つ煙の匂いがした。周りじゅうで人が歩きまわり、ヒソヒソささやき、誰かが彼の脚に鎖を巻きつけていた。

「消防士がこっちへ回りたいって言ってるぞ」と誰かが警告した。

「いいや、こいつの始末が先だ」
フォークリフトの金属の車輪が、敷石の小道をギリギリとやって来るのが聞こえた。フォークが下がって、鎖がその上に渡され、それからフォークがバドハーディンを持ち上げ、人々は無言の行進を始めて岩屋を出て路地を下っていった。夜が明けたばかりで、眼窩を通して灰色の光が流れ込んできた。

フォークリフトががくん、がくんと進むうしろを彼らはゆっくりと行進していく。侍者の少年たちは蠟燭消しを持ったまま一列で進み、シスターたちは別の列を成し、ロザリオを動きも揃えて繰っていた。

路地は揚水濾過《ろか》場のうしろに回り込んでいて、彼らはそこを抜けて巨大な雨水管の方へ向かった。凹んだ通路をフォークリフトは実に滑らかに進んでいったので、みんな小走りで追っていかないといけなかった。やっとそこを抜けると、陽の光がまぶしかった。

雨水管が終わる、広々としたへりに彼らは立った。ここからぐっと折れて、排水運河の上の、切り立ったコンクリートの排水口につながっている。下に広がる、汚物がどっさり混じった水のえぐい工場臭が、土手沿いにカーテンみたいに長くつき出たトウワタの穏やかな香りと混じりあうのを彼は嗅いだ。頭上では人々が十字架のしるしを唱え、「……と聖霊の御名《みな》によって」まで来たところで彼らがいっせいに押すのが感じられた。はじめ彼はゆっくり転がり、だんだん速度を増していって、鼻と尻がぐるぐる上下に回転し、木の告解室の破片が飛び散り、自分の体も灰色の塊が左に右に飛んでいき、ますます速くなって、高い雑草の中を弾むように進み、宙返りして土手を越え、ゴミ運搬用平底船の金属の底に落ちてぼんと大きく跳ねた。

呆然としてそこに横たわっていたのは、脳震盪《のうしんとう》のせいもあったが、自分が運河の水銀みたいな水に落ちて溺れていないという事実に驚いているせいでもあった。彼に邪魔された蜂たちが、頭上のつぶれたトウワタの中でブンブン怒りの羽音を上げていた。人々の叫び声がした。彼がどうなったかを見た連中がとどめを刺しに来たのだ。象の脇腹に巨大な破れ穴が開いていて、そこから見える空があまりに青いものだから、この青さを見るためだけにも生きていたいと思った。なぜみんなあんなにギャアギャアわめくのか？　平底船の底にたまった生ぬるい、錆のしみが浮かぶ雨水が皮の裂け目から中にしみ込んできた。ボウフラの群れ、錆のかけら、油の渦が見えた。乾いた、ひびの入った自分の唇についた油を舌で拭いとった。船の底で水がぴちゃぴちゃ前後に揺れた。影がひとつ頭上をよぎり、太陽を隠した。突然、舟が動いていることに彼は気づいた！　顔を上げて橋桁を見てみると、橋の裏側で鳩の群れがくるくる舞っていた。頭上を過ぎていく車の流れが見えた。平底舟はふわっと浮き上がり、また陽光の中へ出ていった。舟は川の真ん中に浮かんでいた。その左右で、キラキラ光る巨大な摩天楼の壁がガラスの峡谷みたいにそびえていた。

体の位置をずらし、目の穴から外が見えるようにした。踏切式のゲートが半分降りていて、その向こうが見えた。平底舟は河口に入ろうとしていて、三角地帯の照明塔の前を過ぎていく。水は濃い茶色だったが、彼方には海の緑色の水平線が見えた。

「よう」——誰かが彼の頭をゴンゴン叩いていた——「よう、象」。ぱっくり空いた穴の方に向き直ると、ビリー・クリスタルの天使のような顔とまともに向きあった。「よう」ビルは言った。「あんたが死んだかどうか見てくるってみんなに言ったんだけど、代わりに縄をほどいて舟を押して川に出たんだよ。阿呆どもがギャアギャアわめくところ、聞かせてやりたかったぜ。いい気味さ！」

バドハーディンはニッコリ笑った。

「これってどこに進んでると思う？」ビリー・クリスタルが言った。「ヨーロッパかな？」

「かもな」バドハーディンは言った。「じゃなきゃ、ユカタン半島か。海流次第だよ」

「ま、飲むのは雨水があって、餌には生ゴミがあるし糸はあんたの尻尾があって、俺がこれを釣り竿に使うから」ビリーは蠟燭消しを振った。「ひとつだけ厄介なのが、舳《へさき》に鼠どもがいること」

「心配ないよ」バドハーディンは言った。「象の中に二人とも入れるから」

「国境の南！」聖歌隊員ビリー・クリスタルの口がニッと広がった。「サイコー《ファッキン・A》だぜ！」

長い思い　*The Long Thoughts*

母親と言い争っているあいだ、バルカンはずっと、美術館のライブラリーから借りてきたゴヤのエッチングの美しい革装本をめくっていた。薄暗い、汚れたシェードの付いたランプの光がページを黄色く見せている。狭苦しいリビングルーム全体を光は黄色に変え、四隅は茶色になっていた。剝がれかけた壁紙の菊の花と、絨毯のすり切れた花模様とにはさまれて、僕がこれまで出会ったなかでも最高級に気の滅入る部屋だった。ブラインドはいつも下ろしてあった。

「あーあ、こんなふうに描けたらなあ！」とバルクは言った。エッチングは人間の体がバラバラに切り刻まれて木から吊された情景を描いていた。

「夢を見るのはやめな」と母親が言った。「あんたには普通の科目半分パスする才能だってないんだ、いい加減事実を認めて、天才だって友だちに思わせようとあがくのはやめたらどうだい？　そんなハッタリ、みんなが信じると思うかい？　みんな陰で笑って、あんたがさんざん馬鹿やってるあいだコツコツ先へ進んでるんだよ」

バルクの頭が横に倒れた。小さい体にはどう見ても大きすぎるような頭だった。口を開けてあごを垂らし、舌を力なく出して、髪をばさっと振って顔を覆い、目をぎょろつかせた。「あんたの深遠さに俺は打ちのめされた」とバルクは言った。

「そこまで真に迫った低脳な顔ができたら、あたしだったら不安になるね」と母親が言った。

バルクは座ったままぱらぱらページをめくり、唇でブーブーと屁みたいな音を立てた。「あんた、俺が子宮にいたときに何か変なことやったな」

「あんたのＩＱが低いのはあたしのせいじゃないよ！」

「低いもんか。１４０だよ」

「そんなのどうしてわかったんだい？」

「あんたにＩＱのデタラメ話聞かされて、俺すっかり怖くなって、職員室に忍び込んで自分のファイル覗いてみたのさ。ちなみに俺、肛門だって膨らんじゃいないからな」。バルクは僕の方を向いた。「この人さ、俺が年じゅうトイレに座ってるせいで肛門が膨らんでるって言ったんだよ。あんた、大した看護師《ファッキン・ナース》だよ」――最後の一言は母親に向かって言った。

「あんたの息子、またこの家でファックって言ったよ」と母親は、暗くなったダイニングルームに向かってわめいた。「またいつものとおり、友だちの前で偉そうなふりしてるよ」

「おぉぉぉ！」バルクが彼女に向かってわめいた。「気をつけろ！　亡霊《ザ・スペクター》があんたのスカートのなか覗いてるぞ」

　母親は床に座り込んだ僕の方にさっと目を向け、僕があわてて目をそらしているところを捕らえたので、まるで本当に僕がスカートの中を覗いていたみたいな感じになった。それから彼女はバルクを、白いキャットアイフレームの眼鏡のせいで襲ってくるフクロウの目みたいに巨大に見える目で睨みつけた。僕はコーヒーテーブルの下に、脇腹を下にして転がり、笑いをこらえながら、かつてはこの二人の喧嘩を気まずい思いで眺めていたことを思い出していた。それがいまでは、腹が痛むくらい笑えてしまう。

「ゲス野郎が」彼女は憎々しげに息子に言った。「ルー、あんた耳聞こえないのかい？」と今度はどなる。「またトマスがひどい口の利き方してるって言ったんだよ」

家具の脚のすきまから、小型ストーブの炎に照らされて、暗くなったダイニングルームでポータブルテレビを観ているバルクの父親の輪郭が見えた。テーブルの上に置かれたテレビは、周りを囲む洗っていない夕食の皿の上に青白い光を広げている。ストーブの青い炎が画面に映っていた。

「トム、何度言わせるんだ、母さんに向かってそういう言葉遣いはよせって？」。父親の声はいつにも増してうんざりしているみたいだった。「私の潰瘍のことも少しは考えてくれたらどうだ？」

ダイニングルームのひづめの響きや銃声に混じって、金切り声が聞こえてきた。テレビから出ているのではない。「フィリップとローズマリーだ、またキッチンで喧嘩してる」バルクの父親がうめくように言った。「まったく、何てこった！」

「冗談じゃないよ！」母親が言って、すさまじい剣幕で金切り声の方に飛んでいった。金切り声がもっとひどくなった。バルクの父親が暗い中でううう、ううう、とうめくのが聞こえた。

「こっち来いよ、これ聴けよ」バルクが言った。二人でバルクの部屋に入っていった。玄関を入ってすぐの部屋で、前は玄関クローゼットだったのだろうが、バルクがそこにマットレスを押し込んでいた。マットレスは部屋全体を覆い、四隅が折れ曲がっていた。片方の側面にはペーパーバックが積まれ、天井近くまで達している。大半は心理学の本だったが、SFもたくさんあった。反対側は棚が並んでいて、それがいまにも漆喰から剝がれて倒れてきそうに見える。そうなったら、使いかけの平べったい絵具チューブ、テンペラ絵具の壜、筆、クレヨン、その他無限に多様な物たちが落ちてきて、マットレスがまだ見えている部分を覆いつくすだろう。壁はどの面も、使い込んだパレットみたいに、渦巻く虹、なかば読めなくなったスローガン、未完成のスケッチ等々が殴り書きされていた。天井にも長い下着を着てケープを羽織った鷹みたいな生き物が描いてあり、胸にVulcanのイニシャルVが大書きしてある。マットレスの凹んだ真ん中に置いたレコードプレーヤーをはさんで僕たちは座った。

「これ、聴けよ」バルカンは言った。「今日図書館から借りてきたんだ。知らなかったぜ、図書館でレコード貸し出してるなんて」

「何があるんだ?」

「だいたいはクラシック」

なあんだ、とばかりに僕は中指を突き上げた。バルカンは最近クラシックに凝っていたが、僕にはその大半がつまらなかった。

「いやいや、これ聴いてみろよ。絶対気に入るから」

「何なんだ?」

「ドビュッシー。ピアノだよ」

「まああのオペラじゃなけりゃいいや。音、でっかくな」

午前一時ごろ父親が下着姿でドアの前に来て、音を小さくしてくれと頼んだ。大きくして聴かないと駄目なんだよ、ダイナミクスがわからないから、とバルクは主張したが、嫌ならこの家から出ていけ、と父親に言われて、僕たちは出ていった。

一月初旬で、通りも木々も雪で青白かった。寒さが静けさを強めているように思えた。時おり車が難儀そうに、スノーチェーンをジャランジャラン鳴らしながら通っていった。僕たちはボタン工場の前を過ぎ、二人ともかつて通《かよ》った教会と小中学校がある暗い一画を抜けていった。教会の尖塔が通りに影を投げている。夜の雪の下ではこの界隈もそんなにひどくないように見えた。

「ハリーがまだ起きてるか、見に行こうぜ」バルクが言った。

角を曲がって、僕の家がある通りを歩いていった。ハリーの家は十五ブロックくらい離れたところにある。ときどきは動く車をハリーは持っていた。歩くとずいぶん遠くて、僕の耳はもうかじかんできていた。

「お前、親には話したの？」僕は訊いた。

「まだだ。どうせオドンネルが電話してくるさ」

また少し雪が降り出していて、その下を歩いていると、屋根や木々から雪が吹き飛ばされているみたいに見えた。雪が降ると寒さも和らぐ気がした。

「どうするつもりだ？」

「知らねえよ。夜はこれからも美術学校に通う。まああっさり辞めるのかな。卒業証書なんて意味ないし」

僕が住んでいるアパートメントまで来た。明かりはみな消えていた。

「たぶんハリソンになら戻れて、卒業もできるんじゃないかな」バルクが言った。「あそこはほんとに退学になったわけじゃないから。こっちが単に行かなくなっただけでさ……やばい、オドンネルの奴警察に連絡するかも」

「それはないんじゃないの」

「わかんないぜ。まさか卒業間際の三年生を退学させるなんて誰も思わなかっただろ。オドンネルの奴、狂ってるんだ！　今日の午後に尋問やったときにさ、あいつ、俺のロッカーから没収したガラクタ、ほかの司祭に見せたんだ。まずヌード写真集持ち上げたんで、いえあの美術館で夜間クラス取ってるんですって言ったら、今度はクスリを出したんで、それ、うちの父親の潰瘍の薬です、間違って入っちゃったんですって言ったら、お次はペーパーバックをあちこち、不気味な声で読み出したんだよ、本気でゼイゼイ息してるみたいにさ――信じらんないよ――そのままそこでマスかきはじめるぞって思ったね。そうしてタンパックスを灯芯に入れたコークの壜出したんで、これは芸術作品ですって言おうとしたら、俺を弁護してくれるはずのシュミットがわめき出してさ、こんなクズを弁護するなんて私の良心が許さないとか言って、とにかく俺はカトリックの学校を卒業するには人間が歪みすぎてるってことで連中の意見が一致したわけで」

「歪みすぎてる！　そりゃいいや！」。僕はあんまりゲラゲラ笑ったので雪の吹きだまりに倒れ込んだ。「歪みすぎてる！」。僕たちの笑い声がそこらへんの建物の廊下に反響して戻ってきた。建物がいくつも取り壊された一画を僕たちは抜け、氷と瓦礫を踏み越え、広告板の陰の枯れた雑草を踏みつぶして歩いた。

僕はその日の朝のことを考えていた。バルクと僕の一日は、例によって罰を喰らって床にひざまずくことから始まった。あんまりしょっちゅう罰部屋にいるので、学校はいつも七時半に始まるものと僕は割りきるようになっていた。部屋には大勢いて、みんなだらけた格好で眠ったり、宿題を写したり、漫画本を回し読みしたり、十セント玉を投げて賭けをやったりしている。僕やバルクみたいな常連は、オドンネルの机の前でひざまずかされた。僕たちには団結心というものがあって、誰もが特別の名前を持っていた。トムはザ・バルカン（火の神）。僕はザ・スペクター（亡霊）だった。

オドンネルが入ってきて机の向こう側に座り、しばらく僕らを睨んでいた。僕たちはみんなうつむいて、襟で忍び笑いを隠して目を合わせなかったので、オドンネルは気を悪くした。奴は机から立ち上がり、壇の端まで歩いてきて僕とバルカンの真ん前に立った。そしてバルクの腹をもろに蹴った——法衣《カソック》が舞い上がり、黒い靴が片方、一瞬バルクの革ジャンに食い込んだ。バルクは体を二つに折って倒れ、それから顔を上げて、糞ったれ、とオドンネルに言った。

「このろくでなし！ 今日こそこの学校から叩き出してやるからな、ヴコヴィッチ」オドンネルがバルクにどなった。「たったいまお前のロッカーを調べたら、ドラッグが見つかったぞ」。喋っていると唾が口から飛び散った。しーんとした部屋の中をオドンネルは見回してから、バルクに目を戻した。「一時から主任司祭室で、お前の放校処分を話しあう会議がある。弁護してくれる教師を一人連れてくる権利をお前は与えられている。さあ、出ていけ」

バルクが出ていくと、オドンネルは残った僕たちを睨みつけた。「お前ら負け犬ども、これで少しは肝に銘じることだ。お前らこんなの冗談だ、俺たちタフなんだ、なんて思ってるだろ？ いいか、腐った林檎はあっさり抹殺されるんだ。あいつは一生まともな職に就けやしない。これでドラッグの前科が記録に残って、どこへ行ってもついて回る」。すっかり興奮して、禿《は》げ頭がほとんど紫色になって、襟の上のブルドッグみたいな首から血管が浮き出ていた。「辛い目に遭わないと学ばない奴もいるのさ」

「あいつら、没収したヌード本返さなかったぜ」バルクが言った。「あの本使って、修道院のバスルーム改装してんじゃないかね」

二十六番通りに入って、大通りを越えた。吹きすさぶ雪の向こうで赤信号がピンク色に見えた。このあたりは商業地区で、ぼやけたヘッドライトを点けた車が時おりのろのろ過ぎていく。ぼろぼろの壁の、監視塔が青く灯った州刑務所の前に出た。

「あれ、聞こえるか」僕は言った。雪がひらひら落ちてくる街灯の下で立ちどまって、刑務所の方を向いた。声がふたたび、壁の向こうの、鉄格子の入った建物のどれかから聞こえてきた――「おーい、お前ら」――それから何か、聞きとれない音。

「なんだぁぁぁ?」僕たちは一緒に叫んだ。

「おーい、お前ら」声が戻ってきたが、やっぱり続きは聞きとれなかった。

あきらめて先へ進んだ。「『マッシュルームとソーセージにアンチョビ添えて』って俺には聞こえたなあ」僕は言った。

「いや、あれは『おーい、お前ら、ちょっとやらねえか?』だったと思う」

「不気味だったなあ」

「街歩いてるだけで、こっちは自由なんだなって気になるよな」バルクが言った。そのへんの車のフロントガラスから雪をひと摑みすくい上げた。「これ、投げるのにぴったりだぜ」

ハリーの家までの残りの道、僕たちは街灯に雪玉を投げつけながら歩いた。

家は留守だった。五分ばかり、ハリーの部屋の窓に軽く雪をぶつけた末に、ぐらぐらの裏階段をのぼってドアを揺すってみた。誰も出てこなかった。ハリーの車はないかと外をざっと見たけれど見あたらなかった。

「どっかへ出かけたんだな」バルクが言った。

「そうだな」。僕の手袋はびっしょり濡れて、雪玉をさんざん投げたせいで指は凍っていた。足はコンクリートになったみたいだった。二十六番通りまで歩いて戻った。店はどこも格子のシャッターが下りて照明も暗くなっていた。時たま歩道の雪の向こうでネオンサインが点滅した。

「腹減った」バルクが言った。「どっか食堂に入ろうぜ」

「金持ってんのか?」

「いいや。お前は?」

「十五セント」

「十五セント! プチブル」

「お前の母ちゃん馬の鼻」

バルクは何も言わなかった。気の利いた言い返しを考えているのがわかった。地面と睨めっこしている大きな目は、いつものとおり僕にビーグル犬を思い出させた。茶色くて、笑っているときでさえ悲しそうな目。大きな鼻とストッキングキャップのせいで、小人みたいに見える。鼻のことは気にしていると知っていたので、二人きりでいるときにからかったことを僕は少し後悔した。たぶんバルクは、ぴったりの言い返しを思いつけずに一生過ごしてきたのだろう。

「シラノを忘れるなよ」バルクは言った（大鼻で有名なフランスの詩人シラノ・ド・ベルジュラックのこと）。

「ほじくりすぎて膨張したんじゃないの」

「膨張したのはこっちさ」とバルクは言って自分の股間を掴んだ。

「あすこに労働階級芸術家の食事がある」。道路の縁石沿い、消火栓のそばに転がった鼠色のパンのかけらを僕は指さした。その周りを、雪に溶け込んだ、怪しげな黄色いしみが囲んでいた。

「知ってのとおり、俺もときどき胸糞悪いことを言う」バルクが言った。「だけどお前の言うことは全部胸糞悪い」

「お前は人間が歪みすぎてるから俺の深遠さがわからないのさ」

「そうともさ」

白いネオンにくっきり照らされた、誰もいない終夜営業のコインランドリーの前に僕たちは出た。

「死んじまう前にここで少し休もう」僕は言った。

二人で中に入った。ドアのそばに赤字で「休憩禁止」と掲示してあった。バルクがそれに向けてげんこつを振りまわした。

「おまわりが来たら」バルクが言った。

「洗濯してるんですって言うさ。俺、鼻かむハンカチ持ってるよ。お前は？」

「俺、袖でかむから。袖洗おうかな」

僕は両替機のレバーを動かしてみた。何も出てこなかった。公衆電話に行って返却口を開けてみた。十セント入っていた。

「ユリイカ！　ユリイカ！」僕はわめいて十セント玉をバルクに見せた。バルクはやって来て硬貨をじっくり調べ、何度か嚙んでみた。

「ふむむ、ルンペンプロレタリアートってのはいつだって、獲物のありか嗅ぎつけるんだな。きっとどっかの目の見えない婆さんが失くしたんだな」

「返してやれるかも」。僕はコインを電話に入れた。「もしもし、もしもし、交換手さん？　いま二十六番通りの公衆電話で十セント銀貨見つけたんで報告します。しかるべき所有者に返却したいんです」

「十セント、返したいんですか？」

「そうですとも」

「ちょっと待ってください」交換手の女性は言った。「上司におつなぎしますから」。クスクス笑っているみたいな声だったので、僕の体がポッと温まった。僕は一分ばかり受話器を持って立っていた。

「どこからかけてるか、探知してるのかな」バルクが言った。

「もしもし」上司が言った。

「はい、もしもし、聞こえます？」

「お待たせして済みません。十セント、返却なさりたいんですか？」

「そうなんですけど、電話会社にネコババされちゃ困るんです。エ・プルリブス・ウヌムって書いてあるコインなんですけど、特定する足しになりますかね（「エ・プルリブス……」は「多から成る一」の意で、アメリカのすべての硬貨に刻まれている）」

「わかりました、では電話をお切りください、硬貨は私どもの遺失物課に回しますので」

「ありがとう」。回線が切れて、電話がゲップを漏らした。返却口を開けると、十セント貨があった。

壁に並んだぴかぴかの、人体の曲線に合わせて湾曲したプラスチックの椅子に僕たちは腰かけた。コカ＝コーラの時計では二時ちょっと前だった。ランドリーは塩素消毒したプールみたいに洗剤と漂白剤の匂いがした。居並ぶ洗濯機はキラキラ光っていた。反対側の壁に据えた乾燥機は略奪してきた金庫を並べたみたいに見えた。快適に暖かで、足先も溶けて、じきに燃えるみたいになってきたので僕は上着のジッパーを外した。

「うーん、これが人生だよな」

「そうともさ」バルクが言った。そして立ち上がり、床の上に手袋の水を絞った。「お前の十セント、貸してくれよ」。一台の乾燥機の前まで行って、手袋を中につっ込み、回した。「凍てつく夜のささやかなエンタテインメント」

二人でそこに座って、乾燥機がぐるぐる回転するのを眺めた。僕は煙草に火を点けた。乾燥機がうなっていても、外の風の音や、部屋が立てるわずかな軋みが聞こえるくらい静かだった。僕は頬杖をついて、目を閉じた。暖房のせいで頭がぼうっとしてきていた。やっていない宿題のことを僕は考えはじめた。一生ずっと、やっていない課題のことを気に病んで生きてきた気がした。突然、ベッドに入りたくてたまらなくなった。そのためには寒い外をまた歩かないといけない。ここにぼさっと座ってるのも馬鹿みたいだ。なんでハリーの家に行こうだなんて誘いに乗ったのか？　それから、二人で通りを歩いている最中バルクがお前の言うことは全部胸糞悪いと最高に気どった声で言ったことを僕は考えた。僕はゲラゲラ笑い出した。

「何がそんなにおかしい？」バルクは何度も訊いた。

僕も答えようとしたのだが、言い出すたびに、雪の中に転がった汚いパンのかけらが頭に浮かんで、ますます激しく笑ってしまった。本当に胸糞悪い。ようやく、どうにか最後まで答えた。

「それがなんでそんなにおかしい？」バルクが咳込むように言った。二人とも腹を抱えて涙を流し、ものすごく激しく笑っていた。「俺たち、クスリが要る」バルクが言った。ノードーズ（眠気覚まし薬）の小箱を取り出して僕に差し出した。「最初の一個は無料だ」

「お前があの十セント無駄にしなけりゃコーヒー二人分買えたのに」

僕は最後の十セント貨を自動販売機に入れて、蹴っ飛ばしてぶっ叩いたがそれでも一杯しか出てこなかった。コーヒーにはほとんど味がなく、熱かった。湯気の立つ紙コップから交替で飲みながら二人ともノードーズを口に放り込んだ。僕はもう一本煙草に火を点けた。一本目は足元の汚れた水たまりでバラバラになりかけていた。

「シェリーの詩、読んだことあるか？」僕は訊いた。前の日の文学の授業で「アドネイアス」を読んだところだった。

「伝記みたいなのはちょっと読んだ」バルクは言った。「あの時代にしちゃけっこうイケてたよな、ファックもさんざんやって、ブルジョアにどう思われるかなんて屁とも思わなかった」

「ギンズバーグみたいにな」僕は言った。「ほんとだよ、あの詩読んだとき『吠える』のこと考えたもの」

「ああ、でもシェリーはホモじゃなかったと思う。ギンズバーグの方がずっと狂ってる。お前、ゴッホの生涯の話、読んだことある？」

「『僕は見た　僕の世代の最良の精神たちが狂気に破壊されるのを』（ギンズバーグ「吠える」の冒頭）」と僕は暗唱し、ランドリーがそれを増幅するのを聴いた。

「それってまるっきりゴッホだよ。ほんとに異様な人生だったんだよ、ゴッホは」

「芸術家の人生の話読むのってさ、『聖者伝』読むのと同じくらい気が滅入る。みんな最後は飢え死にするか、ピストル自殺か、耳切り落とすか。ファックしても半数は梅毒にかかってペニスが腐ってもげちまう」。僕は一人ひとり考えてみた。酔って道端に転がったポー。阿片中毒のド・クインシー。肺病のキーツ。チャーリー・パーカー、ゴッホ。バルカン。そしてバルカンに自分の詩を見せている僕。

「来た」バルクが言った。警官が一人入ってきた。パトカーの青い光が表のガラス窓の上を動いている。

「お前らここで何してる？」

「座ってるだけです」

「お前ら、字が読めないのか？」**休憩禁止**の掲示の方を指して警官は言った。「さっさと出ていけ」

卑屈にならないよう努めながら、僕たちは出ていこうと立ち上がった。床の水たまりに転がっている、ぺしゃんこのコーヒーカップとつぶれた吸殻が目に入った。

「ちょっと待て」警官がきつい声で言った。「お前ら、いくつだ?」

「十八」

「ＩＤ見せろ」

十八歳未満には夜間外出禁止時間がある。僕たちはそこに立って、身分証明を失くしたみたいにポケットというポケットを探った。やっとのことで二人とも渡した。警官は目をすぼめてそれを見ながら、僕たちの年齢を計算した。

「おい、お前十七じゃないか。お前なんかまだ十六だ」あとの方は僕に向かって言った。「お前ら警察署に行って、両親に迎えに来てもらうか?」

僕たちはまだ喧嘩腰の顔を保って、何も言わなかった。

「浮浪罪で逮捕したっていいんだぞ。だいたい二時十五分に、こんなところで何してるんだ?」

「座ってるんです」

「へえ、そうかね」。警官はまだ僕らの名前と、学割バス定期に貼った囚人みたいな写真をしげしげ見ていた。「何かあったらこっちはお前らの居場所わかるんだからな。さあ、さっさと家に帰れ」

僕たちはとぼとぼと出ていった。

「それなりに抵抗したよな」バルクが言った。

「ああ」

「なんで俺の親父はデイリー市長だって言ってやらなかったんだ?」

「あの野郎、尾《つ》けてきてる」僕は言った。パトカーがヘッドライトを暗くしてゆっくりついて来ていた。「次の通りで曲がろう」

バルクがリップクリームを出して、唇に塗りたくっていた。

「おい、よせ」僕は言った。

バルクは口の中にライターのオイルを注いでいた。パトカーが僕たちの真横まで来て、さっきの警官が半分開いた窓から睨んでいた。警察無線の音が聞こえる。僕たちは道路の縁石を離れて交差点に入っていった。バルクがジッポーのライターを取り出した。そして道の真ん中で立ちどまり、パトカーの方を向いて、ライターに火を点け、巨大な黄色い炎を吐き出した。

横道に駆け込みながら、二人とも目一杯大声で「ファック・ユー」とわめいた。パトカーはもう曲がってきたかと僕はふり向いて見てみた。来ていなかった。

「四つ角を回ってくるかも」バルクが言った。「裏道に入った方がいい」

二人で路地裏に踏み込んで、ゴミ収集車が雪の上に残していったわだちに沿って走った。目の前の息が白かった。雪はゴミバケツに寄りかかるみたいにして高く積もっていた。

「マーティンの授業でやったときはもっと笑えたんだけどな」バルクが言った。

「お前ほんとにどうしようもないな。想像したぜ、うちの親父の職場に電話かかってきて、息子さんが留置場にいますから引き取りに来てくださいって言われてるとこ」

路地は表通りをいくつか越えながらずっと続いていた。街灯の下で、路地はねじ曲がった青いトンネルみたいに見えた。僕たちはしばらく黙々と歩いた。

「夜をさまようスペクターとバルカン」バルクが言った。

「ケツが凍えそうだぜ」

「生贄《いけにえ》に捧げるんだな」

バルクは立ちどまったが僕は歩きつづけた。「待ってくれよ」バルカンが呼びかけた。見れば、だいぶ前に積もった雪の山から出してきたクリスマスツリーと、凍ったゴミで一杯のダンボール箱何箱かと、降ったばかりの雪に薄く覆われたゴミ袋いくつかを引きずっている。ツリーは枝もまばらで見すぼらしかった。モールの切れはしがいくつか、折れた枝からぶら下がっている。僕たちはさらに路地を行き、バルクはツリーの先っぽを持って引きずって運んだ。そのうしろ、雪の中に跡が残っていった。

「ここで体温められる」バルクは言った。「焚き火をして、狼どもを遠ざけるんだ」。ツリーを持ち上げ、そのへんのゴミバケツに放り込んだ。二人で新聞紙やゴミ袋を掘り出して、雪を払った。バルクがライターのオイルを全部に振りかけた。でもオイルをもってしても火は点かなかった。一瞬炎が上がっても、風にぺしゃんこにされてしまう。新聞の束の内側が少しのあいだ燃えたけれど、ツリーには火が移らなかった。紙の燃えさしがオレンジ色に光りながらゴミバケツから舞い上がるのを僕たちは見守った。縁に火の粉の残る黒く薄いかけらが雪の中に飛んでいき、火は消えた。バルクがバケツの上で両手を広げていた。

「いいなあ、あかあかと燃える暖炉に優るものはない。どっかのガレージに火を点けるか？」

「今夜はやめとこう」僕は言った。

紙が燃え尽きてしまうと僕たちはあきらめた。炎をまじまじと見ていたあとでは路地はものすごく暗く思えた。

「ランドリーに手袋忘れてきた」バルクが言った。

「戻るか?」

「要らねえよ」

僕たちは横道に入っていった。どこかの家の柵のすきまから犬がこっちに向かって吠えた。犬の口から湯気が出ていて、吠え声がかえって静けさを響かせた。こんなに静かに思えたのは初めてだった。車も通らないし、かからないエンジンがうなったりもしないし、雪かきシャベルのごりごりいう音も周囲数ブロックまったく聞こえない。僕たちは大通りに出て、横断する二組の足跡を残していった。月光が雪に刻んだ木々の影を、僕たちの影が横切っていった。

「なかなか悪くない」僕は言った。

「これそのまま描く才があったらなあ」

僕の家がある通りに曲がる脇道に出た。バルクの家はもっと先だ。

「帰るか?」バルクが訊いた。

「うん、そうする。今夜はお前が長い思いをやる」

「お前、仕組んだな」バルクが言った。僕たちはいつも、どっちの方が帰り道が長くなって、自分一人の思いを抱えることになるかを計算していたのだ。

「明日はほんとにくたくただろうよ。ピッグの授業、寝ちゃうと思う」。言ってしまってから、バルクが退学になったことを僕は思い出した。「ま、お前は寝坊できるんだな」

「うん、そうだな。どうかなぁ。お前と一緒にどっかでぶらぶらするとか――ウォルグリーン（ドラッグストアのチェーン）あたりでのんびりするとかさ」

「オーケー、じゃバス停で落ちあおう」

「うん、じゃあな」バルクは回れ右して、自分の思いの中へ歩いていった。

僕の方は短い思いだった。ルーサー・ストリートとワシュテノー、二ブロックだけ。バルクはまたパリの街を歩く白昼夢にふけってるのかなと考え、やってない宿題を気に病んだら、それでおしまい。そしてもう、自分が住んでいる建物の前に来ていた。ここの暗い玄関が、僕は子供のころからずっと怖かった。風が体の中を吹き抜けるのが感じられた。吹きだまりのてっぺんから雪の小さな漏斗《じょうご》を風は吹き上げ、雪ひらが街灯の光の下で舞っていた。くすんだ茶色い半融け雪も白く艶消しされて、通りは穏やかに見えた。ノードーズのせいで心臓が強く打つのがわかった。雪のしぶきが僕の顔と髪を打ち、毎秒毎秒すべての粒子を打つのがわかった。僕は煙草に火を点けて、バルクの部屋でドビュッシーのレコードがくるくる回り僕たち二人がレコードプレーヤーの上に狂人みたいにかがみ込んでぎゅっと目を閉じていたことを思い出した。あまりにくっきり思い出したので一瞬体が震えたが、すぐその震えも引いて、寒気と、ひりひりする空気の中では燃えた新聞みたいな味がする煙草があとに残った。僕は中に入った。僕の父親は郵便局の休日ダブルシフトでまだ働いていたので、食卓に残った夕食の皿を僕が寝る前に片付けて洗わないといけなかった。

通夜

The Wake

エヴァンジェリンの母親が亡くなったのでジルは通夜に行くところだった。暖かい晩だったけれど黒い革のカーコートを着て、髪には黒いナイロンのスカーフをバンダナ風に巻いた。

「言うことに気をつけるのよ」出かけていく彼女に母親が注意した。「ヴァンジー、神経過敏なんだから」

ジルは二十二番通りをベイナーズ・ドラッグに向かって歩いていった。そこでリタと待ち合わせて、一緒に通夜に行くことにしたのだ。まだ明るかったけれど街灯はすでに点いていた。この通りで年じゅう見かける年寄りの男女が、家の前のちっぽけな芝にホースで水をやっている。歩道は錆びたパイプみたいな匂いがした。店に着いたらチェリーコークを飲んで煙草を喫うつもりだった。少し早めに家を出たから、そういう彼女をリタは目にするだろう——クールに飲み物を飲み、煙草を喫い、落着き払って、いつでも通夜に行ける態勢。そういうことをわかってくれる友だちはリタだけだった。ところがベイナーズに着くと店は閉まっていた。店先の金属の格子に南京錠がかかっていた。

レクソール（ドラッグストアのチェーン）の看板の下の踏み段でジルは待った。リタが例によって遅れてくることははじめからわかっていたけれど、四つ角で立っていないといけないのは苛つく。喫うつもりだった煙草を喫いたかったが、リタが来るまで待つことにした。二十二番はこの界隈では大きめの通りだが、車はあまり通らない。ジルは車の流れを眺め、飛行機の音を聴き、それに乗ってどこかへ行こうとしている人たちのことを考えた。

ポンティアックが目の前で停まった。マフラーがゴロゴロ低く鳴っていた。道端でアイドリングしていても、その音には力というものを漠然と約束するような響きがあった。車のエンジンが改造してあることはジルにもわかったが、あまり興味を持ったみたいに見えないよう目をそらした。車がこの一画をぐるぐる回っていることには何となく気づいていた。クリーミーホワイトの車体、白いコンバーチブルの屋根、クロームがキラキラ光る、このへんの連中が「パンチョ」と呼ぶたぐいの車。運転している男の姿も一瞬見ていた。黒いシャツ、油で撫でつけた金髪、鏡のように照り返すシルバーレンズのサングラス。このへんの人間ではない。車に見覚えがなかったし、それに、地元の男たちはもう誰もこんなふうに彼女を引っかけようとはしない。彼らはジルに、フローズン・カスタード、ミス・テイスティー・フリーズといったあだ名をつけ、あんたはてっぺんにチェリーが載ったバニラサンデーだよ、と面と向かってからかったりした（チェリーには「処女」の意がある）。彼女もそれで構わなかった。こんな界隈にいつまでも留まる気はない。妊娠して、トラック運転手と結婚して、子供たちに縛りつけられるなんて冗談じゃない。そういう気持ちを理解してくれる人もいた。とにかく誰も彼女につきまとわなかった。

「よう、乗るかい？」車の男が呼びかけていた。

ジルは首を横に振った。車の中からラジオが響いてくる。ロックコンサートみたいに低音が上げてあった。

「よう、お高いの」。男は笑った。「さあ。俺のこと、気に入るぜ」

「友だち待ってるの」ジルは言った。

「来ないよ、その女の子」

「なんで女だってわかるのよ?」

「わかるからわかるんだよ。その子、来ないよ」

サンタンローションのモデルみたいに、男がキラッと微笑むのが見えた。髪までキラッと光った。突然ジルは眩暈《めまい》がしてきた。車があまりに白いのだ——いまにも割れそうな卵みたいに。クロームがナイフの刃のようにきらめいた。ジルは怖くなった。素直に口を利いたのはまずかった、と思った。

二十二番通りを歩き出した。車は歩道に沿ってついて来た。エンジンが彼女の背後でゴロゴロ鳴り、それが、彼女の中にあって足の裏側から力を奪っている振動と重なっていた。次の四つ角まで半分行ったあたりのボウリング場に来ると、ジルは中に入った。

冷房が入っていて、あまりに寒くて体が震えた。照明はミントブルーだった。ボールがゴトンと落とされて、勢いがつくとともに音も響く。ニスを塗ったレーンの端でピンが炸裂した。ジルはポップコーンマシンの横に立った。ポップコーンの山の上にある裸電球から熱が出ているように思えた。マシンの隣にある公衆電話のダイヤルを彼女は回した。

「もしもし。リタはいますか?」

「リタは通夜に行ったよ」母親が答えた。

「私、ジルです。ベイナーズでリタと待ち合わせしたんです」

「誰だって?」

「ジルです。リタの友だちのジルです」

「あたしはベイナーズのことなんて何も知らないよ。あの子なんにも言わないんだから。あんたら子供ときたらやりたいことやって誰にも言わないんだからね。だからあたしは知らない。きっと忘れたんじゃないかね、待ち合わせ。忘れっぽい子だからね」

「わかりました、どうも」。ジルは電話を切った。

ロビーに立って、点滅するネオンサイン越しに窓の外を見ながら、リタの太ったむさくるしい母親を思い浮かべた。五年生のときにリタが小さな金のフープのイヤリングを着けて登校して以来、彼女はジルの一番の仲よしだった。リタは高校生の女の子に頼んで、耳に穴を開けてもらったのだった。あんな母親じゃリタがおかしくなるのも無理ない。電話で話していても、息に混じった酒の臭いが嗅げる気がした。

「最近じゃ路地《アリー》って言うと嫌がられるのよ、いまは小道《レーン》って言うのよ」。ビーハイブ型の髪の女がクスクス笑いながら、ジルを押しのけるように通り過ぎていった。女はもみあげの長い男と話していて、刺青《いれずみ》の入った男の力こぶをボコボコ叩いていた。男はニタニタ笑いながら女を見下ろし、ずっと無意識に股間を引っぱっている。高校のころ以来、ジルはこの反射的しぐさに気づいていた。唾を吐くみたいなものだ。どうやら男は、自信が持てないときにこれをやる。テレビで野球を観ていたときに目にとまったこともある。バッターがボックスに入る直前、自分に触るのだ。十字を切るのと同じだと思った。いまリタがここにいたら二人で笑えるのに。リタもいないのにボウリング場なんてこれ以上いられない。二十二番に車の姿はないようだ。ジルは外に出た。

ベイナーズには戻らないことにした。リタはきっと間違えて直接通夜に行ったのだ。ジルはダーメン・アベニューの方に歩いていった。この行き方ならおおむね明るい大通りから離れずに済む。十八番まで来たら曲がって、それでもう葬儀場だ。まだ十分明るいので心配はない。帰りは暗くなっているけど、リタか誰か、一緒に歩いて帰る仲間が見つかるだろう。

トラックの積み降ろし場の前まで来ると、歩道には砂利が散らばり、あたりはゴムとディーゼル油の臭いが鼻をついた。このへんの車の流れは、いつもは大型トラックが多くてものすごい騒音だが、今日は日曜だ。聖カシミール教会の鉄の鐘が背後で鳴って、ほとんど音楽みたいに聞こえる聖アンナのチャイムがそれに応える。ジルはいま、聖アンナの教区に向かって歩いている。時刻を告げる両者の音は微妙にずれていた。と、警笛がピーッと響き、拡散した鐘の音に切り込んで、それから舗道が揺れた。見上げると、黒い客車がちょうど陸橋を越えるところで、客車の窓は夕日を浴びて真鍮みたいに光った。

陸橋は彼女の住む教区と聖アンナ教区とを分ける自然の境界を成していた。聖アンナは古いスラブ系の界隈がヒスパニック系に変わった地区だ。幼いころは母方の家族がまだここに残っていてジルもよく来たものだったが、いまはもうみんな郊外に移ったか、死んでしまったかしていた。エヴァンジェリンとも子供のころよくここで遊んだ。エヴァンジェリンとその母親は越さずに残っていた。でも引越していった年配の人たちの中には、死んだら聖アンナに埋葬してほしい、自分の洗礼証明は聖アンナで登録されたのだから、と言う人もいた。教区司祭のウォジェク神父は葬儀を五か国語で執り行なうことができた。ラテン語、ポーランド語、ウクライナ語、英語、スペイン語。侍者の子供たちもいまではメキシコ系で、貧しそうな運動靴が黒い法衣の下から突き出ていた。葬儀が済むと車に乗り込んで、霊柩車に先導されて古びた界隈を走り、故人が住んでいた家の前を通る。通ったあとみんなでその一画を一周し、家の前をもう一度通ってから墓地へ向かった。これがジルにとって一番悲しい瞬間だった。エヴァンジェリンはただでさえ半分狂ってるみたいにふるまうこともある。儀式が彼女から絞り出す悲しみに、どう耐えられるだろう？

ジルから見て、葬式というものには鳥肌が立つところがいくつもあった。彼女とリタは以前、自分たちの葬儀はどういうふうにやってほしいか話しあったことがあった。壮大な、古風な鎮魂歌《レクイエム》は二人とも望まなかった。リタは若死にしたい、一番美しいときに死にたい、裸の死体を澄んだ氷に漬けて毎年命日に展示してもらいたいと言った。ジルが思い描くのは、優雅なホテルで黒いタキシードを着た人々が、マティーニを片手に小声で話しながら、ジルがこの場にいられないことをみんな何となく残念がっている情景だった。バイオリン、弱音器を付けたトランペットなどのオーケストラまでいて、人々はいつもより少し体を寄せあって踊っている。大金持ちはほんとはどんなふうに埋葬されるんだろう、とジルは考えた。

角を曲がって十八番通りに入ると、別のイメージが浮かんできた。家の前を通ったときにエヴァンジェリンが霊柩車から飛び出し、しくしく泣いてひざまずき、髪は乱れ、子供のころからのばしている長い爪で目の前の地面をかきむしっている。可哀想なヴァンジー、とジルは思った。

十八番沿いの家並は、もう前と同じには見えなかった。かつてより少しくたびれている。ところどころ明るい色のペンキで塗り直してあったけれど、安物のペンキは黴《か》びた煉瓦からすでに剝がれかけていた。塀の落書きはスペイン語に変わっていた。家の前の小さな庭の前を通ると、どこも泥と化しているか雑草がはびこっているかで、どちらにしても缶や壜が転がっていた。四つ角まで来ると、ゼイジェク葬儀場の菫《すみれ》色のネオンサインが見えた。

葬儀場は変わっていないように見えた。褪せた紫色の天幕が玄関を覆い、灰色の三階建ての建物の上には偽のロシア風玉ネギ型丸屋根が載っている。星がちらほら出ていた。向かいの酒場から話し声が聞こえた。通夜のあいだ、男たちはいつもここへ飲みに来る。いつものとおり外国語の声だった。

葬儀場の中は暗く、ロビーの明かりは、内側から緑の光を発しているように見えるデスクランプだけで、その光が吸取り紙台に反射していた。その下の記名簿をジルは開いて、自分の名前を記帳してついでにリタがもう来ているか見ようとしたが、どのページも真っ白だった。捨てるために除《の》けてあるらしい崩れかけた花輪の前をジルは通って、一番近い葬儀室に入ってみた。室内の照明は薄暗く、部屋はがらんとして見え、ステンドグラスの窓を通して街灯の光が入ってきていた。折りたたみ椅子が並べてあったがまだ誰も来ていなかった。

もう家族は集まっているものとジルは思っていた。何年も会っていない友人たちも。時にはまさにそういう友人が悲しみを頂点まで引き上げる。いとこの女の子の父親が亡くなったときのことをジルは思い出した。ジルはある夏にこのいとこと湖畔でしばらく一緒に過ごしたことがあったが、それっきり何年も会っていなかった。なのに列に加わって棺の前を通ると、未亡人を涙させたのはそんなジルの姿だった。いとこもそこにいたが、ジルを見ても「ハイ」と言っただけだった。けれど未亡人は、ジルのおばは、握った手を放そうとせず、ジルの目をじっと見つめ、高まる感情に顔を歪めて、ささやき声で「覚えてる？」と何度もくり返したのだった。

そのときジルはまだ十二歳だったが、おばが何を言おうとしているかはわかった。湖を、太陽を覚えているか、みんな幸せだったことを、いつまでも終わらぬように思えた夏を覚えているか、なぜ物事は変わらねばならないのか？

未亡人の許《もと》を去りながら、あたしは罠にはまらない、とジルは自分に誓った。突然彼女は、時間というものを、生きた、感じとれるものとして——光と同じように現実のものとして——意識したが、周りでは誰もそのことに気づいていないみたいだった。時間の力が磁気の波のように彼女の息を出し入れするのをジルはありありと感じ、この意識さえしっかり持ちつづけて、周りの人たちみたいな麻痺状態に陥らない限り、人生を自分で方向づけていけると思った。

でもここには誰もいない。せかせかと葬儀室を抜けて次の部屋に入っていくと、そこも葬儀室だったがやっぱり空っぽで、三番目も空っぽだったので、ミスター・ゼイジェクの事務室を探しに行った。

黒っぽいニスを塗ったドアを開けると、そこはネオンの灯った部屋で、葬儀室の薄暗さのあとでは目を刺すようだった。事務室というより台所という感じで、部屋の中心は磁器製のテーブルだった。四つの縁に沿って溝が彫ってある。テーブルが流しの方に向かって傾《かし》いでいるせいで部屋全体が傾いているように感じられた。壁にはガラス棚が並んで、色の付いた液体の入った壜や、きちんと整理された道具が置かれていた。針金、輪になった管、いくつも並ぶ吸盤、針、ピンセット、ステンレスのナイフ、ステープルガンみたいな器具。ある棚はどの段にも化粧品が並んでいた。ジルはその棚を開け、頬紅を指先につけて手の甲に塗ってみた。リタがいたらさぞ盛り上がるだろう。リタときたら化粧品を集めまくって年じゅうマスカラで目を作っているのだから。ジルはつるつるでピカピカのメスを一本手にとり、ハンドバッグの中に滑り込ませた。臭いがだんだん強く感じられるようになっていた。塩素とタルカムパウダーが組みあわさった臭いだ。ジルは突然吐き気に襲われた。流しに行って、水を出すと、排水口から防腐剤の臭いが湧き上がった。ジルは嘔吐し、流しの上でゼイゼイ喘いだ。何だか部屋を汚《けが》してしまった気がして、水を止めて部屋から飛び出た。

次に入った対面室の空気は、花よりもっと重く感じられた。ジルは最初の葬儀室に戻った。新しい花輪がひとつ、たったいま届けられたみたいな様子で戸口に立っていた。話し声がして、蠟燭が灯され、折りたたみ椅子が綺麗に並んでいる。参列者たちはいくつかの小さなグループに分かれて、棺には近寄らず、みな一様に頭《こうべ》を垂れて、聞こえない声でお喋りしていた。ジルは部屋を見回してリタを探した。女たちの多くはベールをかぶっていた。じろじろ見たくはなかったが、知った顔はひとつもいないように思えた。

背の高い、禿《は》げた、アフターシェーブの香りを漂わせた、折り襟に金の十字架を挿した男が彼女の肱《ひじ》をとり、優しく棺の方に導いていった。

「とっても綺麗ですよ。素晴らしい仕事をしてくれましたよ」男はささやいた。

ジルは棺台の前にひざまずいた。棺の中にはくしゃくしゃに丸めた赤い絹が敷きつめられ、その光沢が、濃い紅を塗った頬、さらに濃い紅の唇、人形の髪みたいに作り物っぽく見えるオレンジ色に染めた髪に照り返していた。本物の死体に見えなかった。いつだってそうだ。もしかしたら本物じゃないのかも、とジルは思った。店に置いてあるダミーと同じただの模型で、墓石や棺桶みたいに大量生産されてるのかも。この思いつき、リタなら気に入るだろう。きっとこの場全体を面白がっただろう。忘れずに話してやらないと――もしかしたら本当は誰も死なないのかもしれないよ、これもやっぱり子供たちをだますでっち上げなんだよ、まあもう大人になっちゃったから黙って信じてるふりしてあげないといけないんだけど。

　とはいえ、この模型については間違いとしか言いようがなかった。エヴァンジェリンの母親は癌を患って、三十キロにまで痩せて死んだとジルは聞いていた。この女は安っぽい具合に肉感的で、黒いナイトガウンは胸元がレースになっていて、たっぷり膨らんだ胸が覗いている。

「素敵ですねえ」禿げの案内係がささやいた。膝つき台の上、ジルの隣に案内係は割り込んできた。「実際はこんなに大きくなかったから、横たえるときは何とかしてほしいって本人が頼んだんですよ。それが最後の願いだったんです」。案内係の指が胸のカーブを撫で、ふたたびタルカムパウダーの臭いがジルの鼻を襲った。

　彼女は急いで十字を切って立ち上がり、うしろに並んで対面を待っている人たちに道を空けた。今度は家族にお悔やみを言おうと待っている人たちの列に入った。体が震え、タルカムの臭いが引き金になった吐き気と戦いながら、相手は臭いだけじゃないんだと思いあたった。体が、彼女の衝動に反逆しているのだ――メスを盗んだり、いるべきでない場にこうして立ったりしている彼女に。もう出ていくべきだ、帰るべきなのだとわかっていたのに、何かが起きることをつい期待してしまったのだ。

それはエヴァンジェリンの母親が死んだと聞いて以来、ずっと彼女の中で募っていた感情だった。何らかの儀式が、しぐさが、彼女の人生にまた活を入れてくれるはずだ、五年前のおじの通夜のときみたいに彼女の目を未来に向けて開き、行く手を示してくれるはずだと。あれ以来、自分の人生をしっかり制御し、高校のあいだみんなから距離を置いていたけれど、このごろはまた、罠にはまったような気になっていた。新しい自分像が彼女には必要だった。

カールした金髪に赤っぽい口ひげを生やした若者が、彼女の顔をまともに見た。二つの大きな花輪にはさまれて立った若者は紺のスーツを着て、片方の袖に黒い腕章を結んでいる。棺の女とどことなく似ていた。唇に同じなまめかしい曲線がある。ずっと泣いていたみたいに目が充血していた。

「来てくれてありがとう」。その声は機械的で平板だった。

「このたびはご愁傷さまです」。ジルは片手を差し出した。

若者はその手を握る代わりにジルの両肩に手をのばして自分の方に引き寄せ、かがみ込んで彼女の頰にキスした。「ロビーで待ってて」唇が彼女の耳をかすめるとともに若者はささやいた。

彼女は回れ右して、通路をそそくさと歩いていった。ベールをかぶった女たちがすれ違う彼女に向けて老いた腕を突き出し、彼女に軽く触れて、「来てもらってよかったわ」とささやいた。

ロビーはまだ暗かった。ジルは体を支えようと壁に寄りかかり、リタが来なかったときからずっと我慢していた煙草に火を点けた。黄昏のなか、ベイナーズの前で車の流れを眺めながら立っていたのが一時間よりずっと前のように感じられた。いましがた、若者の青い目の中に、悲しみよりずっと大切な何かを彼女は見ていた。それが何なのか、彼に教えてほしかった。あの人がここに来るまでは考えない方がいい、と自分に言い聞かせた。だが目を閉じると、肩に置かれた彼の手がふたたび感じられた。その手が彼女の腕を滑り降りていき、彼女を引き寄せる。早く来て、とジルは思いながら、タイルの床で煙草を踏んで消した。

「そんなとこで何してるの？」女のきつい声が、コートが並んでいる奥まりから響いた。

声にはヒステリーの気味があって、ジルは一瞬、エヴァンジェリンかと思った。

女が歩み出てきた。薄暗くても、化粧がひどくきついことがわかった。さっきの死体の双子みたいで、目にはアイシャドウが蘭のように咲いている。「見たよ、あんたがあたしの姉さんの息子にすり寄ってるところ」

「お姉さまのこと、ご愁傷さまです」ジルは言った。

「ご愁傷さまだ？　なんでそんなこと言えるんだい？」。女は寄ってきた。目はギラギラ光って、マスカラが頬を流れ落ちている。大きすぎる声だ。ジルは葬儀室の方をチラッと見た。人々が首をのばしてこっちを見ていた。女がジルを指さした。「誰が呼んだの、この子？」

「人違いだったんです」ジルは小声で言った。

「人違い？　姉さんは死んだんだよ！　ああ、なんてこった！　このあばずれ！　こいつを叩き出してよ」女は金切り声を上げはじめた。「叩き出して！」

葬儀室の参列者たちが戸口のあたりに群がり、呆然とこっちを見ながらヒソヒソささやき合っている。さっきの禿げの男が、よく見ようとベールを持ち上げている女たちに向かって「お知りあいだと思ったんです」と何度も弁解しているのが聞こえた。金髪の若者が棺のそばに一人取り残され、ひざまずき、両手に顔を埋《うず》めてしくしく泣いているのが見えた。

「あんたが棺に入ってればいいんだ」ジルは女に言って、玄関から外に飛び出した。

通りは暗かった。ゼイジェクの菫色のネオンサインは消えていた。ジルは眩暈を覚えながら煉瓦の壁に寄りかかり、また吐きませんようにと願っていた。官能的でリズミカルなサルサが向かいの小さな酒場から漏れ出てきて、店のネオンが歩道に赤く映っていた。一瞬ジルは、酒場に入っていって踊りたい、音楽に身を委ねたいという衝動に駆られた。あたかもそれが彼女にとって自然なことであるかのように、あたかも生まれてずっとこの界隈で暮らしてきてみんなが彼女のことを知っているかのように。でも酒場にいる男たちから見て、彼女は究極のよそ者だろう。入りたいと思う矢先から、入りはしないとわかった。

代わりに十八番通りを戻っていった。あちこちの窓が開いていて、コーンミールや揚げ物の匂い、ラテンの局に合わせたラジオの音、人の声などが流れ出ていたが声は彼女が通りかかるとぴたっと止んだ。いくつもの戸口で、目が彼女の動きをたどっているのが感じとれて、ジルは走り出すことなく精一杯速く歩き、歩道のなるべく車道寄りを進んでいった。

通りの向かいから、どこかの家の前にたむろしていた少年たちが道を渡ってきた。みんな笑っているのが聞こえた。中学二年みたいに甲高い、盛り上がっている感じの声。彼女の背後でレザーヒールが思春期のぎくしゃくした歩みを騒々しく響かせていた。ここはこの通りでもとりわけ貧しい一画だ。家の前の荒れた庭の泥は、小便とワインの臭いがした。

「お花買ってくれる?」華奢な体付きの子供がどこかの家の脇の通路から、雑な作りの造花を入れたダンボール箱を抱えて出てきた。

ジルは歩きつづけたが、花を持った女の子も並んで歩いた。

「はいこれ」ジルは二十五セント貨を取り出しながら言って花を受け取った。

「お花、一ドルだよ」女の子はニコニコしたまま言った。

「ごめんね、持ってないの」。ジルは花を返そうとしたが、女の子は受け取ろうとしなかった。代わりに何歩かうしろに下がって、「お花、一ドルだよ。一ドル」とくり返した。

「よう、ちゃんと払えよ！」少年たちの一人がうしろからわめいた。

騒々しい足音がだんだん速くなり、近づいてくるのが聞こえた。みんな汚い言葉を言ったりジョークを飛ばしたりしている。彼女は歩きつづけた。次の四つ角に明かりのついた荷車が停まっていて、ホット・タマーレ売りだとわかった。この人はジルの住む界隈にも、彼女が思い出せる限りずっと昔から来ている。クリスマスツリー用の電球がチカチカ光る小さな荷車が、熱々のタマーレやソーセージの湯気を立ててやって来ると、夏の夜は特別なものに変わった。彼女は走り出さないよう必死にこらえていた。この人がここに立っていればあの男の子たちも手は出さないだろう。点滅する電球が縁に付いた縞模様の傘の下に、ホット・タマーレ売りがいるのが見えた。彼女が近づいてくるのを見ているその顔には何の表情もなかった。うしろから誰かが彼女の上着に摑みかかってきて、彼女はあてて身をふりほどいた。

「助けてくれますか？」三メートル離れた場所から精一杯落着いた声を保って言いながら、いままでこの人に向かって、ソーセージに何をつけてほしいか伝える以外何ひとつ言ったことがないし、こ

郵 便 は が き

おそれいりますが切手をおはりください。

101-0052

東京都千代田区神田小川町3-24

白 水 社 行

購読申込書

■ご注文の書籍はご指定の書店にお届けします。なお，直送をご希望の場合は冊数に関係なく送料300円をご負担願います。

書 名	本体価格	部 数

★価格は税抜きです

(ふりがな)

お 名 前　　　　(Tel. 　　　　)

ご 住 所　(〒　　　　)

ご指定書店名（必ずご記入ください）	取次	（この欄は小社で記入いたします）
Tel.		

『路地裏の子供たち』について	(9694)

その他小社出版物についてのご意見・ご感想もお書きください。

■あなたのコメントを広告やホームページ等で紹介してもよろしいですか？
1. はい（お名前は掲載しません。紹介させていただいた方には粗品を進呈します） 2. いいえ

ご住所	〒 電話（ ）		
（ふりがな） お名前	（ 歳） 1. 男 2. 女		
ご職業または 学校名		お求めの 書店名	

■この本を何でお知りになりましたか？
. 新聞広告（朝日・毎日・読売・日経・他〈 〉）
. 雑誌広告（雑誌名 ）
. 書評（新聞または雑誌名 ） 4.《白水社の本棚》を見て
. 店頭で見て 6. 白水社のホームページを見て 7. その他（ ）

■お買い求めの動機は？
. 著者・翻訳者に関心があるので 2. タイトルに引かれて 3. 帯の文章を読んで
. 広告を見て 5. 装丁が良かったので 6. その他（ ）

■出版案内ご入用の方はご希望のものに印をおつけください。
1. 白水社ブックカタログ 2. 新書カタログ 3. 辞典・語学書カタログ
4. パブリッシャーズ・レビュー《白水社の本棚》（新刊案内／1・4・7・10月刊）

※ご記入いただいた個人情報は、ご希望のあった目録などの送付、また今後の本作りの参考にさせていただく以外の目的で使用することはありません。なお書店を指定して書籍を注文された場合は、お名前・ご住所・お電話番号をご指定書店に連絡させていただきます。

の人が喋るのを聞いたことも一度もないと思いあたった。

タマーレ売りは彼女の声が聞こえなかったかのように、果物ナイフで切っている最中の玉ネギのスライスをじっと見下ろした。

「ここで一緒に立っていてもいいですか?」とジルは訊いた。

ひょっとして耳が聞こえないのだろうか。

「誰もあんたを痛めつけようなんて思ってねえよ」少年たちの一人が言った。

「お願いです」ジルはささやいた。

タマーレ売りが荷車の両方の仕切りを開けると、あたりに湯気が立ちこめた。ジルは湯気に隠してもらえるとでも思っているみたいにその雲の中に歩み出て、色付きの明かりが輪になって灯る荷車に体を押しつけた。タマーレ売りはトングでホットドッグのパンをつまんで両方の仕切りの中につっ込んでいた。鉤爪みたいにパンをひっ摑んでは入れている。蓋をばしんと閉めると湯気が消えた。少年たちの輪がじわじわ迫ってくる。タマーレ売りが荷車を押し、ジルの横を過ぎて彼女がいま来た方に動いていった。荷車がキイキイ軋み、トングがまだカチカチ鳴っていた。荷車を通すために少年たちの輪がいったん開き、また閉じた。荷車の車輪が回って進んでいくのを彼女は見守った。あとに匂いを、子供時代のように残していく——蒸したソーセージと玉ネギの香り。

「お花、一ドルだよ」小さな女の子が言った。

少年の一人が飛びかかってきて、彼女のハンドバッグのストラップを摑んだが、ストラップはすでにだいぶすり減っていたので、ぷつんと切れて手にストラップだけが残り、ジルは依然ハンドバッグを抱えていた。みんなはゲラゲラ笑ったが、ストラップだけ摑まされた少年は腹いせに彼女の脚の裏側を二度ストラップで叩いた。彼らのブーツの高い、硬いかかとが見え、ジルは近所の子供たちが、襲われたら絶対倒れちゃいけない、あのかかとで踏まれたら体ズタズタになるから、と警告しあっていたのを思い出した。

「ここで何してるんだ？」

「お通夜に行ってたのよ。お願い」ジルは泣きついた。「あたしのお母さんが死んだのよ」

「嘘つけ、ふざけんな！　お前の目見りゃわかるんだぞ。お前ら聞いたか？　この女、自分の母親ダシにして嘘つきやがって」

と、「パンチョ」がキーッと音を立て、十八番通りの真ん中でUターンし、彼女の前に回り込み、エンジンをふかして歩道沿いを進んできた。さっきベイナーズで見たのと同じ車だ。少年たちは目を丸くして見ていた。

「そんなとこにつっ立ってないで、さっさと乗れよ！」轟音を上げる排気筒に負けない声で運転している男が呼びかけた。

車は大通りを流していて、三十一番通りにある、照明の灯った伝染病病院の前を過ぎ、ランプを上がって高速に入り、頭上の高架に掛かった緑の反射光標識には**インディアナ**と書いてあった。パンチョは車の流れを縫って走り、追い抜くたびにグ、イ、ン、と音がして、ラジオがガンガン鳴っていた。ジルは深々と座って荒く息をし、時おり目を開けてはここがどこかを確かめ、自分が泣こうとしているのか泣くまいとしているのかもよくわからなかった。

「これ」。リタがニッコリ笑って、運転している男の口からマリワナを取って、自分も吸い込みながらジルに差し出した。

「リラックスしなよ、ドライブを楽しみなよ。一流のドライバーがついてるんだから」金髪の男が言った。

リタが笑った。彼女は真ん中に、ジルと運転手のあいだに座っている。最初に「ハイ」と言ったきりほとんど何も言わず、まるでジルが邪魔に入ったみたいにふるまっている。ジルからまたマリワナを受け取り、深く吸ってから、ハンドルの向こうに身をのばして煙を自分の口から男の口に移した。ジルが乗り込んでから、二人は何度もそんなふうにいちゃついていた。ジルが見ている前で、藤色に塗ったリタの爪が男の脂っぽい金髪を梳《す》き、もう一方の、安物の指輪のあいだでマリワナが依然煙を上げている手が、男の太腿の内側をじわじわ股間の方に上がっていった。車はふらっと車線を二つ越え、ガードレールを軽くこすったが、男はまたさっとハンドルを戻した。

「あたしに運転させてよ」リタが言った。

「俺の車を?」

「そうよ。そしたらあんた、あたしたち両方の隣に座れるでしょ」

ダッシュボードの光で、ジルは呆然と二人を見た。親友のリタが、自分と男をくっつけようとしているんだと思って頭がくらくらした。だがリタの顔はいつものように化粧の面に覆われて冷ややかで、何もさらしていなかった。男はまだ、シルバーレンズのパイロットサングラスをかけている。黒いT

シャツが筋肉の上にぴんと張っていて、袖にクールが一箱たくし込んであるあたり、髑髏《どくろ》の刺青が一部、二の腕に浮かび上がっていた。ジルが見とれているのに男は気づき、ニヤッと笑って、それから窓を開けてペッと唾を吐いた。風とエンジン音が車内に鳴りひびいて音楽をかき乱し、彼らの髪を渦巻かせた。髪に巻いていたスカーフが顔に飛んできて、ジルはそれを首に結び直した。

流れ込んでくる空気も男は気にしていない様子で、開けた窓に寄りかかり、片手で無造作にハンドルの上の方を操って、まったくの雑音と思える音に合わせてとんとんハンドルを叩いている。この人はもっと強いドラッグをやってるんじゃないだろうか、とジルは思った。

「ねえったら」リタが言った。

「オーケー、だけど俺が行けって言うところに行くんだぞ」。男は体を起こしてアクセルを踏んだ。リタが男の下からもぐり込むようにしてハンドルを取るなか、速度計が一九〇キロを超えるのをジルは見た。

「いい花だな」男はジルの横に身を落着けながら言った。自分がまだ花を持っていることにジルは気づいていなかった。

「これって変に聞こえるかもしれないけど」ジルは言った。「あたし、間違ったお通夜に行ったの」

「それのどこが変なんだ？　お通夜なんてみんな間違ってるのさ。よう、ハニー」男はリタに向かって言った。「次の出口で降りなよ。この先の山の中にさ、すごくいいドライブイン・ムービーがあるんだ」。男は腕を彼女たちの肩に回して、二人をぎゅっと抱き寄せた。

出口の看板が右側に迫ってくるのをジルは見たが、リタは曲がらなかった。

「今夜はお祭り」と男は、バリバリ鳴るラジオに合わせてわざとらしいヒルビリーの鼻声で歌った。「前は俺、オートバイしか乗らなかったんだけどさ」男はジルに、秘密でも打ちあけるみたいにささやいた。「でもバイクじゃ音楽がないだろ。音楽があれば、何もかもうまく行くだろ?」。男は舌をジルの耳に突っ込んだ。

ジルは首を回して男にキスしようとしたが、いまにも目を閉じようとしたところで、男のサングラスに映った自分のちっぽけな、歪んだ姿が目に入った。葬儀場で待った若者の姿がまざまざと思い浮かんだ。花輪のあいだにはさまれて優雅に憂い顔で立ち、青い目には悲しみよりもっと大切な何かが浮かんでいる。男は必死に舌を彼女の唇のあいだから押し込もうとしていて、そのスポンジみたいな孔《あな》まで感じられた。ジルは強いキスを押し返したが口は開けなかった。

「いいかい、最大の罪は、チャンスがあるときに生きないことだよ」男は言った。

「最大の罪は人のチャンスを奪うことよ」リタが応えた。

「あんた、曲がるところ逃したな」男はリタに言った。「あんたら映画は好きじゃないのか、なら世界で一番醜い場所に連れてってやる。そこを見たあとでは何だって美しく見える。あんたらの住むしょぼい界隈でも」

男はハンドルを摑み、車はキーッと鳴って、尻を振り、ゲイリーと蛍光文字で書かれた出口を下っていった。弾みで三人の体がひとつに固まり、男は彼女たちの肩から上着を剝ぎとり、両手でそれぞれの乳房を包んだ。

「二人とも革の上着か。俺、革の翼が二枚あるみたいだな」

鋳造所や精錬所を次々通り過ぎるとともに、車の窓がアセチレンみたいに光を放つのをジルは見た。溶鉱炉から上がるコークスの炎に空は照らされ、そびえる煙突は赤い炎に縁どられて、空気には炭素と、ストックカーのレースみたいに焦げたゴムの臭いが充満していた。

男はリタのセーターをずり上げていき、ジルのブラウスのボタンが外れないと見るとぐいと引っぱって開けた。

「君の方が大きいな」男はリタに言った。「でもこの子のは洋梨型だ」

「糞ったれ」ジルが言った。「この人でなし、ドスケベ、クズ、ケダモノ」。言葉が次々飛び出して、ラジオの雑音に割って入っては風にかき消されていく。街で聞いた、壁の落書きで読んだ、誰かが冗談でささやいた、あらゆる罵倒の言葉を彼女は口にした。ハンドバッグに手を入れてティッシュを出し、涙を拭った。ティッシュを元に戻すと今度はメスを探した。指が麻痺していた。握りこぶしに何かを握っているのだけどそれがメスなのかボールペンなのかわからなかった。

「醜いものがなけりゃ美しいものもない」男が言っていた。

「もううんざりよ」リタがいきなり言い、ハンドルをぐるっと回して急ブレーキを踏んだ。車は車線からそれて柔らかい路肩をずるずる滑り、砂利がピンと跳ねてボンネットに当たった。車ががくんと回ってジルの首も大きく振られ、男の頭がフロントガラスに激突するとともにサングラスが卵の殻の割れるみたいな音を立てた。ガタガタ揺れて停まったとたんにジルは外に出て、車を取り囲んでいる煙の中を、いつ爆発するかと恐れながら走っていった。土手を這い上がってハイウェイに戻り、ふり向いてリタを探した。

煙が赤いブレーキライトの上あたりにまとまってきていた。「パンチョ」は溝の縁にはさまり、一方のヘッドライトの光が上を向いて雑草を貫いていた。リタはまだ車の中にいたが、男はよたよた出てくるところで、手のひらの付け根で鼻孔を押さえていた。

ジルはハイウェイを先まで駆けていき、それからまたふり向いた。男は道路に立っていた。暗いなか、彼女が思っていたほど足長には見えなかった。むしろ短足で、ジーンズの腰のあたりが斜めにだぶついている。車の外に出てみると男はどこか脆《もろ》そうだった。殻を失くした生物のように、破壊的なエネルギーも流れ出てしまっている。ジルと男は呆然とたがいを見あい、リタがエンジンを吹かす音、車輪が溝の中でくるくる回る音に、これから何が起こるにせよすべてはそれ次第であるかのように耳を澄ました。「パンチョ」がバックで溝から出て、ギヤがガタガタ入れ替わり、上下に跳ねながらハイウェイに乗り上げると、男はさよならを言うみたいにジルに向かって肩をすくめ、車の方に戻っていった。車はゆっくり離れていきつつあり、追いつくためには小走りで走らないといけなかった。

「待ってくれ」男は呼びかけたが車は進みつづけた。ドアを摑もうとしたがうまく摑めなかった。車と並んで走り、げんこつでフェンダーを叩き、罵倒し、泣きつき、息も切れぎれで、車はスピードを上げ、男もいっそう必死に走った。

テールライトが小さくなって、ハイウェイがどんどん暗くなっていくのをジルは見守った。草の生えた中央分離帯をジルは越えて、砂利の路肩に沿って反対方向、ゲイリーの街だとわかる空のくすんだ赤いほのめきめざして歩き出した。風が吹くたび、男の叫びが、怒りと痛みをたたえた甲高い声が聞こえる気がした。しょせんあの男もただの子供なんだと思った。その思いになぜかハッとした。通夜の若者の、一人ひざまずいて両手で顔を覆ってしくしく泣いている姿が目に浮かんだ。それから、四つ角や戸口に立っている革ジャンの男の子たちの姿が浮かんだ。何かとても大切な、二度と取り戻せないものを失ったかのように誰もが顔を隠してしくしく泣いていた。

黒というより栗色の夜空で稲妻が脈打ったが、それが稲妻なのか製鋼所の放電なのかジルにはわからなかった。ハイウェイのうしろから、片目のヘッドライトが近づいてきていた。彼女は歩きつづけ、やがて片方のヘッドライトが壊れた「パンチョ」が横に停まった。

「あたしたちのよ」乗り込んだジルにリタが言った。「いいでしょ?」

「いい」ジルは言った。

「どこへでも行けるよ」

「うん、どこ行く?」

自分たちの住む界隈に戻ったころには雨が降っていた。窓を閉めると車の中に湯気が霧みたいに立ちのぼった。水の滴がフロントガラスの上を平べったく垂れ、すれ違うヘッドライトの光を吸収した。リタはワイパーのスイッチを入れ、スピードを落とした。車の流れは長い慎重な列を成して進んでいる。二人は二十二番通りを流していった。

「ほらあそこ」リタが言った。「サルターナ美容室!」

藍色のネオンサインが、南京錠のかかったアコーディオンゲートの向こうでほのめいていた。

「あそこ、リーダー百貨店」ジルが言った。「あの回転ドア、子供のころ怖かった」

「ドレッセル・ベーカリー、スワンソン婦人服店」

「ベイナーズ！」

リタは角を曲がり、横道や路地を次々抜けていった。戸口には誰も立っていなかった。雨が街灯を貫いてがらんとした四つ角に叩きつけた。

「みんなあたしたちと同じラジオ局聴いてるのかな」リタがバックミラーに映ったヘッドライトの行列を見ながら言った。

ジルが住んでいる一画に入り、暗くなったその建物の前を通るとき車はスピードをぐっと落とした。

「あんたのうちの前も通ろう」ジルが言った。

「あの人が言った音楽のこと、ほんとにそうだね」リタが言った。「ラジオが鳴ってると、何もかもうまく行ってる気がする。人生のはじめから終わりまでずっと、映画みたいに音楽が聞こえたらいいのにって思う。人間の脳にそういうふうに配線できないかしらね。あたしはそうやって死にたい。音楽が鳴りひびくのを聴きながら、夜中に車を乗り回して」

ジルは答えなかった。うしろに並んだ車の中の人たちをいま見られたら、みんなこれまで見知った人たちにちがいないという気がした。通夜に行ってきたいま、リタが本当は何のことを言っているのかが彼女にはわかった。人生をどう生きたらいいのか、教えてくれるのは自分自身の死だけなのだ。彼女の家が目の前を何度も過ぎるなか、ジルは音楽に耳を澄ませた――エレキギターが高い、胸疼《うず》く音域にのぼって行く、天使のことをうたっている歌に。

ザワークラウトスープ

Sauerkraut Soup

僕は食べられなかった。吐いていると泣いているような気がした。はじめは、思いきり泣くと気が晴れると人が言うように、ほとんどいい気持ちだった。一度か二度は吐いて気が晴れた。でもだんだん、縮こまって眠るのにも疲れてきた。

「癌じゃないよ。インフルエンザでさえない」と、医者に言われた。

「じゃ何なんですか?」

「心配なのか?」

「吐けば心配ですよ。神経が参ってくる」

「神経じゃない。むしろ無神経だ」と、心理学を専攻している親友のハリーに言われた。

原因が何であれ、それを祓《はら》い浄めにハリーは来たのだった——ピサーノ・ワインの一ガロン瓶でもって。それと呼ばれるものの例に漏れず、潜在意識という名の、クラゲが燐光を発するあの破裂した下水管の中にそれは漂っている。聖者が天使の力を信じるがごとくに、僕らは酒の力を信じた。

ハリーの目下のお気に入り、ピアノソナタ「月光」とピアノ三重奏「幽霊」を、スピーカーが翼のように広がったアドミラルの小型ステレオで何度も何度も聴きながらピサーノを飲み干すのに午前四時までかかった。僕たちはハリーが超心理学の学会で出会った女の子に手紙を書こうとしていた。ハリーはその子について、オハイオに住んでいて、「心霊体《エクトプラズム》とは死者の精液よ」と彼に告げたということしか言わなかった。

ハリーは手紙をこう書き出した――「君の髪の中で真夜中《ザ・ミッドナイト》が漂い……」

「せめて『ザ』は取れよ」と僕は言った。

「なんで？　あった方が詩的だよ」

「メロドラマっぽいよ」

「相手はオハイオに住んでるんだぜ。メロドラマ、好きに決まってるさ」

その説に基づいて、僕たちは書いた。僕（ハリー）は独りきりで「月光ソナタ」を聴いていて、ワインを飲みながら夜明けを待ち、はるか大草原の彼方、オハイオにいる君を想い、君の寝室の窓から入ってきて君の体、君の胸、君の太腿を撫でていく月光を想っている……。最後は「僕のペニスはひとすじの月の光」の一行で締めくくった。

ハリーが封筒の折り蓋を舐めるのを見ていると、突然自分の口の中が糊の味、切手の味で一杯になった気がした。舌が口蓋に貼りついた。吐き気がした。明け方から正午まで、ハリーは酔いつぶれて床にぶっ倒れ、針がレコードの端でカタカタ鳴り、僕はずっとワインを吐いていた。しくしく泣いてるみたいな気分だった。

一週間、己を相手にハンガーストライキを決行しても、自分が何に抗議しているのかわからなかった。こんなのは初めてだった。父親から、二十代のときに潰瘍を患った話は聞かされたことがあった。戦争中で、父は結婚したばかりで、高卒の資格を取ろうと夜学に通いながら昼はずっと工場で働いていた。あるとき、高架電車に乗ろうとして階段をのぼっている最中、父はものすごい痛みに襲われ、体を二つに折り曲げて座り込み、プラットホームまで行くこともできなかった。階段に座ってうんうんうなり、ラッシュアワーの人波が父を押しのけるように進んでいくなか、頭上の列車の轟音を聞いていた。誰も助けてくれなかった。

「酔っ払いと思われたんだな」と父は言った。

父は面白いネタをそんなに持っていなかったけれど、これはその数少ないひとつだった。というか、大恐慌時代に貨物列車にタダ乗りしてモンタナまで行った話を別にすれば、これが唯一面白いネタだった。大恐慌時代となれば、若かった父の姿を思い描けた。

お前、メロドラマっぽくなってきてるぞ、と僕は自分に言った。しばらく前から僕は自分に説教するようになっていた。自分に名前で呼びかけるのだ。ようフランク、気楽にやれよ。できれば、ようトニー、と呼びたいところだった。トニーは僕のミドルネームで、みんなに愛されていた叔父にちなんでつけた名だった。叔父はドイツで高高度爆撃の任務中に撃墜され、十九で戦争のヒーローとなった。なかば耳が聞こえなくなり、なかば気も狂って戦争から帰ってきた。サイレンと同じくらい鋭い口笛をマスターしていて、三年間ずっと、口笛を吹いて酒を飲む以外何もしなかった。ロバート・ミッチャムみたいな瞼の重い、憂いを帯びた目をしていた。叔父はアントニーという名だったが、みんながケイシーと呼んだ。僕は自分のフランクリンという名がどうしても好きになれなかった。いいビジネスネームだと思ってつけたんだと父は言った。僕はみんなにトニーと呼んでもらおうといろいろ手を打ったがうまく行かなかった。お前はトニーって柄じゃない、フランキーだよ、と誰からも言われた。結局僕は、近所で呼ばれている名に退化した――マルチェク。近所では誰もファーストネームを使わず、どんなラストネームであれ侮辱の言葉みたいに吐き出すのだった。ラストネームにメロドラマはない。この世界じゃ人が飢え死にしてるんだぞマルチェク、なのにお前ときたら食べないだなんて。飢饉。戦争。狂気、お前に苦しむ権利なんてあるのか？　ウェスタン・アベニュー路線のバスで通勤中にゲロをこらえた？　お前の歳でケイシーはドイツの上空で高射砲浴びてたんだぞ。

僕は四十七番通りのアイスクリーム工場でアルバイトしていた。昼は学校へ行っていることになっていたので、工場に行くのは三時過ぎで、製造ラインはもう閉じている。十月のことだった。夏は時間延長で動くラインも、秋には早く閉まるのだ。

たいていは製造のスタッフがまだ少し残っていた。体じゅうべたべたになって、シャワーを浴びないことには家にも帰れない連中や、朝七時から冷凍庫で仕事していて、まだ肺と髄から氷を溶かそうとしているギリシャ人たち。ロッカールームは汗、饐《す》えた牛乳、アイスクリームの甘い材料とでマリネされた作業服の山がぷんぷん匂っていた。僕は自分のロッカーを開けて、自在箒の柄《え》から自分の作業服を外す。どこのロッカールームにも付き物の、共感の甚《はなは》だしい欠如がここにも漂っていた。

「見ろよ、あのひどいザマ」ニックがヨーゴに言う。「骨と皮だ」

僕はそそくさと作業着に体をつっ込んだ。

「ケツにキャンデーの棒入れたみたいな動き方だな」ヨーゴが言う。

「ありゃあファッジキャンデーだ。痔のギリシャ式治療法だよ」

「朝の吐き気だってよ――つわりかよ、ったく」ニックが言った。

「生意気言った罰《ばち》が当たったんだ。お前な、神の罰《ばっ》受けてんだよ。お前わかってないんだよ、いずれ苦しむんだってこと」ヨーゴが言った。

「僕いま苦しんでますよ」

「苦しんでると思ってるだけさ。まあ見てろ。びっくりするぜ、どこまでひどいことになるか」


　暗くなった廊下を僕は箒を押しながら進んだ。埃と、緑色の床磨きとから成る砂丘が目の前で出来ていく。床磨きは僕にシスターたちを思い出させた。誰かが授業中に吐くたび、彼女たちはゲロの上にそれを振りかける。ゲロが僕の思考と記憶を満たしていた。

　このザマかい、マルチエク？

　僕がピサーノをゲーゲーやっているさなか、ハリーはそう呟きつづけた。それは彼の口癖だった。このザマかい、とハリーは地下鉄の窓口で料金を払うとき、レストランで勘定書を渡されたとき、「月光ソナタ」第一楽章の終わりに、そしてオハイオへの手紙の中で問うのだった。

　一か月前はまだ夏だった。僕は製造ラインで、六時まで残業して学費を稼いだ。夜はソフトボールをやった。ジョーカーズというチームでショートを守った。ソフトボールなんて高校に入りたてのころ以来やっていなかった。街のソフトボール・リーグは高校とはだいぶ違った。たいていみんな年上で、仕事が終わってからプレーしていた。球場には恋人、妻、子供たちが大勢来ていた。彼女たちはバックネット裏にブランケットを広げ、ソーセージを焼いてポテトサラダを出し、レモネードの壜を出した。時おり、接戦でランナーも出ているとき、ボールが来たら飛びつこうとショートの定位置で構えていると、いままで感じたことのない平穏がダイヤモンドを麻痺させた。永遠の静寂の一瞬、中西部のど真ん中で、あたかも自分が撃鉄を起こされた銃になったような思いがした。

僕たちはビールを賭けてプレーし、試合が終わると、チームの黒人連中に護衛してもらって、ジョーカーズのユニホーム――黒と金のサテンのジャージ上下――を着たままサウスサイドのブルース・バーをはしごした。道路に面した小さな煙たいスペアリブ店でコールスロー添えのバーベキューリブを食べたり、シュリンプを買いに川べりのテイクアウト店に寄ったり。ごく平凡な人生は可能性に満ちているように思えた。

九月になると地区決勝まで進んだが10対9で負けた。そのあとは一晩中パーティが続いた。僕たちはハグしあい、ゲラゲラ笑い、シーズンをふり返った。女房連が二人、ブラウスを脱いでブラ姿で踊った。ファーストとレフトが殴りあいになった。

二日酔いで目が覚めるとその日は月曜だった。もう二度とジョーカーズの連中には会わないと僕にはわかった。僕はベッドに横になったまま、仕事に行かないことで自由よりも疚《やま》しさを感じていた。夏のあいだずっとフルタイムで働いたから、学校が始まる直前の週は休むことに決めたのだ。まる一週間、アパートでゴロゴロする以外何もしたくなかった。おそろしく狭いアパートには、ずっと読みたいと思っていて学校が始まったらとても読めない本がぎっしり詰まっていた。夏のあいだずっとロシア文学を読んでいて、いまはドストエフスキーに集中したかった。

「名前の綴りがあんなにたくさんあるんだから、きっとすごいんだな」とハリーは言った（「ドストエフスキー」の英語綴りは複数ある）。

まず『地下室の手記』から始め、次に『悪霊』と『白痴』を読んだ。新学期が始まる前の晩に『罪と罰』を一気に読んだ。本を閉じたときはもう朝で、バスルームに飛んでいって吐いた。泣いてるみたいだと思ったのはそのときが最初だった。


高校で司祭たちは、本の危険について僕らに警告した。

「間違った本はいま以上にお前の精神を歪めてしまうぞ、マルチェク」

間違った本を読みたいので、どれがそうなのか僕は知ろうとした。僕はすでにカトリック式教育をめぐって独自の基本原理を打ち立てていた。すなわち、二重反転。（1）彼らが教えることを疑え。（2）彼らが非難するものを学べ。

本人はそんな気もなかったのに、父親もまた二重反転の土台作りに手を貸すことになった。司祭たちと同じく、父も僕を救おうとしたのだ。

「数学だよ」と父は言った。「九九を覚えろ。平方根を覚えろ！」

クリスマスや誕生日には、計算尺、T定規、製図キット、エレクターセット等々を父は僕に買い与えた。日曜ごとに、僕が漫画を読むかたわらで求人欄を熟読した。自分はずっと工場勤めだとあきらめていて、探したのは僕の仕事だった。時勢を追い、子育てに関し親がスポック博士に頼るように、求人欄に頼って僕の人生を導こうとしていた。僕が六年生になったころには集計用紙を使い、統計を取り、グラフを描くようになっていた。

「技師だ！　いつだって技師の求人はある。電気技師、化学技師、機械技師」

父もそういうものになりたかったのだが、大学に行けなかったのだった。

僕は製図、機械工作、木工、数学の授業を取った。僕がホーリーエンジェルズ高校史上初の、最初の課題（やすり台作り）すら終えられずに木工を落第した人物になると、父は本気で心配した。

「お前はもっと実際的にならなくちゃいけない。実際的なものに目を向けるんだ。俺も子供のころは年じゅうニック・カーターの探偵小説読んでたよ。何百冊と読んだ。で、ある日、自分に訊いたんだ、これは実際的か、それともまたこうやって俺はカモにされてるのか？　これって誰の足しになる？　俺か、ニック・カーターか？　もうそのあとは二度と読まなかったよ」

「でもシェークスピアは」と僕は言った。

「シェークスピア？　わからんのか、よく設計された橋ひとつの方が、シェークスピアなんかが書いたもの全部より値打ちがあるんだぞ」

僕は箒を押して昼食室の前を過ぎた。製造ラインに入った最初の日のことを僕は考えた。交替時間が来て、昼休みだろうと思って僕は弁当を出した。でもそれはまだ十時十五分の休憩だった。床を掃く仕事は製造のあとでは息抜きみたいに思えた。でもみんな何年も製造ラインに耐えていた。ドストエフスキーの小説の外で、苦しみによって浄化された人間なんて一人も会った覚えがない。シベリアなんてごめんだ。冷凍庫でも十分ひどいのだ。人々は毎日冷凍庫に追放される——皇帝暗殺を謀《はか》ったりしなくとも。

清掃グループが昼食室で、例によって休憩していた。この連中はボスたちが帰ってから働くので、朝に機械が綺麗になっていさえすれば好きなようにやれた。製造クルーとは違って、清掃組にとっての休憩は十セントのコーヒー自動販売機なんかではない。それは宴会だった。チームの大半はスラブ系で、きちんと解除していない機械を清掃しようとして手や腕を失くした人も多かった。一人ひとりが東欧のどこから来たのか、僕には聞き出せたためしがなかった。

「ロシア?」と僕は訊く。

ノー、ノー——激しく首が振られる。

「ポーランド?」

ノー。ニッコリ笑って、愉快そうに首を振る。

「リトアニア?」

はっはっはっ。さんざん笑ってたがいにつっつき合う。

「ボヘミア?」

どうしてそんなこと言えるんだ、と愕然とした表情。

昼食のテーブルはバイキングみたいに食べ物が並んでいた。ガーリックの香りが立ちのぼる膨れ上がったグレーのソーセージ、生の玉ネギ、黒パン、セイヨウワサビ、魚の卵。

とはいえ、御馳走が並んではいても、不機嫌で疑り深い雰囲気が部屋には満ちていた。清掃クルーに較べれば、冷凍庫勤務のギリシャ人は陽気と言ってよかった。清掃クルーはみないつも僕には友好的だったが、僕が床を掃いていることにはいい顔をしなかった。前はそれは「黒人のやる仕事」だったのだ。

「ウォント・イエット？」逞しい、赤いあごひげの、両手の人差指がない男が、共同の容器に入った豚の脳味噌を塗ったライ麦パンを差し出しながら僕に訊いた。

清掃チームはいつも僕に食べ物をくれようとした。イエット、イエットと促すその言葉はニエット（ロシア語の「ノー」）と韻を踏んでいたが、実は英語から作られた外国語ではないかと僕は疑っていた。「お前《ユー》」と「食べる《イート》」がくっついて縮まったのではないか。ギリシャ人たちが果物クーラーに入れている樽の乳清《ホエー》の中に僕が腕を肱までつっ込み、フェタチーズをひと握りすくい取るのを見て以来、みんな僕の食生活を心配してくれていた。

「ニエット、ニエット」とそのとき彼らはうめくように言い、嫌悪もあらわに顔を歪めた。

「ニエット、ニエット」といま僕は謝るように言い、胃を指さしむかつきを演じて脳味噌を断る。「食べられない《キャント・イート》んです……吐き気《シック》……胃《ストマック》が……」と僕はブロークン・イングリッシュで説明する。その方がよくわかってもらえるわけでもないのに。

「食べなくちゃ《ハフ・トゥ・イエット》。食べないと《ノー・イエット》、生きない《ノー・リヴ》」

「そうですよね」

「イエット・アイスクリーム？　ディキシーカップ？　クリームシクル？」

「イエット・アイスクリーム！」。何てことを言うのか。ひと夏製造ラインにいたあとでは、アイスクリームなんて機械と同じくらい食べられないものに思えたのだ。僕はぜひ清掃チームの饗宴に加わってこの問題を話しあいたかった。いったいどうやってアイスクリームは、彼らにとって食べ物でありつづけているのか。終業時間以後のアメリカで働くというのがどういう感じなのか。彼らは何かを知っていて、それを隠している。僕は彼らと、さまざまな難問を論じたかった。嘔吐はいかなる意味で泣くのと同じなのか？　ドストエフスキーはどのようにソフトボールに似ているか？　工場での負傷は戦争での負傷とは違うか？　アイスクリームを論じてもいい。仕事をすることで、それはどのように、子供のころの喜びから、鉛と同じくらい食欲をそそらぬ製品に成り果てるのか？　でも箒が、僕を彼らから引き離すように思えた。あたかも箒が滑り台に乗っていて、暗い、ワックスを塗った、掃かれるのを待っている廊下を下っていくかのように。

まあそれに、アイスクリームの製造技術は別の問題である。いまはスープの話だ。あるいは、清掃クルーの言い方にならえば、ズーパ。僕の背中に彼らはそう呼びかけた。滑るように僕が離れていくなか、最終宣言のごとくに言葉が廊下を響いてくる。イェット・ズーパ……ズーパ……ズーパ……

僕はロッカーの前に立って作業着を脱ぎながら、洗濯物入れの周りに漂う、香料の汗っぽく甘い臭気に吐き気を催している。ストロベリー、バーガンディチェリー、ブラックウォールナット、バターブリックル。ズーパは鶏のブイヨン、大麦入りビーフスープ、セロリのクリームスープ……その響きは解毒剤のようだった。同じように、ブラックオリーブと山羊チーズが、午前中ずっとチョコレートマシュマロ相手に働いたこととのバランスを取ってくれる。ライ麦パンに塗った豚の脳味噌もトゥッティフルッティを中和してくれる。

六時に僕はタイムカードを押した。小春日和の偽の明るさがいまだ歩道をピンクに照らしていた。ウェスタン・ブルバードの芝を植えた中央分離帯を僕は歩き、両側を車が、金属とガラスで出来たコンピュータ作動の壁みたいにビュンビュン滑っていく。ウェスタン沿いに並ぶ工場群から労働者たちはそそくさと家路に向かい、製造ラインそっくりの道を走って、本当の生活を再開しようと帰っていく。生き甲斐にしている夢を、彼らは排気ガスのようにたどっていく――昇進、宝くじ、一攫千金、連勝複式、セックス、ハリウッドに発見される、ニューヨークに、ナッシュヴィルに、セックス、学校に戻る、不動産業を始める、株、特許、セックス、横領、強請《ゆすり》、ハイジャック、誘拐、遠縁の百万長者の伯父の遺書、セックス……

アイスクリームが前を過ぎていくあいだ、夏じゅう僕たちはそういうことを話していた。そこから解放されたいま、僕はわずかにうねりを含む動きで、芝刈り機が残していった刈り屑の波を追っていった。夏のあいだずっと、芝刈り機に乗って大通りを進んでいく連中に抱いていた嫉妬をいまも抱いた。彼らはシャツを脱いで体を焼きながら、ほとんど音楽のように回転する刃が芝を巻き上げるなか、日光浴をしている女の子たちを思う存分眺めている。工場で働くのに較べれば自由そのものに思えたが、こういうのは市の仕事だからコネがないことにはありつけなかった。

工場はひと夏で、それまでに受けた全教育以上に僕の考え方を変えた。どうだっていいさという僕の態度の下には何か真剣な、自分でも言葉にできないものがあった。その何かを、みんなは受け容れ、当然視し、しまいには無視しているみたいだった。人が時間というものを明け渡してしまう、その放棄の姿勢。そのことが僕にはわかったし、それこそが、一生ずっと工場で働いてきた父親が僕に言おうとしたことなのだともわかった。でも父もそれを言い表わす言葉は見つけられなかったし、どこかでそれを聞いたり読んだりしたこともなかったから、結局言語というものに不信を抱いただけだった。

　僕の胃は縮み上がっていた。眩暈がして、一瞬、これはいま自分が追っている芝刈りの線が曲がっているせいかと思った。立ちどまってみると、木々の色がいまにも飛び散りそうに見えた。美術館に行ってゴッホの自画像を見るたび、混じりあっていない絵の具の先っぽがいまにも飛び散るような感覚を僕は引き起こそうとしたが、まさにその感覚がいま湧いてきた。でもいまそれを得たいとは思わなかった。僕は芝生に座り込み、頭を下げて、目から斑点を払いのけようとした。規則正しく息をしようと努め、木々から目をそらして道の向こうのビル群を見た。燃えさかるオレンジ色の光が、煉瓦の壁に斜めに差して、壁を二次元みたいに、偽物みたいに見せていた。空もやっぱりインチキに見えて、平べったい雲は浮かんでいるというより糊で貼りつけた切抜きみたいだった。手をのばせば空に触れられて、指をつっ込めそうだった。

　僕は頭がおかしくなりはじめていた。物事の平凡さが突如剝ぎ取られて、いくつもの未来のはざまで自分がふらついている気がする瞬間があるものだが、このときの僕もそうだった。やがて、道の向かいの、コカ＝コーラの看板が掛かった食堂に僕は入り、ボウルに入ったスープを飲むことによって回復したのである。

　一週間も経つと、もうそういったことをろくに考えていなかったと思う。ラスコリニコフという名を吐き出すみたいに感じられる、泣くようなひどい嘔吐のことも、不本意ながらの絶食のことも、ウエスタン・ブルバードで宇宙が崩壊しかけたことも。それはニアミスだったのであり、ニアミスというものに人はろくに目を向けないし、向けたとしてもすぐに忘れてしまう。アメリカでは人は、人生は魔法に護られて当然と考えるのだ。

ケイシーがあるとき僕に言ったのだが、戦争から帰ってきてすぐのころ彼が奇妙に思ったのもそのことだった。自分たちがいまにも死のうとしていることに、誰も気づいていないように見えたというのだ。三年間ずっと、サイレンのように口笛を吹いてやっとケイシーは適応できた。そのころにはもう、酒の飲み過ぎで肝臓は肥大し、昔住んでいた、陸橋を挟んで工場と接し、四つ角ごとに飲み屋がある界隈に舞い戻っていた。思えば人生全体が、十九のときにニアミスと化していたのだ。

僕自身が危うく死にそうになったときのことをふり返ると、話は少年時代に集中することになる。スワンテクが（彼は十二歳にしてすでに僕がこれまで出会った誰よりも重く精神を病んでいた）新しい飛出しナイフを見せびらかそうと僕の頭に投げつけ、ナイフが耳をかすったのちドアにびぃんと刺さった、なんてことがくり返しあったのだ。でも一番危なかったのは、ウェスタン・ブルバードでズーパを飲んだあの日から数年あとのことだった。ケイシーが言ったとおりだ。はっきりしたヒントがいくつもあったのに、僕は当時、死をまるで意識していなかった。

そのころにはもう、アイスクリーム工場はただの記憶にすぎなかった。僕はすでに大学を卒業し、サウスサイドにあるクック郡公共福祉課で働いていた。住んでいたのはノースサイド、湖から半ブロックのワンルームアパートだった。八月で、暑く、何日か前以来、冷蔵庫のあたりからかすかな、甘ったるい悪臭が漂っていた。そこに越してきて以来初めて、僕は棚に積んだ物を全部降ろし、クレンザーでごしごしこすった。ついでにレンジのバーナーの下まで掃除した。

臭いはひどくなる一方だったが、今度はそこに漂白剤の臭いも加わった。冷蔵庫を動かそうとしてみたが、壁の凹みにぴったりはまっていてびくともしなかった。

一階に降りていって、管理人室のベルを鳴らした。誰も出ない。戻ってみると臭いは部屋じゅうに広がっていた。僕はタオルとブランケットを出して、ビーチで夜を明かそうと外へ出た。

通りに出てすぐ、何かあったことがわかった。四つ角でパトカーや救急車の回転灯が赤と青に回り、ずきずき疼《うず》く菫色と化している。闇のなか、ビーチから人影がこそこそ出てきて、街灯の光の下でスプリンクラーがくるくる回る芝生の上を横切っていった。歩道の奥で警官が二人、子供を一人押さえつけていた。子供の顔を砂がギリギリ擦《す》って、目はひきつけでも起こしたみたいに白目を剝いていた。懐中電灯の光が暗いビーチをゆっくり横切り、うめき声や泣き声が、波がうつろに寄せる音にかぶさって響いていた。しばらくあたりをうろついているうちに、何があったのかがわかった。クスリでハイになった地元の不良たちが、バット、ナイフ、チェーンを持ち出して人々を襲ったのだ。元はライバルの不良グループを追っていたらしいが、結局ビーチにいた人間全員が片っ端から襲われたのだった。

アパートに戻った僕は、古い葉巻を喫って、ひとまず眠れる程度に臭いを抑えようと努めた。半分目覚めたまま何度も寝返りを打ち、汗をかき、臭いを嗅がずに呼吸しようと濡れタオルごしに息をしていると、午前二時ごろにブザーが鳴った。年代物のグッケンハイマーの五分の一ガロン壜を持ったハリーだった。

「何だよ、このひどい臭い？」

「体臭？」

「違う」。ハリーはくんくん嗅いだ。「知ってるぞ、この臭い。死！　そう、死だ――腐って、分解する身体……腐敗、腐乱……地虫、蛆虫……そうさ、そうだとも、本物だ。死体、どこに隠したんだ？」

「冷蔵庫の陰」

「心配するな。心神喪失を主張すればいい。どこかいい病棟を見つけてやるよ。老衰患者ばっかりの、静かなところ。たっぷり昼寝するといい。いや、ああいうところはけっこうセコかったりする。水頭症がいいかな。溶け込むにはたっぷり水を飲まないと。アァアイィィィ――！」とハリーは突然悲鳴を上げた。「見えるか？　あそこ！　巨大な、膨らんだ頭がいくつも！」。窓の方を、目をギラギラさせて指している。「ウィスキーだ、ウィスキーが要る」としゃがれ声で言い、ボトルからガブ飲みし、それから手の甲で口を拭いた。「アァアイィィィ――」。ぶるっと静かに身震い。

ダニング州立精神病院で働き出して以来、アァアイィィィ――がハリーの語彙においてこのザマかいに取って代わっていた。水頭症患者はそこらじゅうにいるんだ、俺には見える、とハリーは主張した。

涼しくなっていく街を、湖と反対方向に僕たちは歩き、格子のシャッターを下ろした店舗のウィンドウの中で青いネオンのダビデの星がほのめく、人気《ひとけ》のない界隈に入っていった。僕たちは年代物のグッケンハイマーを回し飲みし、水飲み場で水を飲んで流し込み、いつもの話題をめぐっていろんな話をしながら――貧困、狂気、スラム、精神病院――ケラケラ狂おしく笑っていた。ハリーは僕のアパートで歌いはじめた子供のころの歌を、何度も歌い出しては途中でやめた。

回虫がもぞもぞ入ってくる、
回虫がもぞもぞ出ていく、
回虫が君の内臓を
ザワークラウトに変える……

午前四時ごろ、開いている酒屋が見つかって僕らはもう一本ボトルを買った。ハワード・ストリートの高架のプラットホームにあるベンチに座って飲んだ。ハワードはこの線の終点である。高架電車の車両が線路に並び、麻痺したみたいな姿で、照明も消えて、町の境を越えてエヴァンストンまでのびている列に加わっていた。

「次の電車が来る前に隣の駅まで歩いていけるんじゃないかな」とハリーが言った。

僕たちは線路に飛び降りて歩き出し、枕木から枕木へと用心深く進んでいった。線路の下には街灯が見えた。僕たちは月の光を反射する屋根や窓と同じ高さにいた。美しい眺めだったが、何度もうしろをふり返って確かめた。片目のヘッドライトが見えたら、電車が来るということだ。そうしたら、電気の通っている第三レールを跳び越えて、隣の線路に移らないといけない。唯一の危険は、両方から電車が来た場合だ。僕たちはあまり喋らず、高架列車の遠い轟きが聞こえないか耳を澄ませたがあたりは完璧に静かだった。

「俺ときどき、空飛ぶ夢見てるときこういう気分になるよ」と僕は言った。

そういう恍惚とした気分の中で、僕は電気の通った第三レールに小便しようと決めた。突然、それこそ自分がずっとやりたかったことのように思えた。慎重にレールをまたいで立ち、ジッパーを下ろした。いまにも出そうとしていたところで、ハリーのアァァイィィィ——が静寂を破った。

「どうした——電車が来るのか?」

「アァァイィィィ——!」

「水頭症か?」

「電流がのぼっていってお前のチンポコ焼いたら?」

僕は慎重にレールから足を離し、ジッパーを上げた。

二人ともふらついていて、枕木の上を歩くのは厄介だったが、それでも隣の駅ファーゴに余裕で着いた。電車が来ると乗り込んで三駅乗り、それからビーチめざして東へ歩いた。そのころにはもう街灯の周りの金属的な光沢が空にまで広がっていた。湖の上を覆うかすかな青い光の下、朝番のクルーが掃除に来る前のビーチがおそろしく汚いことに僕たちは仰天した。金網のクズカゴがあふれていた。つぶれたボール箱、缶、袋の山が砂浜に散らばっている。戦いが終わったばかりの戦場に見えた。

子供がお城を作ろうと砂を盛るみたいに、僕たちはゴミを波打ち際に盛っていった。湖の向こうで、新しい円盤のような太陽がインディアナの方角からのぼってくる。白い服を着た、頭から生えた羽根みたいに見える頭巾《ウィンプル》をかぶったシスターが二人、僕たちの前を滑るように過ぎていきながらニッコり笑った。

「そして夜明けは雷鳴の如く訪れる」とハリーが歌っていた（キップリングの詩「マンダレイへの道」にメロディをつけた歌）。

僕たちは服を脱いで、紙とボール箱の山に火を点けた。太陽とアルミ箔のような水とを背景に青白く跳ねる炎は、何ともひ弱に見えた。僕たちは口に含んだ最後のウィスキーを火に浴びせ、火の周りで踊ってから、代わりばんこに砂浜からスタートして、燃えさかる紙の中を走り抜けて湖に駆け込んだ。

僕がもう一度ダッシュしようと足場を掘っているところで、パトカーがひょこひょこ揺れながら砂浜をやって来た。車が停まりもしないうちから警官の一人が降りてきた。警官のタックルを逃れて僕は脇を駆け抜け炎も一気に通り抜け、ばしゃばしゃ水に入っていった。精一杯長く水の中にもぐってから、あとは水をかいて浜から離れた。警官たちは車で防波堤を走って僕を追い、戻ってきなさい、話をしようじゃないか、とスピーカーで呼びかけていた。

目が覚めると正午だった。僕はバスルームの床に寝ていて、バスマットを毛布代わりにかぶっていた。隣の部屋でハリーが大家に言っていた――「死……ここは死の臭いがしますよ……腐敗……腐乱……腐りかけた肉体……捨てられた骨……いったいここってどういう納骨堂なんです?」

管理人がやって来て冷蔵庫のうしろから鼠を取り去った。そしてしばらくあと、僕はある検屍官から、いままで見た最高にひどい死に方のひとつは、第三レールに小便をした男の死だと言われた。

僕から見る限りその食堂には、コ、カ、=、コ、ー、ラ、を、飲、み、ま、し、ょ、う、というのが名前でない限り名前がなかった。そこに入ったのは、天幕があったからだ。色褪せた銀の縞が入った、深緑の天幕。それがいまは下ろされていて、ガラス窓を夕日の輪から護っていた。四十七番通りにはこういう店がいくつかあって、たいていは家族経営、温かいランチを出す飲み屋や、いろんな民族がやっている小さな食堂で、そのどれもが、マクドナルドのアーチとバーガーキングのドライブスルーにほとんど隠されていた。

詰め物をした丸椅子に僕は腰かけ、わずかに椅子を回して、ウェスタン・ブルバードを過ぎていく車の流れを眺め、食べられさえすればリズムも戻ってきて万事うまく行くんだと考えていた。ナプキンホルダーとケチャップの壜のあいだにはさまった謄写版刷りのメニューを僕は手にとった。ハンバーガー、ホットビーフサンドとマッシュポテト、ポークチョップ、変わったものは何もない。**スープ**の下に手書きで自家製ザワークラウトスープと書いてあった。

僕はザワークラウトスープを飲んだことがなかった。ズーパのことを考えてはいたが、もっと薬になる、チキンとライスのスープあたりを考えていたのだ。「自家製」というのが有望だ。でも考えてみればザワークラウトのスープだったら自家製に決まってる。そんなもの誰も缶詰にはしない。

「お決まりですか?」ウェートレスが訊いた。お祖母ちゃんぽい、というにはふくよかすぎる女性だった。

「ザワークラウトスープを」

スープは即座に出てきた。重たいボウルの縁までなみなみ入っていて、下の皿に少しこぼれていた。どろっとして赤っぽく、予想していたザワークラウトの薄い金色とは違った。スプーンのへりで切り込んで食べるタイプのスープだ。湯気が上がっている。スプーンが息をかけられたみたいに曇る。スープの胡椒っぽい匂いが蒸気のように立ちのぼって気管支を開く。湯を通した胡椒の匂いと、もうひとつ別の香料の匂いがして、何がスープに色をつけているかを僕は悟った——パプリカ。

何口か飲んでから、滋養を増やそうと塩とクラッカーを足した。ウェートレスが別のボウルに入れてもっと持ってきてくれた。

時おり僕は、四十七番の角のあの店はまだあるだろうか、と考える。ある、と思いたい。ポーカーのホールカードみたいにこっそり隠されているのだ、と。あそこへ戻れる自分を僕は夢想する。一晩じゅう車を走らせ、それからバスに乗って工場まで行く。かつてのロッカーを開けると、ポケットに**スティーヴ**と縫った僕の作業着が自在箒の把手からぶら下がっている。ウェスタン・ブルバードの芝を歩いていく。カウンターに座ってスープを啜る。

外ではクレープペーパーの色合いが普通の闇へと変わりつつあった。軽騎兵の口ひげを生やし、料理人のエプロンを着けた男が長い金属棒をくるくる回して天幕を上げていた。ネオンライトがチカチカ点きはじめた。僕はお代わりを注文した。そのスープを飲んだあとの二年間ほど僕が幸せだったことはなかった。一杯につき、一年分の幸福をもらっていたのだろうか。こういう物事には神秘なつながりがある。ボウル一杯たったの四十セント。その気になれば何年分も、それこそ一生分でも頼めたけれど、気分がいいうちにやめた方がいいと僕は思ったのだった。

慈善

Charity

僕はサウスサイドのスラムを割り振られた。大惨事もいろいろあったのに加えて、誰もが何らかの形で直面する小さな問題に僕も遭遇した。会う人会う人、僕に施しを求めたのだ。白い肌、青いスーツでみすぼらしい界隈を歩いていると、僕は裕福に見えるのだ。たしかに比較すれば裕福だった。

時おり、僕と同年代の黒人の若者たちが〈レコード・シャック〉の外に立ち、身ぶりたっぷり喋ったり笑ったりしていて、僕が来るのを見ると歩道一杯に広がった。僕がそばまで来ると、石のような沈黙に包まれてじっと前を見ている。何人かは無表情で音楽に合わせてスイングし、何人かは愉快そうな顔をしていたが、敵意をあらわにしている者もいた。

「よう、ソーシャルワーカー、小銭持ってる？」

「煙草買いたいんだよ、なあ」

「二十五セントくれよ」

少しすると、彼らは金が欲しいというよりは、僕がどう反応するかを見たいのだとわかった。金を出さないと痛い目に遭わされるのではと怯《おび》えるか、それともクールに冗談で流そうとするか（「金だって？　俺の給料、フードスタンプだぜ！」）、それともプロに徹して、札入れを取り出し、成人教育講座の情報が書かれたカードを配るか（そうしたら彼らは、どこかの炭坑みたいに暗い長屋のぎしぎし軋む四階の踊り場で待ち伏せて、本当に僕を痛い目に遭わせるだろう）。何も言わずにただ通り過ぎるという手もある。ケースワーカーの女性は時おりそうする。目を伏せて、殉教者の薄笑いを浮かべて。彼女の揺れる腰が遠ざかるのを彼らは見送りながら、あの女はやられたくて来ているのか、をめぐって議論するのだ。

　時には誰か酔っ払いが僕にまとわりついて、僕の肱を摑んで一緒に道を歩き、つまずき、よだれを垂らし、俺は黒人であんたは白人であんたに何がわかる、俺は年寄りであんたは若くて年をとると朝から晩まで何もかも辛いんだぜ、と訴える。思いつくことが片っ端から口にされ、アルコールの堰《せき》を通ってあらゆる記憶や物語が頭の中になだれ込んでくるが、結局はいつも同じ悲劇と不運に行きつき、過去のさまざまな現実を素材に同じ科白が捏造される——赤んぼの冬服が要るんだよ、仕事に行く交通費が要るんだよ、結核治す金が……ここで痰がひとかたまり歩道に吐かれ、地面をつついている鳩の群れの中に緑の一点が生じる。

　もう少しマシな手を使ってくる連中もいた。なああんた、俺は白々しい寝言は言わん、酒飲む金が要るんだよ。こっちが首を横に振れば立ち去る奴もいるが、粘る連中もけっこういた。しつこくせびっていれば、いなくなってほしいばかりに金を出すんじゃないかと信じて。それでも駄目なら、ひたすら卑屈に頼み込む。人間、何が耐えがたいといって、誰か他人に——特にみんなの見ている前で——卑屈に物乞いされるほど耐えがたいこともないのだ。

昼食はたいていマクドナルドに行った。店はドライブイン形式で、ガラス、タイル、ステンレススチール、すべてがネオンの下でキラキラ光っていた。僕は車を持っていなかったが、外にベンチがいくつかあって、そこに座ってハンバーガーとフレンチフライを食べられた。通りの向かいで、市当局が古アパートをごっそり動かしていた。御迷惑をおかけしております　よりよいシカゴを作るため今しばらく御辛抱下さい　市長　リチャード・J・デイリーと看板には書いてあった。瓦礫の中で、労働者が泥だらけの黄色いブルドーザーを運転していた。ドリルがカタカタと、新しい土台を予言する音を発し、掘削《くっさく》地の周りの巨大な土の山を子供たちが上り下りしていた。工事現場のうしろ何ブロックも向こうで、現代的な高層団地が壁のようにそびえていた。だいたいいつも、子供の群れが寄ってきて、コークを買う十セントを僕にせびった。買ったあともそのへんに残って僕とホワイトソックス談義に興じ、飲み物がなくなると氷をガリガリ嚙んだ。

仕事に就いてすぐの二、三か月は、しじゅう金をせびられることになかなか慣れなかった。まず最初は太っ腹方式を採り、求めてきた人間みなに何かを与えた。たいていは求めるといっても二十五セントだけだった。が、噂が広まったにちがいない。通りにいる全員からせびられるようになったからだ。どの日に行っても、同じ人間が現われる。施す金も半端でなくなった。もっと悪いことに、僕は心配になってきた。僕はどうやら、いやしくもケースワーカーたる者決して思われてはならないものに思われているのではないか――すなわち、カモに。

そこで僕は逐一判断することにした。本当に困っていそうに見える人にだけ、金を渡すのだ。困っている人誰にでも！　むろんこんな考えは、スラム的狂気の一歩手前であり、行為としてほとんど意味を成さない。でもそれに対して、この界隈の人々はまっすぐ反応してきた。金を出すのを僕が拒むと、彼らは主張した。「なあおい、あんたがクライヴ・ジョーンズに金やったこと知ってるんだぜ。何であいつにはやって、俺にはくれねえんだ？　奴の方が仲よしなのか？　奴の問題の方が俺より大きいか？　それに昨日はどうだ！　ルーシー・ウィンターズがあんたに五十セントもらったって言ってるぞ！　あの女が俺以上に何やってるっていうんだよ？」

僕としては「なあおい、僕の金なんだ、どう使おうと僕の勝手だぜ」と言うこともできた。でもそれでは、ミス・ニューガードの「主は与え主は奪う」式説教にいずれ堕してしまうんじゃないかと思えたのだ。

長年この仕事に携わるなかで、ミス・ニューガードは各種の説教を綿密にまとめ上げていた。新米はかならず同じ演説を聞かされた。「私はもう飽きあきしてるのよ、若い人たちが受給者の前でシステムを腐すのを聞くのは――あの人たちに着るものを与えてくれるのも、あなたたちに着るものを与えてくれるのもシステムなのに！」

要するにこの人は、システム内にゴマンといる、長年凡庸かつ従順に勤め上げてきた報いとして下っ端管理職の地位を与えられた欲求不満のおばさんなんだ、と僕は片付けていた。だがある日、初回面談で彼女が説教するのを聞いて、その影響力を思い知ることになった。まずは彼女が静粛を求めるしぐさ――つまんだティッシュを口に当ててえへんと咳払いする――をしたのち、周りで未婚の母たちが私生児を黙らせるとともに説教は始まった。

「あなたがたの誰一人、働ける人はいないでしょうね。働ける人には私たちは一銭たりとも出しませんから。私だって働いてお金を稼いでるんです。まさか私が家にいて子供を産むためのお金を納税者が出してくれるとは思いませんよね？　当然です。公共福祉が得られる立場の人には、私たちが用意した、社会復帰のための多種多様なプログラムに協力してもらわないといけません。いいですか皆さん、公共福祉とはこの国の与えてくれる偉大な恩恵ですが、慈善ではないのです。自分は施しを受けているんだ、そうあなた方が考えることを私たちは望みません。いやしくもプライドがあれば、そんなことは誰も望まないはずです。私たちがあなた方の未来に投資している、ひいては民主主義の未来に投資している、そう考えてほしいのです」

　僕には別のアプローチが必要だった。が、それを考え出す時間がどうにも足りなかった。まあたしかに大きな問題ではない。僕が受け持った人たちの大半には無関係だ。要求の大半は、受け持った人たちの友人や隣人から発せられた。不具の人たち、老人たち、子供たち、中毒者、口先だけの怠け者。みんな福祉の資格を受けられなかった人たち、あるいは進んで福祉の網を避けてきた人たちだ。僕が受け持った人が金を求めるときは、たいてい貸してくれということであり、かならず返すと彼らは強調した。僕がどう出るか試す、なんてことに興味はない。彼らは本当に金が必要だったのだ――ヘッドスタート（恵まれない就学前児童対象の教育プログラム）を始める子供の靴を買う金、あるいは単に、雀の涙ほどの福祉手当もなくなってしまった月末に煙草一箱を買う金が。

　何ごとにつけても、アプローチなんてものを考える時間は全然ない気がした。福祉事務所は瘋癲院だった。僕の机は、読まなくちゃといつも思っているボロボロのケース記録の山の重みでグラグラ揺れた。

氏名　フローレンス・ハーパー
ケース#　ADC1795502
住所　コテッジ・グローヴ3915番地
出生地　ミシシッピ州グリーンウッド

書くためのスペースをまず空けてから、机の前に座り、精神衛生課に宛てて、無料セラピーを待っている人たちの無限に続く列の中でフローレンス・ハーパーが数ランク上がれるよう十分に強い語調の手紙を書こうと努める。とはいえ、強くなりすぎないようにも注意しないといけない。強すぎると、僕の上司（僕の天敵だ）の遠近両用眼鏡の下を手紙が通過する際に、彼女が子供たちを親から引き離す手続きを始めてしまいかねない。そういう手続きは永遠に終わらない。唯一の結果は真の問題から精力をそらしてしまうことでしかなく、唯一の目的は何かあったときに僕の上司が責任を取らなくていいようにすることでしかないのだ。事務所では電話が警報器みたいにひっきりなしに鳴り、何だか四六時中強盗に押し入られているみたいだった。時おり、喧噪を貫いて、誰かケースワーカーがヒステリカルな声で電話口で叫んでいるのが聞こえた。私はですね、あなたが家事訓練に来なかったから小切手を送らないようにと命令されたんです！

精神衛生課御中
ADC1795502に関していただいたお手紙にお返事差し上げます。ミセス・ハーパーの現状を考えますとセラピー待ち時間六か月というのはおよそ論外です。彼女は毎週いわゆる癲癇発作に襲われ、ヒステリーに起因するものとの診断を受けています。最近の面談ではますます活力を失くしてきており、過去の体験に端を発する強い不安を示しています。彼女は十二歳から十六歳にかけて父親にくり返し強姦され、上の子供二人は父親との子と言われています。三十歳年上の夫は、前の結婚での十人の家族に加えて彼女とその子供たちをこれ以上養うのは不可能だと主張し、義務を放棄する意図をほのめかしています。ミセス・ハーパーには知らせていませんが、すでに十二歳ながらまだ四年生の長男チャールズは前回の訪問時、二十五セントでフェラチオをするとケースワーカーに持ちかけました。家庭環境の急激な悪化に伴い

――いつも決まってこのあたりで僕の机の電話が鳴った。ミセス・ハーパー本人ということもありえた。週に最低一度は電話してきて、子供たちを殺して自分も死ぬと脅かすのだ。

「駄目ですよ、ミセス・ハーパー」

「何で？　あたしら生きる意味なんて何がある？」

「いずれ事態は良くなりますよ」

「あんた頭おかしいわよ！　ガス点けて、みんなで死ぬわ！」

「やめてください、ミセス・ハーパー」

「今回はほんとにやるわよ」

「でもお子さんたちは生きていたいはずです」

「どうしてわかるのよ?」

「誰が見たってわかりますよ……みんなすごくいい子です。これまで精一杯育ててきたじゃありませんか。みんなあなたのこと愛してますよ」

「あの子たち、生きてて楽しいことなんかないのよ。どれだけひどいか、まだよくわかってないだけよ。あたしは何も与えてやれない。食べ物が十分あれば万々歳なのよ」

「でも愛は与えてあげてるじゃないですか」

「愛! 食べるものもなくて、よその子はたまに新しい服を買ってもらったりするけど、うちはそれもない。愛なんて何になるのよ?」

「だからってあきらめるわけには行きませんよ」

「行くわよ。あたしいつも頭が痛いのよ、いつも泣いて、子供たちのこと心配してるだけ——あたしみたいな大人になっちゃうんじゃないかって。頭が年じゅう痛むのよ。あんたあたしのワーカーでしょ。何かしてくれるのがあんたの役目でしょ」

何かしようと僕は努めた。個人でクリニックをやっている精神科医の友人に頼み込んで、週に三十分彼女を無料で診てもらうことにした。彼女がそこへ行くのに必要な交通費五十セントと、託児費二ドル五十は僕が出した。この取決めが一か月ばかり続いたところで、彼女は行くのをやめた。

「どうしたんだよ、ビル? 君は何かしてくれるはずだったじゃないか」と僕は文句を言った。

「やろうとはしたさ」と友人は言った。「だけどああいう環境に戻ると何もかもぐじゃぐじゃになってしまうんだよ。精神分析ってのは中流階級のためのものなんだよ。彼女が問題を解決するのに必要なのは、毎週もう五十ドルの収入なんだ」

「どうしてやめたんです？」フローレンス・ハーパーにも訊いてみた。

「あんなのお金の無駄よ」と彼女は言った。「喋ってるだけなんだもの。それにあの人、頭おかしいわよ。パパがあたしにやったこと、そんなに悪く考えるもんじゃないって言うのよ」

彼女の部屋を出てアパートの階段を降りていく最中、手すりのかたわらにうずくまって座っているチャールズ・ハーパーに僕は危うくつまずきそうになる。チャーリーは腹が痛いみたいに手で押さえている。

「こんなところで何してるんだい、チャーリー？」

「聴いてんだよ。ほら、これ」。新品に見えるトランジスタラジオを彼は掲げる。イヤホンのコードが耳から垂れている。

「これ、どうやって手に入れたか知りたいんでしょ？」

「いいね……日本製かい？」

「え……うん」

小便で湿った廊下から僕たちは外に出る。車のフロントガラスや家の窓に当たった陽が目に飛び込んでくる。

「盗んだんじゃないよ――へっへっ――プレゼントしてもらったんだ」

チャールズは顔を上げてじっと僕を見る。十二歳の、半分透明みたいな顔の瞼が日の光に萎《しお》れている。彼はウインクする。「わかる？　あんた、どういう音楽好き？」。そして小さなラジオの音量を一杯に上げて、もうそれ以上何も喋らず、コードの垂れたイヤホンをまた耳に差して、通りにたむろしているほかの子供たちの前を通り過ぎていく。

あるとき、仕事が終わってから、友人と一緒にマディ・ウォーターズを聴きに酒場へ出かけた。はじめは僕と同じく福祉事務所で働いていたが、やがて公民権運動にフルタイムで関わるようになった男である。僕たちは夕方からずっと飲んでいた。八月の終わりは地獄よりも暑く、二人とも冷たいビールを飲んでいて、一杯飲むたびにトイレに立つ段階に達していた。マディは最高だった。次から次へとブルースを歌いまくり、顔には玉の汗が浮かび、スポーツシャツはだらんと垂れていた。どの楽器もエレキで、しじゅうヒューズが飛ぶので、エアコンを切るしかなかった。ドラマーもマイクを前に置いてプレーした。ブルースハープを吹く男はハープを当てたマイクごと手でくるんで吹いたので、右手を揺らしてトレモロをかけるとコードが激しく暴れ、長い黒い尻尾が付いた楽器を演奏しているみたいに見えた。酒場の両端とも、風を通すためにドアは開けていた。まだそんなに暗くなくて、窓には少しオレンジ色が残っていた。酒場はやかましく、混んでいて、カップルが何組か、壁にぴったりくっついて踊ろうとし、カウンターでは汗をかいたビール壜が客の群れの頭越しに渡されていた。並んだ丸椅子が作るトンネルに、靴を磨かせてもらうと称して子供たちが体を押し込んできた。僕がトイレに行って戻ってくると、僕の席に誰かが座っていて、友人のアルの耳元で何か言っていた。アルはただ座って、金を目の前のカウンターに広げてニコニコ笑っている。

「よう、一ドルくれよ。なあブラザー、仲間が頼んでるんだぜ……ケチケチすんなって。俺たち助けあわなくちゃいけないんだよ。俺だって喉渇いてんだよ。なら五十セント?……わかったよ、じゃビールおごってくれればいいから」

するとアルは「あっちへ行ってくれ。そういうのにつき合ってる暇ないんだよ」と言う。

男は肩をすくめて、先へ進んでいく。

僕もこの手を担当地区で何度か試してみたが、酔っ払い相手にはけっこう上手く行った。「そういうのにつき合ってる暇ないんだよ」という言い方にあるどこか傲慢な響きが効くみたいだった。とはいえむろん、万能のテクニックではない。「裏返し」の効く範囲はもっと狭かった。相手がタイミングを計り、何かくれといまにも言おうとしているところで、パッと向きあってまっすぐ目を合わせ、手のひらをつき出して「なあ、二十五セント恵んでくれねえか?」と言うのだ。

結局落着いたのは、ごく常識的なアプローチだった。誰かが金をせびってきたら、こう言うのだ——「あのさ、助けてあげたいんだけど、ここに来て僕が一日何回頼まれるかわかるかい? 頼んできた人みんなにあげるには、百万長者でないと」。

たいていはこれで上手く行った。「なぜあんたにやらなきゃいけない?」と訊くよりずっといい。それだと向こうは「なぜってあんたは余分に持ってて俺は持ってないからさ」と言ってくるからだ。こっちなら、いわば要求を非個人化する効果、相手をグループの中に押し込む効果があって、いかにも僕が厄介な状況にいるみたいに思えてくるのだ。

このやり方の一番いい点は、僕自身これが一番信じられることだった。「助けてあげたいんだけど」という部分、これは嘘じゃない。本当に助けてあげたいのだ。かつこれは現実的な話でもある。僕の月給は税込みで五百ドルくらいで、ケースワーカーたちはストライキを決行しようと準備を進めていた。ストライキになったらどれくらい続くか？　貯金なんかない。家賃は月一一〇ドル。食事は外食。徴兵を逃れるために夜はフルタイムで大学院に行っていて、その授業料が月一〇〇ドル。わずかに残った金も消えてしまう——大半は酒に。一日五回二十五セントたかられて、地区に週三回、年に約四十九週行けば……交通費が実費支給されるみたいに、無心してくる連中に与える金を毎月一定額、福祉課から給付してもらうべきじゃないかと僕は思い立った。組合の会計係ジョー・フェイガバンクにこのアイデアを伝えてみた。

「そんなことは要求できない」とジョーは言った。

「なぜです？　あなた、あっちへ行って、仕事を円滑にやるために金を貸してやらなきゃいけないこととか、ないですか？」

「そりゃあるさ、だけどいいか、その発想をつきつめてみろよ。それができるんだったら、あっちへ出かけて、ただ金を配ればいいってことにならないか？　ケースワーカーにどさっと金渡して、ワーカーが貧しい界隈に行って金を配って回る。そんなの共産党だって支持しないぜ」

「でもそうやれば、ともかくあっちで自分の務めが何なのかはわかります」

「君の務めは三枚一組の書類を書いて、恵まれない連中を社会復帰させることだよ」とジョーは言った。

「そうしてベッドの下に女たちのボーイフレンドの靴がないか、探すんですよね。まあとにかく、次の会合で提案だけでもしてみてくださいよ」

ジョーはしばらくのあいだ、ただそこに立ってケース記録をホッチキスで留めていた。そしてこれでもう十分考えた、と僕が納得するだけの時間が経ったと踏んだところで、「わかったよ、じゃあちょっと計算して数字を出してくれ」と言った。

「ストライキ、いつ始まると思います？」

「次の会合で話しあう」とジョーは言った。「俺たち、もっと銭もらわなきゃいけないんだよ。俺だって食ってくのがやっとだぜ」

「ADC（扶養児童補助）の母親が子供五人抱えて、月二五〇でやりくりできるなんて信じられます？」

「ほかに何かないと無理だよな。ボーイフレンド。それしかない。ああいう予算組む連中、家政学の博士号持ってんだけどね」

「受給者の人たちも、ストライキの仲間に入ってもらうべきですよ」

「何だい、ハンガーストライキか？」

やれやれ、と僕は思った。ストライキしないんだったら辞めてやる。官僚機構の歯車になって一年半が経つ。永久にもらえない援助を人々に約束し、ありもしない職を、最低の医療を約束し、彼らが貧乏を受け容れるよう手を貸す心理学者の許《もと》に彼らを送り出し、求められてもいないところに鼻をつっ込み、スパイみたいにこっそり探る。要するにそういう仕事だ――スパイ。だけどとにかく何かはやろうとしてる、と思うことはできた。と、アルマ・リチャードソンから電話がかかってきた。

実のところアルマは一月《ひとつき》前にも電話してきていて、家に寄ってほしいと僕は頼まれた。アドバイスが要るというのだ。彼女は感じのいい、大人しい女性で、五年前に夫に出ていかれて、養うべき四人の子供とともに取り残されたのだった。工場に勤めて、運動用のサポーターを箱に詰める仕事をしていたが、やがてリフトトラックにはねられて脊柱を傷めた。会社はどうやってだか理屈をこねて、補償金をいっさい払わなかった。僕たちは仲よくやっていた。あるいはミス・ニューガードの好む言い方を使えば、僕たちのあいだには信頼関係《ラポール》があった。ケースワーカーになって初めての冬、僕は幸い、ミセス・リチャードソンがそもそも陥るべきでなかった窮地から抜け出るのを助けたのだった。

その年の冬はひどく寒く、零度以下が続くこともしょっちゅうだった。ミセス・リチャードソンは居住不適と宣告された建物から素直に退去するという過ちを犯した。ケース記録は失われ、福祉手当の小切手は配達されなくなった。僕に初めて連絡してきたとき、彼女は新しい家主から、五日以内に出ていくよう言いわたされたところだった。それまでの二か月、大半は自分と大して違わない境遇の親戚や友人から金を借りて何とか食いつないでいた。アパートには家具もなかった。箱がいくつかあってマットレスが床に敷いてあり、電気コンロはあったが冷蔵庫はなかった。生鮮食品は外の窓台に置いて、凍ってしまわぬよう定期的に中に入れていたが、そのうち誰かに勘づかれて盗まれてしまった。僕は家主を説き伏せてアパートの暖房を復活させ、立ち退き通告を一時的に撤回させた。彼女を以前担当していたはずの事務所に行ってみると、かつてのケースワーカーの机の上に、たまりにたまった無数のメモに埋もれて彼女のケース記録と福祉手当の小切手があった。前のケースワーカーが辞めて一か月以上経つのに、まだ代わりが雇われていなかったのだ。僕は上司と大喧嘩になった。援助なしで二か月やっていけたのだから援助は要らないだろう、と彼女は主張したのだ。幸い上司の言い分は通らず、福祉事務所からはさらに、冷蔵庫の購入資金として申請した十五ドルの補助金が下りた。

滞っていた家賃を受けとった大家は驚愕し、おそらくは盗品のフリジデア（冷蔵庫の商標名）を安く譲ってくれた。

ミセス・リチャードソンは僕を信頼してくれた。それで一月前も、十歳になる息子ケヴィンについてアドバイスを僕は求められたのである。うちの息子はヘルニアを患ってるんですけど、矯正手術はいまやった方がいいかしら、それとも大きくなるまで待った方がいいかしら。それは全面的に医学上の判断ですから僕には何とも言えませんけど、瘢痕組織は小さいうちの方が治りも早いって言いますよね、と僕は答えた。ヘルニアを抱えて大きくなることから生じうる影響を僕たちは話しあった。スポーツへの関心を左右するとか、思春期に移行していく上で違いが出るとか。お医者さんに相談した方がいいですよ、と僕は忠告した。そして事務所に戻り、郡立病院に宛てて紹介状を書き、ミセス・リチャードソンに郵送したのだった。

今回、はじめは彼女の声だとわからなかった。

「ええと、どなたでしょう?」

「私です、ミセス・リチャードソンです」。平板で、かつうつろな声だった。

「お元気ですか、ミセス・リチャードソン? ケヴィンはどうしてます? 手術は受けたんですか?」

「ええ」

「具合はどうです?」

「あの子は死にました」

僕は電話を切りたい衝動に駆られた。ほかの電話が周りでジャンジャン鳴っていた。「死んだ？　どうしてヘルニアの手術で死んだりするんです？　そんな大きな手術じゃないでしょう」。なぜか僕は彼女の言葉が信じられなかった。

「死んだんです」と彼女は言った。「私にはそれしかわかりません。手術台の上で死んだんです」

「でもどうやって？　どう死んだか教えてくれなかったんですか？」

「くれたんだと思います。喉に穴を開けないといけなかったけど上手く行かなかったって言ってました。どういうことかわかりませんでした」

「お気の毒です」と僕は言った。

「お葬式のことで伺いたいんですけど」と彼女は言った。「葬式代、全額出してもらえるんですか？」

「ええ……僕に電話するよう葬儀屋に言ってください、書類を作成しますから……本当にお気の毒です、ミセス・リチャードソン」

「ありがとう」と彼女は言って、電話を切った。

切れた電話のツーツーという音を僕はしばらく聴いてから、郡立病院の番号をダイヤルした。ケヴィンに関する情報を僕は求めた。あれこれ言い逃れるので、僕は声を荒らげ、調査に乗り出すと脅した。ケースワーカーだとは言わず、市当局の関係者だと名乗った。医者が電話に出て言うには、ケヴィンには心臓の欠陥があることが見過ごされていて、手術中に心臓が停止したという話だった。私どもとしても手は尽くしたのです、気管切開もやって、心臓をマッサージして……しかしケヴィンは死んだ。どうしようもなかったのです、と医者は言った。避けようのない出来事だったのです。

電話を切ると、ほぼ間を置かずふたたび鳴った。

「また私です、ミセス・リチャードソンです。お忙しいところ申し訳ないんですけど、来月の手当のことで……ケヴィンの分、すぐ外さないと駄目でしょうか？　あの子の分の二十五ドルがあると、葬式に着るみんなの服が買えて有難いんですけど」

「ケヴィンの分、そのままにしておきます」

「ありがとう、感謝します」と彼女は言った。


葬式からの帰り道だった。初春のことで、草の小さな先っぽが泥から、ビール壜の割れたガラスのあいだから、歩道のひび割れから顔を出しはじめていた。雪に埋もれていた新聞紙が黄色く乾き、風に吹かれて舞った。僕がこの地区を担当するのも今日が最後だった。辞める前に例の施し資金のアイデアをまとめてくれよ、とジョー・フェイガバンクに頼まれた。交渉のテーブルで譲歩のコマに使えるとジョーは考えたのだ。福祉事務所の職員たちがストに打って出るという噂が依然出回っていた。来《きた》るべき「長く熱い夏」（日本では『長く熱い夜』の題で公開された同名の映画を踏まえている）のあいだに黒人コミュニティで暴動が起きると予言する新聞記事がいくつも出た。

　最後の日ともなれば、最初の日のことが思い出されて、何もかもがふたたび生きいきと見えるかと思ったが、そんなことはなかった。通りを歩きながら、二十五セント掛ける一日五回、掛ける週三回、掛ける年四十九週、掛ける生涯で何年だろう……と考えていたら、次の四つ角から物乞いの男がこっちへやって来るのが見えた。彼が金をせびる態勢に入っていくのが僕には見え、僕は自動的に弁解の言葉を用意する。助けてあげたいんだけど、頼んできた人みんなにあげてたらいくらかかるか、わかるかい？　あんただけじゃないんだよ、孤児、戦争の犠牲者、精神を病んだ人たち、癌患者のための慈善、心臓病基金《ハート・ファンド》、腎臓病、ブラックパンサー、平和運動……僕だって食ってくのにかつかつなんだよ。

靴下はなし。まだ半分しか来ていなくても、ひびが入って曇った眼鏡の向こうの、縁が赤らんだ目が見えた。つぶれた帽子、ずたずたの裾が垂れただぶだぶのズボン、こんな春の日でも薄すぎるトップコート。慈善古物店で組み立てた案山子《かかし》みたいな姿が足を引きひき歩いている。男は僕に向けて目をぱちくりさせ、「一セントもらえないか？」と言う。

ホラームービー

Horror Movie

バスルームに入ってトイレのシート一面に血を見るまでは、彼は本気で怖がってはいなかった。血は幾筋もトイレのボウルに流れ落ち、床板のすきまを満たしていた。心配しなくていいんだよ、妊娠している女の人はときどきそうなるんだよ、という上の階のプエルトリコ人のおばあさんの言葉を彼は信じたかった。放課後、新しい界隈を探検して遅く帰ってきた彼を、おばあさんはドアの前で待っていてくれたのだった。ついさっき救急車がお母さんを連れていったよ、とおばあさんは言った。お母さんあんたのこと心配してたんだけど、救急車が待ってくれなくてね。アールが帰ってくるのを待ってとあんたに伝えてくれって言われたけど、よかったらあたしのところに来てもいいよ、とおばあさんは言ってくれた。おばあさんは喋っているうちにしじゅうスペイン語に変わってしまう。カルヴィンは自分のうちで待つことにし、心配ないさと自分に言い聞かせた。

でも血はそこらじゅうにあった。黒っぽい塊が——血がこんなに黒くてべとべとのはずはないと思うくらい黒くてべとべとの塊が——流しにつっ込んだタオルにこびりつき、トイレのボウルの水をピンク色に変え、ティッシュの切れ端か千切れたトイレットペーパーと見えるものに染み込んでいた。とっさに浮かんだのは、おばあさんは嘘をついたんだ、母さんは死んだんだ、アールが殺したんだという思いだった。二人のひっきりなしの言い争いが、治りかけの傷口みたいに彼の心の中でまたぱっくり開いた。そもそも母と彼が引越す破目になったのも、二人と一緒にアールが住んでいるところをケースワーカーに見つかって福祉手当を止められたからだった。そのあと母はアールに、仕事探しなさいよ、じゃなきゃ出てってよと言い、それからアールの持ち物をドアの外に放り出しはじめると、アールは母の喉を摑み、母を助けようとしたカルヴィンを蠅みたいにはたき飛ばした。二人で引越すと、もうアールはいなくなったのよと母に言われたが、何日か経つとまた一緒に暮らしはじめた。

彼は自分の部屋に入って、前のアパートから持ってきたバスケットボールゲームで遊ぼうとした。丸めた靴下を、輪に曲げたハンガーにシュートする。フックショットにドリブル、観客の喝采、靴下が壁の前を飛び回り、ビッグ・C《カルヴィン》がボールをコートの反対側へ進め、コーナーにいるジェームズからパスを受け、ドライブし、ジャンプし、ポンプフェイクする。けれどどうしてもハンガーが、壁の縁に引っかかったままでいてくれなかった。シュートするたびに落ちてしまい、ゲームは終わって、残された彼は母のこと、バスルームの血のことを考えてしまう。結局ベッドに横になって、枕をぎゅっと上からかぶって「イエスさま、僕たちを助けてください」と何度も祈ったが、そのうちに火照る耳の周りで枕の中の羽毛が轟音を立て、彼は息を詰まらせて飛び上がった。アールが入ってきた音がしたと思って、確かめようとベッドを出たが、誰もいなかったので、裏手のポーチに回ってみた。

裏の路地で、大きい子たちがバスケットをやっていた。それを彼は、太陽がガレージの屋根の向こうに沈んで割れた壜が銅みたいにきらめくまで眺めていた。眺めながら、学校で一緒だった、親から引き離されて孤児院や保護施設に送られた子供たちのことを考えた。街灯が灯った。屋根や廃品置場が四つ角まで並ぶ先で、バスケットボールの大きさの月が高層団地の上に浮かんでいる。ゲームが解散すると彼は家の中に戻った。

冷蔵庫の扉を開けると、凍てついた電球が青白い光を発していた。レンジのガスバーナーを点けるまで扉は開けておいた。前に住んでいた人たちが、天井の蛍光灯を持っていってしまったのだ。パトカーの回転灯みたいに壁で点滅している青い光のせいで、何の音でも妙に大きくなる気がした。ジャムの壜がテーブルに当たる音、テーブルナイフを出そうと肉切りナイフの刃に用心しながら〈肉切りナイフはいつも彼を不安にした〉引出しを手探りするときフォークやナイフががちゃがちゃ鳴る音。流しの横に立って急いでサンドイッチを食べ、ネスレの〈クイック〉で流し込む。蛇口から水を勢いよく出して、てっぺんをチョコレートモルトみたいに泡立てた。裏口のドアに鍵を掛けたが、万一アールが帰ってきたら閉め出そうとしていると思われないようチェーンは掛けなかった。それから明かりを消して、一方の端にバスルームがあり真ん中あたりに自分の部屋がある長い廊下を歩いて、テレビを観ようとリビングルームに入っていった。部屋は真っ暗で、誰かがカウチに座っているみたいに見えた。スタンドを点けた。アールのズボンが、カウチのクッションの上に放り出してあった。

夜のニュースの時間で、ベトナム戦争の犠牲者をめぐる特別レポートをやっていた。画像が何度も黒と灰色の斜めの線の束に変わってチカチカ光り、そのたびに立ち上がってツマミを調節しアンテナを動かさないといけなかった。機械が熱くなりすぎるともうそれっきり映らなくなることはわかっている。大好きな『夜更けまでモンスター』を少しでも観られるところまで持ってくれればと思った。毎週金曜の夜の番組で、古いホラー映画を放映していて、その大半はけっこう笑えたが、悪夢を見るようになっておねしょが始まってからはアールが観せてくれなくなった。その後ある夜、母がいないときにアールが酔って帰ってきてふざけ出し、両腕をぎこちなくつき出して白目を剝き、カルヴィンの首を絞めようとするみたいに両手をもぞもぞ動かした。カルヴィンは自分の部屋に逃げ込むと、アールがドアの向こうに立って「あんなフランケンシュタインのガラクタなんか観るから頭おかしくなるんだ！　そこで何してる？　ズボンに小便漏らしてるのか？」とわめいた。

　いまも観てはいけないとわかっていたが、何もせずに起きて待っているよりはマシに思えた。コマーシャルをやっていた。気持ちがピリピリして落着かず、ジェットコースターに乗ってまだ動き出してはいないのだけど降りるにはもう手遅れという時みたいだった。音を小さくして、アールがいきなり入ってきたらすぐ切れるようテレビのすぐそばに座った。

　古い城の上空で稲妻が閃き、オルガンが不気味な、ぐらつく音楽を奏でた。荒々しげな黒馬たちがひづめの音を響かせて濡れた石畳を走り、誰も乗っていない黒い乗合馬車を引っぱっていた。馬たちの巨大な目が見開かれ、はみをくわえた口が上下に揺れた。黒々とした木々の下を馬たちは疾走し、墓場を駆け抜け、馬車は傾いてあちこちの墓石にぶつかりそうになった。ハハハハハハと狂った笑いが夜を流れていった。玄関で音がしてカルヴィンは跳び上がり、オフのボタンを押した。

　画面中央の銀の点が永久に消えないように思えるなか、そこに立ってアールが入ってくるのを待ったが、誰も入ってこなかった。玄関に行って、耳をそばだてた。静かだったが、勘違いだったかと思うたびに、ドアの向こうで誰かが体の重心を動かしたようにギシッと音がして、相手もカルヴィンの立てる音に耳を澄ましているみたいに思えた。そろそろと腰を下げて座り込み、鍵穴から外を覗こうとしたが、けばが詰まっていた。耳を当て、息遣いが聞こえないかと気を入れたが、何かが聞こえたという確信はなかった。結局ドアからそっと、音を立てぬよう気をつけて離れた。汗をかいていて、もう観る気は失せていたけれど、テレビをもう一度点けた。パッといくつもの線が現われてぐるぐる回った。カルヴィンは音量を上げた。それから、無理して騒々しく歩き、玄関ドアの前を口笛を吹きながら通り過ぎ、精一杯タフな声で「誰、そこにいるの？」と訊いた。

誰も答えなかった。

「誰もいないよ、パパ」と彼はリビングルームに向かってわめいた。

テレビを切り、靴を脱いで、玄関の前を通って自分の寝室に入った。暗い中で服を脱ぎ、寒くなかったけれど蒲団にもぐり込んだ。蒲団をかぶって膝を抱え、枕の下に置いた木の十字架に手をのばした。このあいだの春、親友のジェームズと二人でアデルフィ座に行って吸血鬼映画を観て以来、ずっとそこに置いていたのだ。映画で一番恐ろしかったのは、スクリーン一杯に広がる、下水道を通っていく鼠の群れだった。無数の目が刺すように赤く光り、鼠たちはキイキイ声を上げて、ぬるぬるの毛皮と革のような尻尾が作る水流と化し、たがいの体を這って乗り越え、排水管から街頭に飛び出し、窓から屋内になだれ込んだ。ぴくぴく震える鼻と黄色い出っ歯が画面を満たして、紙の輪をくぐり抜けるサーカスの動物たちみたいにいまにもスクリーン自体から飛び出しそうだった。それは村にはびこる、吸血鬼に仕える鼠たちで、十字架だけが撃退できるのだった。いままでに観た最高の映画だとジェームズとも意見が一致したが、その夜遅く、自分の寝室で鼠たちが這い回り、勢力が揃うのを待ってベッドに跳び乗ろうとしているのを彼は感じとった。前に何度も見たことがあったから、鼠は本当にいるとわかっていた。一匹が夏に壁の中で死んで母親と二人でアパートから避難する破目になったあの死臭も覚えていたし、真夜中に一匹がバスルームから出てきて母親が悲鳴を上げ、次の日に毒を載せた小さな壜の蓋を母が家じゅうに置き、触ったら死ぬのよと彼に警告したことも忘れていなかった。下の階の赤ちゃんが下唇を食いちぎられたこともあったし、その後、街路でデモ行進があって誰もが怒り、歌っていたとき、リーダーたちは巨大な鼠を釘で留めた棒を旗みたいに頭上にかざして歩いていた。

これはみんな、十字架を持つ前の、かつての界隈でのことだった。十字架を手に入れるというのはジェームズの思いつきだった。二人は十字架を、繁華街にある宗教用具店で万引きした。そして彼はいま、ジェームズと自分が放課後に街を歩いていて、回転式改札口《ターンスタイル》の下からもぐり込んで高架電車に乗って繁華街へ行って映画を観たり、お金がないときはただ単に混んだ店から店へ駆け回ったりしている姿を思い浮かべた。

やがて彼は夢を見ていて、夢の中でジェームズと二人で、下りのエスカレータを逆走して駆け上がり、ぐんぐん高く上がっていって、シャンデリアの横を抜け、それぞれの階を見下ろしていた。見渡す限りはてしなく商品が広がっていた。エスカレータを降りてくる人たちはみんな憎々しげに彼らを見ていた。きっと店の探偵に告げ口されるだろう。やがて、すごく高く上がってもう買うものもないところまで来た。曇りガラスの入った事務所とタイプライターの音ばかりで、さらにもっと上まで行くと、エスカレータも滑らかに動くスチール製から、もっと昔の、踏み段がゴム製で、ベルトみたいな黒い手すりががくがく動く型に変わった。カルヴィンが追いつこうといくら頑張ってもジェームズは相変わらず先を行っていた。ジェームズは何度もふり返ってはニヤッと笑った。

てっぺんに着くと、エスカレータは畳まれてむき出しの木の床になった。カルヴィンはだだっ広い、薄暗い部屋に立っていた。汚れた窓から埃っぽい光が入ってきて、窓の向こうにごくぼんやり、摩天楼の煙った先端が見えた。部屋は何かの倉庫で、大きな木箱や、巻かれた生地がそこら中にあった。

「おーいジェームズ、どこにいるんだよ？」と呼んでみた。答えはなかった。奥の窓から射し込む日の光になかば目もくらんで、箱が並んで出来ている通路をカルヴィンは下っていった。

「おーいジェームズ！」もう一度呼んでみた。隣の通路を何かが動いていく音がして、突然、店の探偵のことをカルヴィンは思い出した。わざわざ叫んで、自分から居場所を明かしてしまったのだ。そう思ったとたん心臓がものすごく激しく鳴り出して、心臓発作を起こしたみたいにその場に立ちつくした。シーッという声が聞こえ、顔を上げてみた。蜘蛛の巣が張った梁のあたりまで達している箱の山のてっぺんにジェームズが立っていた。

「よう、カル」とジェームズは言いかけたが、その瞬間、探偵がぬっとうしろに現われ、両手で頭上に掲げている斧を振り下ろし、ジェームズの頭蓋骨がバリバリという音とともに割れて、ジェームズは箱の山から転げ落ちて床に激突し、両腕両脚がぽんと弾んで埃が舞い上がった。

カルヴィンは駆け寄って「ジェームズ！　ジェームズ！」と叫んだ。ジェームズのねじれた体が顔を下にして転がっていた。脚が片方もげていて、後頭部にはギザギザの穴が開いて中の空洞が見えていた。と、自分がマネキンを見ていることにカルヴィンは気がついた。ニグロを表わしたつもりのチヨコレート色のマネキンだ。これがジェームズのはずはない。そもそも着ているのだってドレスなのだ。カルヴィンがその頭をねじってみると、木の瞼がパカッと人形の瞼みたいに開き、人形はカルヴィンを、彼の母親の目で、母親の顔から見上げていた。と、けたたましい笑い声がして、見れば燃えさかる炎にかすむ窓を背に、斧を頭上に構えた探偵が通路を走ってきて、カルヴィンは立ち上がろうとしながら、心臓が激しく脈打って体から外れてしまうのを感じた。

汗びっしょりで目が覚めて、誰かがベッドを揺すっていたが、じきにそれは、心臓があまりに激しく打つものだから部屋ごと揺れているように感じられるのだとわかった。カルヴィンは顔をマットレスに押しつけて横たわり、あごが痛くなってくるくらい懸命に歯を食いしばり何とか落着きを取り戻そうとした。息をする必要が、肺一杯に空気を吸い込む必要があったが闇の中で動くのが怖かった。眠っているふりをしないといけないことはわかっていた。誰かが部屋にいて、ベッドを見下ろして立っているとしたら、じっとしている以外に手はない。動かなければ――怖がっていることを明かして相手の存在を認めたりしなければ――ひょっとしたら見逃してもらえるかもしれない。

長いあいだ眠ったふりを保ち、静けさに耳を澄まして、ギィッ、サラサラといった音の連なりを一つひとつ分析していた。汗で体がマットレスに貼りついた気がして、体じゅう痒くなってきた。

左腕はすっかり麻痺していた。十字架に触ろうと、右腕を枕の下に差し入れた。十字架はそこになかった。盗まれたんだ、とパニックに襲われたが、と、マットレスと壁のあいだにはさまった十字架に手が触れた。それを喉に持っていき、汗ばんだ場所から徐々に離れようとした。シーツが背中から剝がれていく。手を下に持っていって、さっきから腰に食い込んでいるパンツの汗ばんだゴムをぱちんと引っぱって放した。部屋の空気が突然涼しく感じられ、寒気が襲ってきた。小便をしないと、と思った。股間がぐっしょり濡れているように思えて、もう漏らしてしまったのかどうかよくわからなかった。

こんなふうにして前にも何度か待ったことを思い出した。鼠が怖くてベッドから出る気になれず、夜明けの訪れを祈ったものだ。いつも結局朝まで耐え抜いたが、いままではいつも隣の部屋に母親がいたのだ。こっそり上の階に上がって、プエルトリコ人のおばあさんに入れてくれと頼もうかとも思ったが、そんな思いは、この恐怖に較べればおよそ現実味のない幻だとわかっていた。廊下を歩いていったら最後、奥で探偵が待ち構えていて、血で汚れたバスルームから音もなく出てくるのだ。筋肉に力が入って引きつり、ペニスの先っぽが痛んで、その痛みが体内に広がりやがては恐怖に匹敵するほどまで膨らみ、恐怖自体の一部と化した。裏口のドアがガタガタ鳴るのが聞こえ、それから、誰かが台所にいるみたいにギイッと音がして、その音があまりにはっきり聞こえたものだから、アールが遅くに帰ってきたのだろうか、酔っ払って暗い中で手探りしているのだろうかと思った。でもアールが家の中をうろうろしていると考えても恐怖は鎮まらなかった。もしかしたらドアの向こうにいたのはずっとアールだったのかもしれない。もしかしたらアールはこうやってカルヴィンを追い出そうとしているのかもしれない。憎しみと怒りが、恐怖を突き抜けて湧き上がってこようとするものの、そのたびに恐怖に押しつぶされるのがわかった。つぶされながら、悪態をついている――マザファッカー、マザファッカー、汚ねえ母ちゃんお前の母ちゃんあぁママねえママ。

ふたたび目覚めると土曜の正午だった。服を着て、ベッドのシーツを剝がし、ベッドの下につっ込んだ。新しい尿のしみが、マットレスの上の、かつてのしみの黄色い縁を濃くしていた。

すごく腹が空いて胃が痛いほどで、アパートの中を歩き回り、引出しを開け、戸棚を覗いた。アールの皺くちゃのズボンを探ると、くしゃくしゃの一ドル札が二枚出てきた。サングラスをかけて、裏口から外に出て、鍵は掛けないままにしていった。秋の陽ざしが、裏のポーチのすり減った床から照り返していた。

路地を走ってディヴィジョン・ストリートに出て、ポケットの小銭をじゃらじゃら鳴らしながら、精一杯遠くまで行こうと頑張った。息はごく自然にできて、いくら走っても疲れない気がして、人波よりいくぶん速いペースで進んだ。自分の体の鏡像が、かたわらの店のウィンドウでゆらゆらと走っていた。スピードを落とすわけには行かない。街に出ているときに感じる興奮を失ってはいけない。その気分をどう活用したらいいか、考えてみた。母さんがどこの病院にいるかわかったらそこへ行けるし、電話をかけてもいい。サウスサイドに戻っていってジェームズを探し出すことも考えた。いまの気分はそれに一番近かった。土曜日の自由な気分、ジェームズと二人でどこかへ、アデルフィ座とかへ行って、二階席に座って、つぶしたポップコーンの箱を映写室から出ている光線めがけて投げると、その影がスクリーン一面を横切り、劇場中みんなが声を上げゲラゲラ笑う。

長いこと小走りで走った末に、車の多い道路を信号のないところで強引に渡り、テイクアウトスタンドの周りに人が群れているところへ行った。何人かは今度の学校の子供たちみたいにプエルトリコ人で、スペイン語を早口で喋っていた。油が撥ねる音が聞こえて胃がむかついた。ポーランドソーセージを注文して薬味も全部つけてもらい、チョコレートモルトも買った。歩きながら半分食べたところで、板を打ちつけた店先の、一休みできそうな場所に行きあたった。鳩たちが降りてきたのでパン屑を投げてやると、そのうちに彼の手から食べるようになった。じきに寒くなってきて、埃の小さな渦巻が戸口の四隅から吹きつけてきたので、また歩き出した。

道路標識やバスの前面に、知った名前がないか何度も見て、病院らしい建物はないか目を光らせた。はじめのうちあった自由の感覚は、心許なさに転じていて、いまやパニックの一歩手前だった。まだ昼間なのに店先でネオンが点滅していた。歩道はすでに日蔭になっている。さっきまでは誰にも見られていない気がしていたけれど、人波が小さくなっていくにつれ、自分がだんだん透明でなくなっていくように思えた。警官たちを見ないようにしたが、くり返し目が合ってしまった。ある交差点で、映画館の看板が小さな黄色い電球の連なりを点滅させているのが見えたので、宣伝を見てみようとそっちへ向かった。

電球の半分は焼け切れていて、看板の文字はたくさん欠けていたから、何を上映しているのかはわからなかった。ガラスケースの中には何の写真もないし、ケース自体も埃に覆われ空気銃で撃たれた穴だらけだった。が、破れた黒いポスターがドアにテープで貼ってあり、滴る赤字でこう告げていた。

ヴードゥー・ヴァンパイア
怖がりの人は
この館に入ってはいけません！

ガラスのブースのすきまからくしゃくしゃの一ドル札を押し込むと、色褪せた菫色のチケットがくるくる回って出てきた。老いたジャンキーという感じの案内係が――片目は白内障で真珠色に曇っている――チケットを二つにちぎりながらカルヴィンに向かって頷いた。誰もいないタイル貼りのロビーをそそくさと歩き、聞いたこともない古い映画のポスターが貼られた、ペンキの剝げかけたアーチやひびの入った柱のあいだを抜けて、薄暗い片隅の、裸電球の下に巨大なポップコーンの山があってそのうしろに年老いた女の人が座っているところへ行った。ポップコーンを一箱と、レッドホッツ・キャンデーを一箱買って、二階席への階段をのぼって行った。場内が静まり返っているのでカルヴィンは不安になってきた。外から見たときは、アデルフィ座みたいに、キャアキャア悲鳴を上げている子供たちの群れに仲間入りするところを想像したのに。やっと上の階に着いて、汚れたビロードのカーテンを通って中に入った。

立ちどまり、目が慣れるのを待った。すぐ上で、映写室から青っぽい光線が斜めに出ていてフィルムが回っている音もしたが、スクリーンには何も映っていない。そもそもスクリーン自体が見えず、闇の厚い壁が投射されているみたいに思えた。と、遠くの波の轟きと、呼びかわすカモメの声が聞こえた。

金色にゆらめく二枚の円盤がスクリーンに浮かび上がった。その光の反射を頼りに通路を降り、座席の背を探りながら進んでいったが、やがて誰かの顔に触ってしまった。

「ごめんなさい」と小声で言って、通路の反対側にそれて行き、鳥たちがいっせいにカーカー鳴き出したところで、でこぼこに膨らんだ座席に転がり込んだ。と同時に、スクリーン上の光は、実は夜明けを見つめている黒人の男の両目だとわかった。

男の周りでいまや夜は明け、淡い金色と桃色を背景に彼のシルエットが浮かび、大きなボートの船首で揺れていた。ほかの者たちと同じく鎖につながれ、みんなで動きを合わせて漕いでいて、白人たちは船尾に座ってマスケット銃を構えている。ラーズ、とアフリカ人仲間の一人に呼びかけられて、男は水平線から目をそらす。水平線を一艘、横帆艤装船《おうはんぎそうせん》が走っていて、仲間が指さした先の、日の出に染まった水から緑の島が突き出ている方に向かっている。

ポップコーンは百年前に作ったみたいな味がした。すっかり湿気《しけ》ていて、嚙むとキシキシ鳴った。カルヴィンは歯からコーンの皮を吸い取りながら映画を観た。ラーズとその仲間たちはジャングルを行進し、サトウキビ畑で仕事に就かされる。カルヴィンはホッとすると同時にがっかりもした。この映画、べつに怖くないじゃないか。ちょっと怖いと言えそうなのはお城だけだ。城はすべての上に高くそびえ、黒っぽい石壁はスパニッシュモスに包まれ、女たちが薄暗いバルコニーからこちらを窺っている。張り骨の入った、大きく膨らんだガウンを着た優雅な黒人女性たちは顔を扇で隠し、羽飾りの付いた、へたっとした帽子を風に飛ばされぬよう手で押さえていた。

カルヴィンの手からポップコーンの箱が滑り出て、床に落ちると、カルヴィンはそれを蹴飛ばし、コーンの粒を足で踏みつぶした。運動靴の底に貼りつくように思える床は、ツルツルなのにベタベタで、幾層もの咀嚼されたキャラメルと腐敗したキャンディバーの中に年月が堆積《たいせき》しているみたいだった。奴隷の一人が流砂《りゅうさ》に呑まれるのを見ながら、自分も囚われたような思いをカルヴィンは無意識に抱いていた。奴隷は夜の沼を通って脱走を試みているのだった。何かの蔓をどうにか摑んで、いまにも流砂から出られそうになったが、そのとき周りじゅうのぬるぬるした泥からいくつもの腕が飛び出した。それから頭が出てきた——目玉のない目、腐った灰色の肉、ずたずたに裂けたボロ着は狐火の輪に囲まれてポタポタ泥を滴らせ湯気を立てている。奴隷は絶叫していた。自分も叫び返したい気持ちにカルヴィンは襲われた。アデルフィ座だったらきっとそうしているだろう。きっともうみんなそうしているだろう。だがこの映画館はあくまでも静かだった。絶叫と、男がズブズブ呑まれていく音と、フィルムがスプロケットを通ってカタカタ鳴る音と、巨大な心臓の鼓動みたいな低い脈動があるだけ。カルヴィンは突然、その脈動がしばらく前から続いていたこと、それが城から発していて着実に大きくなってきていることに気がついた。

レッドホッツの箱を開けた。両脚が冷たく感じられ、座席の上に載せて引き寄せた。脈動は速くなり、ますます大きくなった。カルヴィンはそれが歯で感じられた。ピリピリ気が張って、体を縮こまらせ、スクリーン上の深夜を覗き込み、次に来るものに備えて身構えた。

女たちが金切り声を上げながら、城と奴隷小屋とのあいだの草深い斜面を駆け降りていった。ナイトガウンが風になびいて、目には狂気が浮かび、めくれ上がった唇は牙剝き出しの笑みをさらしていた。

女たちの息がカルヴィンにはほとんど感じとれた。見るからに恐ろしい女たちなのに、目をそらせなかった。じき終わるさ、あともう少しだけ見よう、と何度も自分に言い聞かせたが、心のどこかで、この映画を観るのは大きな過ちなのだとすでに悟っていて、席を立つんだ、この映画館を出るんだ、と自らに促しつづけた。スクリーン上の巨大な像と、心の中の自分の像とを重ねあわせ、恐怖に身を固くした彼自身が寝室のベッドに横たわるなか、女たちは廊下を進んで彼の部屋に向かっていた。と、それも終わって、今度はラーズが小屋から小屋へと、一緒に上陸した男たちの死体を乗り越えながら歩いている。死体はみな顔を上にして転がり、血に染まって、眼窩《がんか》は空っぽで、肌は血のみならず色まで抜かれたみたいに灰色だった。

カルヴィンはレッドホッツを口一杯、この辛《から》いキャンデーで体が温まるだろうかと考えながら頬張った。映画館はエアコンを全開にしたみたいにどんどん寒くなっていった。座席の下でも風が渦巻いているように思えた。

「おぉぉぉ神さま、ううおぉぉ神さま」と誰かの声が言っていて、やがてガラガラと喉が鳴って、ひとしきり吐く音に変わった。はじめカルヴィンはそれを映画の中に組み込もうとしたが――ラーズの喘ぎのあいだに挟まったむせびではないか――どうも真うしろから発しているらしかった。誰かの内臓が破裂したみたいな嘔吐の音はあまりに激しく、カルヴィンはふり向くのが怖かった。レッドホッツはもうなくなり、カルヴィンは箱のボール紙の蓋を嚙みはじめた。

ラーズはすでに城の中に入っていた。深紅の厚いカーテンが深紅の部屋ではためいていた。シャンデリアや、雄鹿の喉に襲いかかる狼たちを描いたタペストリーのあいだを通って、鎧《よろい》や武器の並ぶ部屋をいくつも抜け、奇妙な絵文字が埋め込まれた大理石の床をラーズは横切っていった。ピアノがぎくしゃくしたメロディを奏でていて、その音をたどってピアノのある部屋まで来たが、そこには何の音もなく、誰も鍵盤に向かっていない。

鉄の扉がゆっくり回って開いた。女たちがその向こうにニコニコ笑って立っていた。列をなしてラーズの方へやって来て、鉤爪のようにつき出した手はおぞましい嘆願を伝えている。ラーズは後ずさりし、それからくるっと身を翻して、壁から剣を一本摑み、めったやたら目の前で振り回して女たちの輪を追い散らし、扉の向こうへ駆け抜け、ばたんと扉を引いて女たちを閉め出す。

煙った松明《たいまつ》が並ぶ石のトンネルを駆けていき、崩れかけた石の階段をのぼり、鼠たちを蹴散らし、黒い水たまりの水を撥ね上げて進む。階段は螺旋《らせん》状にどんどん高くなっていき、カーブを描いて外に出て、城の海に面した壁沿いをのぼって行き、はるか眼下では波が叩きつけ、風がひさしを貫いて吠える。髑髏《どくろ》のような月が、煙る雲の合間を流れていく。階段は先細りとなって単なる足場になり果てたが、ついにラーズは一番高い小塔の壁を這い上がり、狭い窓からよじのぼって中に入る。

彼のうしろの窓を通って、映写機からの光線が入ってくるかのように月光が流れ込んでいる。ラーズは剣を構え、天井の低い、傾いた寝室の真ん中に、銀色に照らされて立ち、周りの闇を覗き込む。部屋には誰もいないように見え、風がひゅうひゅう、石の張出し棚の上から吹き込んでくるだけ。やがて、風の音に交じって、しゅうしゅうと蛇が立てるような音が聞こえてくる。部屋の奥で吸血鬼が黒いケープの中から徐々に姿を現わす。巨大な昆虫みたいに天井からぶら下がっていて、肌はすき通るほど白く、蛆虫《うじむし》の白さとともに内側から脈打っている。両目の周りを赤いくぼみの輪が縁どり、ぱっくりめくれ上がった口は長い黄色い牙と鱗《うろこ》に覆われた灰色の舌をさらしている。吸血鬼の舌が細かく動き、しゅうしゅう音が立つ。吸血鬼は壁から壁へと回りはじめ、目は白子の鼠の目のように赤く潤んで、凍りついたラーズをニヤニヤ笑いながら見ている。窓まで来ると、飛び立とうとするかのようにうに身を丸め、その体が月光を覆い隠す。それから、けたたましい叫び声とともに身を翻してラーズに襲いかかり、剣が弧を描いて立ち向かい、両者が一瞬組みあったのち、吸血鬼の両手がラーズの喉から離れて、胴がくずおれて絹と灰のへたっとつぶれた山と化し、頭はうしろにごろんと落ちて、傾いた床を転がっていく。

頭はそのままスクリーンの外へ転がり出たようにカルヴィンには思え、二階席と同じ高さで宙に漂い、目はまだ生きていて、歯はギシギシ鳴って血のあぶくが浮かび上がり、鼻孔と眼窩から炎がめらめらと出てきて、何度も「殺してくれ！　殺してくれ！」と絶叫する声が館内を揺るがした。

カルヴィンは座席がぐるぐる回り出すのを感じながら、両側の肱掛けにしがみついた。一瞬、歯医者の椅子みたいに座席ががくんとうしろに倒れた気がした。吸血鬼の頭が空間に転がり出たように見えるとともにカルヴィンの体が縮み上がった。落下の悪夢から目覚めかけた人物のように、平衡と呼吸を取り戻そうとカルヴィンはあがいた。耳をつんざく絶叫に体の力が抜け、吐き気がした。どうしてこんなふうに、壊れたレコードみたいにえんえん続くのか。観客はどこにいるのか？　映写技師が発狂したのだろうか？

カルヴィンは膝のあいだに頭を埋《うず》め、両手で耳を覆った。映画館の床、スペアミントの包み紙、饐《す》えた臭いのポップコーン油、時間の経った尿、古くなった甘ったるいワインから成る世界に彼は入っていった。頭上の出来事は、永遠に終わらないかのように続いていた。

骨ばった手にうなじを摑まれるのをカルヴィンは感じた。

「よう、坊や」と老いた案内係がくっくっと笑って歯茎を見せながら言った。「大丈夫、ただの映画だよ」

カルヴィンは目を開けた。館内の明かりが点いていた。がらんとした館の、ひどく汚れた、凝った装飾の丸天井から、蜘蛛の巣が掛かった薄暗い裸電球が下を照らしている。壊れかけた、ひび割れた背もたれに硬くなったガムが詰まっている座席がカーブを描いて並ぶ列を彼は見渡した。下に垂れているスクリーンは薄汚い白で、小便のしみがついたシーツみたいに小さくみすぼらしく見えた。カルヴィンは体を押し上げて立ち、よたよたと通路を上がっていった。片足がしびれてしまっていた。案内係はまだニタニタ笑っていて、歯のないあごをギシギシ鳴らし、手動掃除器を転がしてポップコーンを集めていた。最後の列で、ボロボロの服を着た人が前の座席にだらしなく倒れ込み、口から胆汁っぽい糸を垂らしていた。

「酒浸りだよ」何列かうしろから告げた案内係の声は、がらんとした広がりのなか、か細く、貧弱に響いた。「年じゅう来るんだよ。みんなここへ死にに来るんだ」

カルヴィンは目を丸くして案内係の方を向いた。

「なあ、坊主」と案内係は白内障の目を光らせながら言った。「お前、歯茎でやってもらったことあるか?」

「え?」

「歯茎だよ、へっへっ!」。実演のつもりか、唇を引っ込めると紫色の歯茎がニッと現われ、老人はもぐもぐ噛んでみせた。「わかる? お前、もう硬くなる歳か?」。老人は掃除器を脇へ置き、通路をカルヴィンの方へのしのしやって来た。

カルヴィンは走り出さぬようこらえながら歩いてカーテンにたどり着き、カーテンを抜けたとたんに階段を跳ぶように降りていった。全速力でロビーを抜け、映画館の闇に慣れた目が明るい陽ざしと向きあうのに備えて本能的に身構えた。夜は衝撃だった。ついさっき見た映像が一気に戻ってきた。とにかくこの映画館から逃げないと――それしか考えられなかった。

歩道をひたひたと、格子の下りたウィンドウと南京錠の掛かった店の入口が並ぶ前を走り、なるべく明るい道路を通るよう努め、暗い路地や戸口を疾走するときのために体力を温存した。走っていく頭上で街灯が弾み、時おりうしろをふり返ってみたが、何ブロックも先にぽつんと一人の姿が見える以外通りには誰もいなかった。

走りつづけて、やがて長い陸橋に出た。汽車がガタゴト音を立てていて、頭上の線路で蒸気をシュ―ッと吐き出していた。トンネル内の電球は大半が切れていて、十字に交差した桁の先に目を凝らしても向こう側は見通せなかった。

トンネルの内側の壁はひびが入っていて、両脇の歩行者通路にはコンクリートの塊や割れた壜が散らばっていた。排水溝をコソコソ進むドブネズミたちと、こわばった足取りでこっちへ歩いてくる目のない男たちの存在をカルヴィンは感じた。頭上で車輪がキキーッと鳴って車両が合体した。カルヴィンはくるっと向き直って道路に駆け戻った。が、さっき何ブロックも先に見えていた人影がいまやもっと近くにいて、街灯の下、背を丸めてさらに接近してきていた。

カルヴィンは暗い横道を駆けていった。いままでより間隔が大きく思える街灯が、絡まって揺れる木の枝ごしに仄《ほの》めいていた。一ブロック走って、ふり向いた――誰もいない。でももう走るのをやめられなかった。合図を出してしまったのであり、パニックを起こしたことで彼らが存在することをはっきり認めてしまったのだ。映画が街路に、残像のように浸透していた。疾走する彼に摑みかかろうと女たちが戸口から手をのばすのが感じられた。

路地を一本、ひと飛びで跳び越えた。オレンジ色の駐車灯だけ灯した自動車が滑るように迫ってきた。スポットライトの光が、彼が通る道筋沿いの壁や木々を撫でていった。

「そこ、止まれ！」と警官がパトカーの窓からわめいた。カルヴィンは二軒の建物のあいだの通路に逃げ込み、どこかの家の裏庭を越え、隣の庭の犬が激昂《げきこう》して柵沿いに走ってきて吠え立てた。低い門扉を弾くように押して抜け、路地に入ってジグザグに走り、いつ弾が飛んでくるかと体をこわばらせ、銃弾が背中に食い込む前に地面に伏せられるだろうかと自問し、雑誌の表紙で見た、血の池に倒れている同じ歳の男の子の姿が頭に浮かんで、**ポリ公に殺されて**というキャプションが真ん中に見えた。路地が廃品置場の並ぶ暗い表通りと交わる角に着いた。駐車した車が並んでいる陰を身を屈めて速足で進み、次の表通りは照明が明るかったので避けた。警官に追われているいま、横道から出ずにいる方が身のためだ。少年たちが送り込まれる場所をカルヴィンはもう一度考えた。オーディ・ホーム、グッド・カウンセル孤児院、セントチャールズ少年院。

次の表通りで、駐車した車のあいだを渡ったが、もう走れなかった。横腹は破裂しそうだし、心臓はものすごく膨れ上がって、吸った息がつっかえてしまうほどだった。四つ角から半分行ったあたりで、酒場のネオンが輝いていた。音楽が通りに漂い出ていた。駐車した車の列のすきまから、開いた扉ごしに中を覗くと、人々が横に並んで酒を飲み大声で喋り、女の人が一人、下着姿でカウンターの上にのぼって踊っていた。戸口で気を失っている酔っ払いがうめき声を漏らした。隣の路地の入口で一人の男が壁に寄りかかって小便をし、ほかの二人の男を笑っていた。三人は太った巨体のプエルトリコ人の女の人をシャツで電信柱に縛りつけていた。女の人の顔には頬紅と口紅が真っ赤に塗りたくられ、鼻は血に染まっていた。女の人の目とカルヴィンの目が合った。

「助けて《ヘルプ》」と女の人は英語で言った。声を張り上げはせず、ほとんど言ったとも言えないくらいで、化粧のきつい怯《おび》えた目でまっすぐカルヴィンを見ながらただ唇を動かして言葉を浮かべただけだった。すると男の一人が女の人を蹴った。狂暴な蹴りではなく、ラグビーのパントキックみたいに片足で乳房を突くと、乳房はのそっと持ち上がって彼女のあごに当たった。

「あぁぁうぅぅ」と女の人は、男に気持ちを傷つけられたみたいな声を上げた。

「何見てんだお前？」小便をしている男がカルヴィンに言った。

先へ進んでいった。彼にはわかった。男たちの誰も、カルヴィンが彼女を助けようとするんじゃないかなどと心配してはいない。女の人も本気で期待してはいない。みんな知っているのだ、人を傷つけられるくらい大きくなっていなければ誰を助けられもしないことを。カルヴィンはもう走れなかった。体が震えていた。どの車のフロントガラスも蒸気で曇り、ボンネットは雨が降ったみたいに濡れていた。街灯の光は淡い光の輪に囲まれ、瓦礫の空地や壊れかけた家が並ぶ通りに靄《もや》が掛かっていた。

ふり向くと、何ブロックか向こうで、人影がどこかの戸口に飛び込むのが一瞬見えた。ひょっとして、小便をしていた男が念のため尾《つ》けてくることにしたのだろうか。うしろから足音がしないか耳を澄ましながら歩みを速めた。もう一度ふり向いた。今回は同じ人影がさっと木の陰に隠れるのが見えたと確信できた。気分が悪くなってきた。口の中で嫌な味がして、ペッと唾を吐き、ゲロを吐くまいと必死にこらえた。次の角で曲がり、止まって、建物の陰から見てみた。こっちへ来る！　さっき見た背を丸めた姿が、いまやこっちに向かって走ってきていて、木々の作る影から出たり入ったりしている。もう一度走り出すのは困難だった。もう足が棒になっていた。助けて、助けて、と息を吸うたびに頭の中でくり返した。

角をいくつも曲がり、駐車した車のあいだをすり抜け、がらんとした表通りの真ん中を必死に進んで、通りがかる車のヘッドライトが見えますように、パトカーでもいいから、と祈っていた。ある通りの終わりまで来ると、黄色く照らされた高層団地の壁がそびえていた。それを見て、ここがどこだかわかってカルヴィンの元気が戻ってきた。

通りは行き止まりになり、居並ぶ建物が作る渓谷を彼は駆け抜け、壁の作るエコールームで運動靴がパタパタ鳴った。黄色い電球がいくつも、並んだ緑のドアの上でくすぶっていた。何もかもに鍵が掛かっているように見え、世界そのものが一晩隠れようと決めたみたいだった。風でワイヤーロープが旗竿に叩きつけられるのが聞こえた。カルヴィンは生け垣を跳び越え、あたかも宙空で停止したかのように首をうしろに回すと人影がやはりうしろを走ってくるのが一瞬見えて、コンクリートの広がりを走ってくるその姿はコートを風に膨らませ、髪は銀色に光って、次の瞬間カルヴィンは向こう側に着地し、ぐらっとよろめいた末にバランスを取り戻して、ふたたび大股で進み、ブランコ、ジャングルジム、回旋塔、シーソーの前を抜けていった。遊び場の照明灯が、彼のつかのま巨大な影をコンクリートの壁のスクリーンに投影した。

遊び場と通りとを隔てる高い金網に、カルヴィンも男も近づいてきていた。団地を目にして以来、カルヴィンは持てる力をすべてその金網に向けて注いでいた。網の底が一箇所曲げられて、自分がかろうじて通り抜けられるすきまが出来ていることを彼は知っていた。暗くてはじめは見つからなかったが、すぐ前まで来てやっと見つかった。地面に這いつくばり、両腕を交互に出して体を引きずって、シャツが何分の一秒か金網に引っかかったが勢いで破れて外れ、向こう側に出てよたよた立ち上がってまた走り出し、すりむけた膝は火が点いたみたいで、やがてその感覚さえもなくなった。うしろで誰かの体が金網に激突するのが聞こえて、その音があたり一面に響きわたった。チラッとうしろを見ると、あの人影が手足を広げて網に貼りつき、手を鉤爪のように使って、てっぺんの、三段重ねの有刺鉄線めざしてのぼって行くのが見えた。

カルヴィンは逃げた。表通りを渡り、路地を走った。裏口のドアに鍵を掛けなかったことは覚えていたが、もし誰か帰ってきていたら掛かっているかもしれないと思った。裏口への階段を駆け上がってドアを体で押した。ドアノブが回って、カルヴィンは一人暗い台所にいた。

手の震えがあまりにひどくて、ドアに錠をするにも一苦労だった。ドアからずるずると滑り落ちて床に横たわり、自分の呼吸の音と、頭の中で血がずきずき疼《うず》く音が耳の中で鳴りひびき、その轟きに混じって裏口への階段をのぼってくる足音がしないか聞きとろうとした。ゼイゼイ喘ぐ声が路地にまで伝わってしまうのではと心配で、何とか落着きを取り戻そうと努めた。だんだんと、自分の体の感覚が戻ってきた。ずきずき疼くひとつの痛みがいくつもの痛みに分かれ、頭、胸と脇腹、がたがた震える脚、膝に分かれた。ジーンズの裂け目ごしに膝に触ってみた。生地が一部、肌に食い込んでしまったみたいだった。膝頭がべとべとして、触った自分の手が針のように感じられた。まだ足音は聞こえていなかった。

台所の床に座り込んで、次はどうするかを考えた。廊下をこっそり通って寝室まで行ってベッドにもぐり込み蒲団をすっぽりかぶり十字架を喉に当てようかと思った。だがその思いがさらに続くと、彼は自分でそれを止めた——リールから外れたフィルムみたいに、彼自身が闇の中で縮み上がって、毎晩毎晩、恐怖の源がアパートの中を歩き出すのを待つ映像が一瞬浮かんだ。

両脚が勝手に宙を蹴り、椅子を蹴倒した。その瞬間、アパートの表側で誰かが叫び声を上げるのが聞こえたように思えた。彼はじっと動かなかった。ついいましがたカチッと、ドアが開くような音がしたのだ。玄関ドアが開いたかのようにすきま風が床を流れてくるのを彼は意識した。そうして思いあたった。自分がこうしてここでゼイゼイ喘ぎ、裏口の階段で音がしないかと耳を澄ましているすきに、もしかすると彼らはこっそり表から忍び込み、静まり返った廊下を進んで、あちこちのドアの前に止まって、彼が立てる音に耳をそばだて、すきまからこっちを窺っているかもしれない。

カルヴィンは立ち上がり、レンジに沿って、ナイフやフォークが入れてある引出しへ行った。引出しを開けて中を探り、缶切り、おたま、ジャガイモつぶしの上に指を滑らせ、やっと重たい刃にたどり着いた。

肉切り包丁を持ち上げて、それが手の中に収まるのを感じ、切れ味鋭いへりの薄さが、刃全体の重い厚さへと変わっていくさまを指先で確かめた。木の柄《え》に指が完璧に収まった。持ち上げるまでにすごく時間がかかって、そしていま、自分が前々から正しかったことを彼は悟った。この柄を摑むことは、すべてが現実であることをはっきり認める意思表示なのだ。ほんの一瞬、彼は考えた。もし母さんだったら？　病院から帰ってきて、ナイトガウンを羽織って廊下を歩いてきているのでは？　それとも、アールがついに帰ってきたのでは？　だがそのどちらでもないことがカルヴィンにはわかった。母さんもアールも、はじめから存在しなかったような気がした。

カルヴィンはそれを目の前でゆっくり振り、空気がしゅっと、刃にわずかに抵抗しながら耳許を抜けていくのを感じ、それを手の中で回して、もう一度振って、その重たい勢いが腕に与えてくれる力を感じながら目の前の空気を裂き、それから長い廊下に歩み出て、一歩踏み出すごとに腕をぴんと立て、上下に動かし、新しい自由に取り憑かれた身で闇を切り裂いていった。

見習い　The Apprentice

いつものように、雨の中に動物たちの血の臭いを少年は嗅ぐことができた。ステーションワゴンの古い木のボディに雨粒が叩きつけるなか、ひとつしかないワイパーが、水びたしのフロントガラスに向かって弱々しく敬礼した。想像していた都市はこんなじゃなかった。停電したように真っ暗で、空の雷は爆撃機みたいだ。後部席で縮こまったウルフガングは、座席の下にますます深くもぐり込み、クンクン情けない声を上げた。

「信じられるか、こんな怪物が泣いてるなんて?」と叔父さんが言い、またも咳込みはじめた。

叔父さんはハンドルを切って道路を出て、雨が吹き込んでくる窓から外へ唾を吐き、一気に路地へ入って、ブリキ缶やゴミのかたかた鳴る川を車はのぼっていった。腐った雨樋から落ちてくる滝が、疾走するヘッドライトが過ぎるかたわらで非常階段を流れていった。

車が停まっても、土砂降りの雨は、あたかも依然疾走しているかのように屋根を流れ落ちつづけた。叔父さんはヘッドライトを消して、先っぽを切った葉巻にふたたび火を点け、すぐまた咳込みはじめ、顔を袖に埋《うず》めた。

「ここだ」と叔父さんはしゃがれ声で言い、尾《つ》けられていないことを確かめようと、またしてもバックミラーを覗き込んだ。

「ここが何なの、叔父さん?」

「何なの、叔父さん? レストランだよ!」

叔父さんは少年の向こうまで手をのばし、レバーを回して窓を開け、少年の頭を外へ押し出した。たちまち雨が彼の髪を平たくつぶし、顔を涙のように流れ落ち、鼻孔を詰まらせた。ピンピンと狂おしく鳴っている金属のブラインドの下でほのかに光る、ちっぽけなオレンジ色の電球に灯された洞窟のような戸口を少年は覗き込んだ。その光が、スプレーで**スパニッシュ・ブレーズ**と書いてある薄い板金のドアに反射していた。ほかにもいろんな名前、ハートマーク、スローガン、卑猥な言葉などがチョークで書かれ消えかけていたが、それを読む間もなく少年は叔父さんにぐいっと引き戻された。

「何て書いてあった、ゾルタン?」。何か大事なことが起きているとき、叔父さんはよく彼をゾルタンと呼んだ。

「スパニッシュ・ブレーズ」

「言ったとおりだろう。これでお前も秘密を知ったわけだ。ここがわしらの配達場所だ。ひょっとしてお前がいつの日かウェイターになるかもしれない場所だ。もしわしの身に何かあったら、お前はここへ来るんだよ」

「叔父さんの身に何かあるなんてことがあるの?」

「年をとるんだよ、ゾルタン。年寄りのナチスどもの街で年をとるんだ。奴らは毎日少しずつ迫ってくるんだ」。締めくくりの句読点を打つかのように、叔父さんは咳込んでぺっと唾を吐いた。「糞ったれが！」と、またしても開けるのを忘れた窓に唾が当たって垂れると叔父さんは悪態をついた。

なぜこんな路地に、倉庫や工場に交じってレストランがあるのか少年は訊いてみたかったし、ウェイターになりたいかどうかもよくわからないと言いたかった。叔父さんには黙っていたが、今夜になるまではレストランが存在するかどうかだって半信半疑だったのだ。まあこれで少なくとも名前は見た。スパニッシュ・ブレーズ。とはいえ、叔父さんの説明から思い描いた青いネオンが輝く店ではなかったが……顧客限定レストラン、プライベートクラブ、排除されてやっとここへ、この強制移住者たちの都市へ行きついた人たちすべてのための場所。強制移住者、難民《DP》、地の果てから政治と貧困を逃れてきた者たち、徴兵忌避者、被追放者、放浪者、不法入国者、失踪者、好ましからざる人物、国外逃亡者、革命家、そしてみな孤児となった亡命王族、これがみな、シャンデリアが水晶の光を回転させ、手品師のようなタキシードを着たウェイターたちが食べ物に火を点けるとともに青い炎がプフッと上がるダイニングルームの同じ旗の下で交わるのだ。

「それにジプシーのバイオリンだよ、ゾルタン」といつも言う叔父さんの、ハイウェイで拾ったひび割れた眼鏡の奥の目は狂おしく拡大され、訛りが唾液のしぶきを噴射した。「シェフ！　グルメ！　胃袋のアインシュタイン――みなアインシュタインその人のごとく亡命を強いられた身で、わしらの配達がなかったら途方に暮れるんだ！　このためにわしらはハイウェイをやって来るんだ！　だが誰にも言ってはならんぞ、わしらの秘密の任務を！」

都市は彼が予想したのとは違っていたが、その夜以来、彼は夢に見るようになった。信号の下でルビーとエメラルドに溶ける油っぽい道路、倉庫の並ぶ中にひっそり隠れたレストラン、そして、ちらつく青い炎に浮かび上がる女の子。特に女の子。

叔父さんとハイウェイで「回収作業」を再開したのち何日も、女の子をめぐる空想に彼はふけった。叔父さんが運転席に、少年とウルフガングが助手席に並んで座り、平べったい道路に目を凝らす。それは彼の大好きな生活だった。野や森が靄《もや》の中から現われ、雄鶏が夜の繭から飛び出て、叔父さんが「雄鶏とは何だ?」と、あたかもそれが日の出ごとに新たに解かれるべき謎であるかのように問う。

小枝の炎。

納屋の前庭に落ちた星。

そして路上には夜の流木が散らばっている。ヘッドライトの催眠術によって目が石英と化した動物たち。その体の周りに、蒸気のような魂が依然漂っている。ウサギ、オポッサム、アライグマ、リス、キジ、それらがみな、ただ一種のハイウェイ動物のように思える。何匹かは見る影もなく潰され、毛皮さえも役に立たなくなって置き去りにされる。でもたいていはまだ弱々しく生きていて、ほかのハイウェイのゴミと一緒に回収されるのを待っている。トカゲの皮みたいなパンクしたタイヤ、外れて落ちたマフラー、飛ばされたホイールキャップ、材木、乾草の梱《こり》、換金可能な壜、トラックの後尾扉から落ちうるものと車の窓から吹っ飛びうるものすべて。

何か特別なものが見つかる望みはつねにあった。あるときピストルを見つけて、暗闇で指紋が光るのが見えるからこれは殺人犯の持ち物だったのだと叔父さんは主張した。またあるときにはビオラがあって、まだボロボロのケースに――叔父さんに言わせれば棺桶に――入っていた。叔父さんによれば、棺桶に入ったビオラは、貴重品を土に埋めねばならなくなる前兆なのだった。叔父さんにとってはすべてが前兆なのだった。

「前兆の読み方、僕にも教えてくれる?」とあるとき少年は訊いてみた。

「いままでずっと教えていたさ」と叔父さんは答えた。

叔父さんは夢を解釈し、天気を予知し、ある種の動物のはらわたから未来を読むことができた。動物について叔父さんはあらゆることを知っていた。動物を組み立て直すことができて、折れていたウルフガングのうしろ脚も治してくれた。

ウルフガングは道端の排水溝で見つけたのだった。停めて、と少年は鹿の死骸だと思ってわめいた。どういうたぐいの犬か見てとると、叔父さんは気が進まなさそうだった。

「こういうのはナチスの犬だ。この犬はナチスが来る前兆なんだ」

でも少年が頼み込んで、叔父さんも折れてくれた。二人でそうっとウルフガングを持ち上げ、脚に添え木を当て、模型に使う張り子で叔父さんがギプスを作ってくれた。

叔父さんの技能は、死んだ動物を組み立て直す仕事から来ていた。免許を取り消されて以来小さな剝製店は閉じたままだったが、作業は続けていた。都市にやって来る一週間前、叔父さんが傑作を創造するのを少年は見届けた。たくさんの鳥の部分部分を集めて作った不思議な鳥——タカ、サギ、フクロウ、雄キジと雄クジャクの羽根、赤いカージナル、青いカケス。

「歌を与えてやれるといいんだが」と叔父さんは言った。「どんな声で歌わせたらいいかな?」

「マキバドリ」と少年は言った。

「よし。それとヨタカ、ツグミ、鳩」

新聞紙のフードをかぶったその鳥は、都市へ車で入っていった夜、前部席の、二人のあいだに置かれていた。

「しっかり押さえてろよ」と叔父さんは、スパニッシュ・ブレーズから離れ轟音を立ててどんどんスピードを上げて路地を次々走り抜けながら言った。ヘッドライトは点けていなかった。一本の路地の出入口で一時停止し、白黒のセダンを通した。

「警察《ポリツァイ》」と叔父さんは呟いた。

「ポリツァイ」はハイウェイでも二人で心配していたがめったに出会わない何ものかだった。叔父さんは禁猟区監視人をもっと大きな脅威と見た。特にコプフという男は、剝製店が閉店させられたのもこの男の仕業だった。彼らは対応策を講じた。車を停めるよう命じられたら、少年は白痴の甥「おしのマルヴォリオ」を演じる。叔父さんに言われて、白目を剝いたりよだれを垂らしたりを練習した。また、デソートの後部席に集めた品にすばやく軍隊用毛布を掛けてウルフガングに口輪をはめる手順も予行練習しておいた。

「ポリツァイはわしらの敵とは限らない」

「誰が僕たちの敵なの、叔父さん？」

「誰が？　すべての民族の敵がだよ。秘密警察。魂のKGB、脳のCIA、自分は無害な犬さらいだと思ってるSS。人間を迫害する、自分がゲシュタポの手先だとわかってない禁猟区監視人。KKK、FBI、ICBM、DDT、イニシャル！　イニシャルこそわしらの敵だよ、タデウシュ」

ボロボロの広告板の陰の空地に叔父さんはワゴンを入れて停めた。彼らは鳥に掛けたフードを整え、頭の上に新聞をかざして水たまりだらけの通りを走って渡った。ウルフガングは置いていった。縮こまって自衛してもらうしかない。

板の反ったドアを肩で押して開け、歪んだ階段をよたよたのぼった。手すりに沿って紐が一本垂れていて、叔父さんがそれを引っぱると階段のてっぺんで電球がぐいと揺れて点灯した。

一段上がるごとに叔父さんはふうふう息をし、咳も出た。のぼり切ると、ドアに寄りかかって体を左右に揺らした。鳥は手に載せていた。叔父さんにとまっているみたいに、鳥の爪が手首を摑んでいた。

着物ふうの部屋着を着た、化粧が目の周りの皺の中に固まった豊満な女性がドアをわずかに開け、彼らをぎょろっと見た。髪は銅線の色に染めていた。叔父さんはさっと華々しく新聞紙の覆いを取り去り、鳥を差し出した。彼女はニッコリ笑って金歯をさらし、ドアをもっと開けた。

「見習いのヨーセフだ」と叔父さんは少年を紹介した。少年はお辞儀をした。

二人は部屋に入ったが女の人は少年を無視し、小型ストーブのそばの小さな敷物に座り込んで教科書とリングノートを広げている女の子についても何も言わなかった。ストーブの青い炎が女の子の瞳に映り、むき出しの腕の上を蝶のようにひらひら舞った。

叔父さんはしわがれた咳をして、唾を袖に吐き出した。女の人は金の房飾りが垂れた丸いテーブルに鳥を置いた。置こうとしてかがみ込むと両の乳房が揺れて着物から露出した。叔父さんはぽかんと見とれた。女の人はウィンクして、叔父さんのシャツのボタンを外し、ゼイゼイ言っている胸に耳を当てた。

「湿布ね。こっちいらっしゃい」と女の人は言って、叔父さんを台所に連れていった。

じきに家じゅう、ラードと灯油の匂いが満ちた。

二人が台所で笑っている声に少年は耳を澄まし、女の子がノートに書き込むのを眺めた。

女の人と叔父さんが腕を組んで台所から出てきた。叔父さんは胸にタオルを押し当てている。二人はまっすぐ寝室に入ってドアを閉めた。

新しい匂いが漂った。お香、薔薇香水。

女の子は祈るみたいに、声に出さず数を数えていた。

「算数って嫌い」と女の子がいきなり言った。

ガスの青さを帯びたストーブの蝶がその顔の上ではためいた。座り込んでいる東洋風の敷物は虹色の蛾みたいな模様だった。蛾の羽を見ると少年はいつも東洋風の絨毯を思い浮かべ、ああいう絨毯はほんとに蛾の羽がヒントになったんじゃないだろうかと考えた。すべての発明の陰には自然があるんだ、と叔父さんにも教わっていた。

「あんたが一番嫌いな科目、何?」

「もう学校行ってないんだ」と少年は言ってしまってから、黙っているよう叔父さんに釘を刺されたことを思い出した。女の子はあっさり、苦もなく彼から秘密を引き出したのだ。「誰にも言わないでよ」と少年は言った。

女の子はニッコリ笑って、唇と胸の前で指を十字に交叉させた。ブラウスの開いたボタンの向こうに、膨らみかけた胸が見えた。「あたし、秘密守れるよ」と女の子は言った。「あんたは?」

天井が凹みかけ、壁紙の向こうからひび割れた漆喰が出てきている部屋の中を、青い蛾たちが飛び回った。女の子は立ち上がり、一瞬パンツが見えた。

小さなフープイヤリングを彼女が着けていることに少年は目をとめた。

「クローゼットに入ってきなよ」と女の子は言って、壁紙で隠されたドアを開け、コートの群れの中に消えた。

「早く」と彼女はささやいた。「あの人たちが出てこないうちに」

ぶら下がって並んでいるコートの前に少年は立った。衣裳店のディスプレーみたいだ。毛皮、ボア、化粧着、傘、ブーツで混みあった床、重なりあったハイヒール、バレエシューズ、オーバーシューズ。

「どこにいるの?」と彼はささやいた。

「手探りしなさいよ」

防虫剤とラベンダーの匂いがし、少年はそういう匂いを前にどこで嗅いだことがあるかを思い出さないよう努めた。クローゼットの中に手をのばして、ヒョウのまだら模様に染めたウサギの毛皮で両腕を満たし、アライグマのコートに顔を埋《うず》め、一瞬、ハイウェイで死んでいるアライグマたちのことを女の子に話そうかと考えたが——内臓がいつも一番綺麗で、一年のある時期には中にザリガニが詰まっている——何も言わない方がいい、いまはこの温かさに入っていくだけにした方がいいと思った。

小さなうめきが聞こえる方に向かって、このかすかな匂いは女の子のだろうか、それとも四十年くらい前に僕のお母さんみたいな女の人がこういうコートを着たとき裏地が吸収した香水だろうかと考えながら進んでいった。コートの束を抱き寄せ、毛皮を撫で、襟やボタンにキスし、自分の腕を袖に通して、キスされ撫で返され、優しい声があぁジョーイとささやく。でも彼女を毛皮から分けようとすると彼女は絹の裏地みたいにすうっと離れていき、残された彼はペルシャ子羊の皮を抱えていた。クローゼットの奥で女の子がクスクス笑うのが聞こえた。寝室のドアが開いた。

「おいステファン、帰るぞ」と叔父さんが言った。

少年はコートを手放した。女の子はどこにも見あたらなかった。女の人は寝室の戸口にだらんと寄りかかり、マスカラで目が猫の目みたいな形になっていた。おしろいをつけた乳房がゆったりした生地の中で重そうに垂れていた。叔父さんは灯油と薔薇香水、樟脳《しょうのう》、それと何か微妙な、鮭みたいな匂いがした。

「鳥、綺麗ね」と女の人は言って、たっぷりした袖の中の両腕を翼のように広げたので、ドアが閉じるとともに乳房がほとんど着物の外に持ち上がった。

暗い階段を、叔父さんと二人でとぼとぼ降りていった。「後悔、後悔」と叔父さんは何度も言った。車の中でウルフガングがグルルとうなり、エンジンがうめき、叔父さんもうめいた。最近叔父さんは、何か見えない力に圧迫されているかのように、たびたびうめくようになっていた。本人は意識していないうめきがクレッシェンドに達し、することすべてが騒々しくなる。憂いを帯びたバリトンで歌い、不思議な言語で自分相手の会話に携わり、スープをズルズル飲み、唇でぴちゃぴちゃ音を立て、ゲップを吐き出し、屁をこき、ハアハア息を切らし、鼻を鳴らし、足を踏み鳴らし、そのすべてに絶えず単調なうめきが伴うのである。

「ドミトリ、ドミトリ」車を走らせながら叔父さんはうめいた。「時には老人だって母親に触れてもらう必要があるんだよ。だったら、それなしで生きてる哀れな男の子はどうだ？」

都市に行った三日後の朝、いままで見たこともないものを二人は見た。まるっきり何もないハイウェイ。その前の二日間も、収穫はわずかだった。凹んだホイールキャップ、ぺしゃんこに潰れたイタチ、一筋の石灰の果てにあった破れた袋。ツキがないのは自分が夢想にふけっているせいだろうか、と少年は考えた。

叔父さんはだんだんむっつり不機嫌になってきて、背を丸めてハンドルを握り、ひび割れたレンズの奥で目をすぼめ、もはや咳込みはしなかったが、時おり外国語でブツブツ独り言を言う以外はろくに喋りもしなかった。樟脳と灯油の匂いがするマフラーをいまも巻いていたが、薔薇香水と鮭の匂いはもう蒸発していた。

「ハイウェイにも季節があるんだよ、デュプシュ」と叔父さんは呟いた。「春にはウッドチャックが何マイルかごとにいて、夏にはウサギ、アライグマ、オポッサムで、いまはキジとリスがいるはずなんだ。わしら、グルメみたいに美食していいてしかるべきなんだよ。レストランできっとさぞがっかりされるだろうな」。女の人からもらった咳止め薬の壜から叔父さんはラッパ飲みした。これを飲むと叔父さんの目に膜がかかり、唇の周りにべたべた茶色い輪が残った。

四日目、二人はいつになく早起きした。クズ拾い人がわしらを出し抜いて先にハイウェイから取り尽くしていないか確かめるんだと叔父さんは言った。クズ拾いと回収作業は違うと叔父さんは言った。

サーチライトを車の中に据え、あたりを照らしながら走り、道端で光っている目がないか探した。ギラつくヘッドライトの光を浴びて、ハイウェイは流れているように見えた。油のしみがまだらに付いて、タイヤの滑り跡があって、そして何もないように見えた。曲線を描いた路肩で落葉が舞った。

夜が明けて、カバノキが光にほのめくようになってくるころ、二人はそのカラスを見つけた。ウルフガングがキャンと吠え、叔父さんが急ブレーキを踏んで砂利がザザッと滑った。叔父さんが前輪を路肩に載せるより早く少年はワゴンから出て、黒い死骸の方に、麻袋を風に膨らませて駆け戻った。

カラスはセンターライン上に、ほとんど完璧すぎる姿で横たわっていた。傷ひとつなく、翼も飛行中ふんわりそのまま降りてきたかのように整っていた。少年はそれを袋に詰めて、鳥も心臓麻痺になるのかと叔父さんに訊こうと思いながら車に駆け戻った。

カラスを後部席のボール箱に放り込む代わりに、叔父さんはエンジンをアイドリングさせたままじっくり吟味した。その艶々した黒い羽を広げ、鱗《うろこ》のようなものが付いた足を指でなぞり、萎びた瞼を開けた。嘴《くちばし》を開けるにはジャックナイフを使わないといけなかった。

「ごらん」

舌は黒く、蛇の舌のように先が割れていた。

「この鳥は言葉を喋ったんだ」

「オウムみたいにってこと?」

「違うぞ、デュプシュ。オウムはペチャクチャやるだけだ。カラスは秘密を語るんだよ。こいつはいま何が起きてるかを話す鳥だったかもしれん。前に一度見たことがある。旧世界で、戦争の直前に。

動物たちがみんな消えたんだ。動物たちは変わりはじめてるんだって言う奴もいた。奇妙な動物が現われたという噂が立った。猿の顔をした狐、鼠の鼻をした野ウサギ、歯の生えた鶏。何もかも悪い方に変わっていった。そしていま、また何もかもが隠れようとしてるんだ」

「何から？　また新しい戦争から？」

「新しい戦争？　こないだのはもう終わったと思ってるのか？　ナチスがこっちへ来たばかりなんだぞ。わしが奴らの正体を知ってることを奴らは知っている。だからわしの邪魔をするんだよ。いろんな暗殺、誰がやってると思うんだ？　いろんな人種問題、起こしてるのは？　夢に戻るがいい、ナイトスタイン」

　何か秘密の現場を叔父さんに見られたような気がして、顔が赤らむのを少年は感じ、窓の外を見た。今日最初のトラックが――豚を乗せたセミトレーラーだ――ゴロゴロと通り過ぎていき、デソートが振動した。叔父さんは道路に出てトラックを追った。

「わしもお前の歳にはナイトスタインと呼ばれたよ」と叔父さんはさっきより穏やかな声で言った。「わしにもよくわかる。村のある婆さんが、司祭どもの言う『夜の放出物』を買うと言ってくれたんだ。罪のない種なんだとその婆さんは考えたんだよ、子供は種を出してもまだ無垢でいられるんだと。今日《こんにち》だって、男の子の無垢なんて話は誰もしない。タブーの話題なんだよ、男は恥じてるし女は何も知らない。でも男の子の無垢は、女の子のそれとは違うがやっぱり同じくらい繊細なんだよ。婆さんは夢の種が欲しかったんだ……俺は金持ちになれるぞって思ったよ」

「で、どうなったの？」

「どうもならなかった。婆さんは冗談の種にされた」

それがいままでの、見慣れたハイウェイで回収作業をした最後の日だった。叔父さんはほかの道路を探索しはじめ、山奥に入っていった。カエデの木が炎のように立ち並ぶ、くねくね曲がった狭いアスファルト。このへんはハイウェイといってもすっかり古びて、穴だらけの凹んだ一レーンのマカダム道路になり果て、行き止まりはもうタールを敷いた砂利道でしかない。叔父さんは運転も不安定になり、目はしじゅうバックミラーを見ていた。黒い道路は少年が見たこともない田舎に分け入っていき、野原が沈んで沼地や湿地と化し、節だらけの木々が泥水の中で切り株に囲まれて立っていた。ガマとヤナギがはびこるこの場所で、秋は存在しなかった。

二人はもっと早く、夜明け前の真っ暗闇の中で寝床を出た。謎も変わった。

カラスとは何か？

葬儀屋《モーティシャン》の音楽隊《ミュージシャン》。

コウモリとは何か？

肉の蝶。

動物たちがふたたび現われた。マスクラット、ウシガエルにガマガエル、トカゲ、亀、ハタネズミ。沼地の鳥たちがハイウェイの上空をパタパタ飛び、イグサの隠れ場所からギーギー、ホーホーと声を発した。とはいえ大半は、叔父さんがいつもなら回収するたぐいの動物だった。なのに、停めてと合図するたび、叔父さんは無視した。すっかり混乱してウルフガングはワンワン吠え出し、口輪をつけなくちゃ駄目だと叔父さんは言いはった。

叔父さんは薬壜からちびちび飲みつづけ、唇からは焦げたみたいなシロップの茶色いしみが消えなくなった。油に汚れた眼鏡の奥で目は赤く縁どられ、何かに取り憑かれていた。以前はほかの運転手たちの不注意を罵倒していたのに、いまではぐいんと道路を横滑りしながらラジオのダイヤルをいじくり、ずっと右の周波数までのぼってバリバリという雑音の中にマズルカを探した。

「どうして全然停まらないの、叔父さん?」

「どれもわしらが探してるものじゃないからさ、タデウシュ」

「僕らは何を探してるの?」

「見つかったらわかるんだよ。すごく特別な生き物なんだ。未来が中に入った、はらわたがウォール街のティッカーテープで出来てる動物なんだ、金の卵巣があって、みんな一財産払っても欲しがる死骸だよ」

黄昏どき近く、沼地の道路を去って長い家路を走っている最中に人形が見つかった。はじめは大きさと黒さのせいで、またカラスかと少年は思った。停めて、と少年は、叔父さんが停まってくれるか危ぶみながら言った。今日はすでに一回、ヤマアラシとすり切れたラジエーターホースがあったところで停まってくれて、両方ともいまは後部席の箱に入っている。ホースがヤマアラシの頭蓋から幹みたいにつき出ていて、叔父さんはこれぞ探している特別な動物だと思ってブレーキを踏んだのだった。「塩分を摂ろうとホースを齧ってる最中に撥ねられたんだな」。実は何なのかわかったとたんに叔父さんは笑った。

そして今回はブレーキをあまりに強く踏んだので、ウルフガングがダッシュボードに激突した。少年はワゴンから飛び出して道路を駆け戻った。人形は目を開いて仰向けに横たわり、胸の上で腕を交叉させていた。叔父さんの言う前兆というのが何なのか、少年は初めて理解した。何の迷いもなくふっと感じが湧いてくるんだと叔父さんは言ったけれど、いままさに湧いてきたのだ。人形はビオラと同じくハイウェイの贈り物であり、それ以上だった。それは彼があの女の子に送り届けるよう定められた贈り物なのだ。

それはああいう女の子が好きになりそうな人形だった。黒いクレープのスカートをはいた年寄りの女の人で、真珠のハットピンがいくつも、ネックレスみたいに喉に留めてある。頭蓋には銀色のエンジェルヘアの束が植えてあって、蜘蛛みたいに細い脚の先にはスパイクヒールとラインストーンのバックルがついた本物の靴をはいていた。少年は彼女を慎重に袋に収めた。ウェイターのタキシードを着た自分が、手品師のように何もないところからパッとこの人形を出してみせる姿が早くも目に浮かんだ。すると、彼の名をジョーイだと思っているあの女の子はニッコリ微笑むだろう。でも彼はもう、あまりにも何度も再生したせいで像がすり切れてしまったみたいに、それがどういう微笑みだったか忘れてしまっていた。

ワゴンに戻ると、叔父さんは袋を摑んで人形を引っぱり出した。

「こんなものにこんなに時間がかかったのか？　ひょっとして目当ての動物を見つけてくれたかと思ったのに」。叔父さんはそれをヤマアラシとラジエーターホースと一緒の箱に放り込んだ。彼女はヤマアラシの前足のあいだに身を落着けたように見えた。ドレスが血を吸収していた。

骸骨みたいな木が並ぶ中に、日が沈みかけていた。叔父さんと少年は黙って走りつづけた。

「僕いつレストランで働きはじめられると思う、叔父さん?」

「あの人形の目、邪眼だぞ——気づいたか? まるっきりあのおはなしみたいに」

「どのおはなし?」

「ハ!」叔父さんはウルフガングに向かって言った。「ナイトスタインの奴、『人形のおはなし』を聞いたことないいんだとよ!」

ウルフガングが尖った耳をぺたっと伏せた。

「そうともさ、怖いおはなしさ、でもお前にとっちゃ何もかもが怖いんだよな」。叔父さんは薬壜の蓋を歯で抜いて、ぐいとひと飲みし、それから犬に向かって、うなり声や吠え声を交ぜた外国の言葉で話し、時おり言葉を切っては、それがひどく滑稽な話であるかのようにガハハと笑った。

「英語で話してよ、叔父さん」

腹話術師になろうと修行中の少年が、心がなさそうな人形を見つけ、彼女を隠そうとする。何から隠すのかはわからない。少年は彼女を屋根裏の帽子箱に入れるが、夜になるとソプラノの声が「心を返して、心を返して!」とくり返すのが聞こえる。屋根裏に上がって帽子箱を開けてみると、人形の藁で作った巣からツバメの群れが飛び出してくる。そこで少年が彼女を船旅用トランクに入れると、ふたたび夜に声が聞こえ、トランクを開けると鼠たちがこそこそ逃げていく。彼女の石膏の顔は鼠たちに齧られてしまっている。そこで今度は、嵐の海に浮かぶ船を描いた巨大な油絵の陰にある壁置き金庫に彼女を閉じ込めるが、またしても「心を返して、心を返して」と訴える声がして、金庫を開けてみると、彼女の体からおが屑が流れ出ていて、オオアリが這い回っている。ひどくなる一方なので、少年は夜明けに、都市の公園の、スズメたちの水浴み場になっている噴水のそばに彼女を連れていく。少年は長方形の穴を掘る。お墓じゃないんだよ、と彼は人形に説明する。そして化粧室みたいに穴の壁に鏡をめぐらせ、すべて鏡で出来た小さな人形家具を並べる――椅子、テーブル、たんす、鏡の本が入った本棚、鏡の蠟燭、さらには鏡の枕やキルトまで揃った鏡のベッド。木の葉が落ちる。雪をめぐる木の葉たちの予言が実現する。雪は深く、平たく、音もなく積もる。やがて、春がすぐそこまで来て、日を浴びた雪の表面が固まり、少年が人形のことをもうすっかり忘れたころ、くぐもった、きぃきぃ軋む声が「心を、心を」と言うのが聞こえてくる。いまだ花嫁衣装の裳裾《もすそ》みたいに真っ白な公園に行ってみると、そこらじゅう、氷の中からゴボゴボ泡を立てている水浴み場を囲んで、小さな人形の腕、小さな人形の脚が転がり、鏡の指輪やバックルがキラキラ光る花園が融けかけた地面から顔を出している。

彼は夢から覚めた。そこらじゅう、剝製にされた動物たちがガラスの目で凝視し、翼を広げ、羽根や毛皮にはニスが塗られ、甲羅、鱗、歯、爪にラッカーが塗ってあった。本棚に並ぶ標本が壜の中からじっと見ていた。剝製店の小さなウィンドウには明かりが灯っていたが、叔父さんはそこにいなかった。

地下室でカルーソーが歌っているのが聞こえたので、そろそろと階段を降りていった。去年までは叔父さんの作業室に入ることは禁じられていたが、皮なめしと防腐処理を教わるようになったいまは許されている。叔父さんが仕事中だと少年にはわかった。仕事するときはいつも古いオペラのレコードをかけるのだ。

作業台の上に裸電球がぶら下がっていた。まびさしをかぶり長下着の上に革エプロンを着けた叔父さんがヤマアラシの皮を剝いでいた。人形はそばに横たわって作業を凝視していた。

叔父さんが骨から肉を器用に削りとり、時おり作業を中断しては台をホースで洗い、屑をゴミ壺に放り投げるのを少年は見守った。

「さてミスタ・アルジャー、大都市に行ってボーイ長と会う準備は出来たな」。賽《さい》の目に切ったシチューの具を叔父さんはバーボンのマリネに放り込んだ。

「僕、準備出来たの、叔父さん?」

「リディ・パリアッチョ（笑え、道化師よ）」と叔父さんはカルーソーとデュエットしながら、オペラ的しぐさで作業台を拭いた。それから、さっきまでヤマアラシがいたところに人形を丹念に広げた。顔の絵の具が髪に剝げ落ちていた。

「最近の配達実績ははかばかしくない。何かすごいものを届けられるまで、しばらくレストランで給仕する方がよさそうだ」と叔父さんは言いながら、肉切り包丁を砥石で研いだ。

「その人形、どうするの?」

「ヤマアラシの頭を縫いつけたらどう見えると思う?」。叔父さんは刃の切れ味を試し、びくっと顔をしかめた。「じゃなきゃ、人形の頭とドレスを着けたヤマアラシはどうだ?」

冗談だと信じきることが少年にはできなかった。最近はますます見分けがたくなってきている。少年は首を横に振った。

「駄目かね」と叔父さんは言った。「わかった！　詰めものをして、いまとまったく同じ姿に保存すればいい」

「叔父さん、詰めものならもうしてあるよ」

「おお！　そのとおり。で、お前はどうしたいんだ？」陰険な口調で叔父さんは訊いた。

「珍しい、価値ある人形かもしれないよ」と少年は言った。

「値打ちものかもしれんか？　ならば道はただひとつ」

「何なの？」

「埋葬！」

二人ともゲラゲラ笑い出して、地下室の隅に置いた、衣服が山と積まれた箱のところに飛んでいき、衣裳を次々引っぱり出してはいろんな服装を試してみた。車から落ちた、ぎっしり中身の入ったスーツケースがいくつもあり、引越しバンやクリーニング屋のトラックから転げ落ちた服、恋人たちやヒッチハイカーが捨てていった服、はぐれた洗濯ロープ、見捨てられ荒らされた農家の家屋があんぐり口を開けている道端の木の枝から抜きとった何人分もの衣裳があった。

「これでどうだ？」全然短すぎる、腕がつき出したオートバイジャケットを叔父さんは試していた。

「上等のナチス上着だぞ」。その格好に、フロストブロンドのかつらを上乗せした。

少年はケープみたいにまとったゴムのレインコートに包まれて、白い救命具を首に掛け、いつかの年の大晦日に見つけたシルクハットをかぶった。

「喪章も忘れちゃ駄目だよ、叔父さん」

二人とも相手の腕に黒いサテンの帯を巻きつけた。

壁際にたまったガラクタの山を叔父さんは騒々しく引っかき回した。やがて「これに入れて埋めればいい」と声を上げ、ボール紙の裏地が露出した、ひびの入ったひげ剃り鏡が付いた浴室用薬棚を掲げた。少年が人形を渡した。

「ウルフガング！　ウルフガング！」と二人は叫び、階段を跳ね降りてきた犬に、葬式の参列者がハイウェイに捨てていった黒い花輪をつけた。

少年がビオラを、叔父さんがランタンと鋤《すき》を持って、二人で薬棚を運びながら堂々地下室の階段をのぼっていった。

外に出ると、叔父さんがランタンに火を点けて、二人で薬棚と鋤を手押し車に載せ、洗濯ロープでウルフガングの花輪につないだ。

「転ぶなよ」そろそろと出発するとともに、叔父さんがランタンを持ち上げながら注意した。家の裏手には、捨てられた自動車、電気製品、中身を抜かれた家具が散らばっていた。間に合わせの墓石がそこらじゅうから突き出し、マフラーやトランスミッションの墓、壊れたラジオの埋葬場所、雑誌を詰めた箱、動物の骨のありかを示している。禁猟区監視人に毛皮と道具を没収され、密猟をとがめられて以来、貴重品は地中に隠しておくのがいいんだと叔父さんは主張するようになった。もっとも、ビオラみたいに使えるものは何日かあとに掘り起こしたけれど。

彼らは行進を続け、草地を越えていった。叔父さんがランタンを掲げて先頭を歩き、ウルフガングが手押し車を引っぱり、しんがりを務める少年が救命具を太鼓代わりに叩いた。

発酵しかけたリンゴの匂いがかすかに漂う果樹園の、木々のあいだをくねくね抜けていった。少年がかつてよく遊んだ、春にはアミガサタケが水辺にどっさり生える、ちろちろ流れる小川があった。ずっと前にここへ、叔父さんがキノコ狩りに連れてきてくれた。そのころの、叔父さんと住みはじめたばかりの時期の記憶はいまも曖昧なままで、自分の中に埋もれているように感じられる一個の麻痺として存在していた。それが言葉にされない悲しみなのか愛なのかは、もうどうでもよかった。どちらであれ少年はその記憶に忠誠を保ち、それを崇めてさえいた。あるとき叔父さんに、あのころ一番気がかりだったのはお前が泣こうとしなかったことだと言われた。それで叔父さんは少年を笑わせようと企て、これは少年も覚えていた。叔父さんが彼を抱きかかえ、無精ひげを頬になすりつけ、彼がクスクス笑い出すまでくすぐり、それから彼の体を逆さにして、リンゴの花の香りの中でぐるぐる回す。少年はもうそういう歳ではなかったが、春にはいまも二人でアミガサタケを摘みに行った。リンゴもぎ競争も覚えていたし、監視人に免許を取り消される前にまだ剝製店に人が来ていたころの暮らしも覚えていた。没収された動物の生皮をどうやって手に入れたのか、叔父さんは説明を拒み、ハイウェイでの回収作業もいっさい明かさず、免許を失ってからはいっそう何もかも秘密にするようになった。誰のことも疑って、コプフがいまも自分を監視していると確信していた。もう長いこと誰も訪ねてきていなかった。

叔父さんはランタンを枝に掛けて掘りはじめたが、鋤を何度かふるうとすっかり息が切れてしまい、その場に座り込んだ。仕上げはウルフガングに任せ、巨大な前足が土をかき寄せた。それから薬棚をそっと地中に下ろし、土で覆った。その地点を少年は正確に把握していた。いずれ昼間に戻ってきて女の子のために人形を掘り出すのだ。

「何か弾いてくれ」と叔父さんが求めた。

少年はビオラを襟に当て、「グリーンスリーヴズ」を弾いた。ちょっと調子っ外れだが、最後まで弾ける曲はこれだけなのだ。いつものとおり、ウルフガングがワンワン吠え出した。

「うーん、素晴らしい！　お前、音楽ウェイターになれるぞ。チップで一財産作れるぞ、クライスラー」

ランプの炎が揺れて、すうっと消えた。二人で闇の中を、落ち葉を踏みながら戻っていった。

「いい儀式だったよな？」と叔父さんが訊いた。


夢のない眠りから叔父さんに揺り起こされた。「起きろ、ゾルタン」と叔父さんはささやいた。「でも明かりは点けちゃいかん。さ、このスーツを着ろ」

「今日はハイウェイ、行かないの？」

「あれこれ訊くんじゃない、叔父さんの言うとおりにするんだ。早く」

キルトのぬくもりの下で少年はよそ行きのズボンをはいた。叔父さんのしわがれ声が戻ってきていて、喉のガラガラが押さえつけられたみたいに聞こえた。走ってきたみたいに肩で息をしながら、少年の服を袋に詰めている。

「叔父さん、これって夜逃げ？」

「ビオラを持っていけ。大都市に行ったらマシンガンと思ってもらえるかもしれん」。叔父さんはくっくっと笑った。「わしも持ったぞ」そう言ってコートの前を開けてみせた。暗い中でも、ベルトに挿したリボルバーの把手が見えた。

「掘り出したんだね！」

「ウルフガングとな。お前がいびきかいて寝てるあいだ一晩じゅう掘ってたんだよ、ナイトスタイン」暗い家の中を動きまわりながら叔父さんは言った。家はほとんど空っぽになったみたいに見えた。エンドテーブルの脇をすり抜けようと少年はとっさに体をまっすぐにしたが、そこはいまや何もない空間だった。壁や棚にそびえていた剝製動物たち――ヘラジカの頭、枝角、タカ、フクロウ――もなくなっていた。「リスのドングリみたいに隠したんだよ」と叔父さんはささやいた。「今回は奴らが来たって家はもぬけの殻さ。さあ、これ」

叔父さんから小銭入れを渡された。くしゃくしゃの札に交じったコインの重みを少年は感じた。

「これ、何のため？」

「何があるかわからんからな」と叔父さんは言った。「わしの身に何か起きるかもしれん。万一離ればなれになったときに備えんと」

いままで何度か夜逃げしたときも、金はもらったことがなかった。こんなに徹底的に物を隠したのも初めてだ。たいていは夜逃げといっても、避難訓練みたいなものだった。夜中に叔父さんに起こされて、コプフが来ると言われる。あるいは補導員が、犬さらいが、ゲシュタポが、ＫＫＫが……時には誰が来るのかよくわからなかった。寝巻の上にコートを羽織って家から抜け出し、しばらく車で裏道を走り、やがてもう帰っても大丈夫と叔父さんが判断する。

「離ればなれになりたくないよ、叔父さん」

「備えておくに越したことはないんだよ。第一お前、レストランで働く準備、出来てたんじゃないのか」

「レストランで働くだけだよ。べつに住む気じゃないよ」

真っ暗な、空っぽの剝製店で叔父さんは彼を抱きしめた。「心配するなデュプシュ、お前なら物を漁って生きていけるさ。お前は何だってする準備が出来てるんだよ」

老人にまとわりついたかすかな樟脳の匂いを、少年はいまも嗅ぐことができた。それが葉巻の煙と、咳止め薬の奇妙な薬草っぽい香りと混じりあっている。その匂いが、女の子に会った夜のこと、彼女が住む都市に戻らないといけないこと、彼女にあげたいと思っている人形のことを少年に思い出させた。もうあれを掘り出している時間はない。彼が戻ってくるまで、人形には果樹園の土の中で待ってもらうしかない。回収作業に行くだけならいいのに、と少年は思った。夜逃げ訓練は楽しかったためしがなかった。

叔父さんが小さなドアベルの配線を外し、二人は忍び足で、カバノキの木の下に駐めてあるデソートまで行った。ウルフガングはもう乗っていて、ブルブル震えて尻尾を振り、座席の下から首を出して二人の顔を舐めた。見れば叔父さんはすべてを埋めたわけではなかった。ワゴンの後部席には標本がぎっしり詰まっていた。大きな鳥や狐が全部にオオヤマネコに枝角、ごちゃごちゃの動物園だ。ヘラジカの頭はルーフキャリアに縛りつけてあった。

「見ろ、奴らの仕業だ」と叔父さんは言い、マッチを擦ってステーションワゴンの側面を照らした。

ドアに泥で鉤十字《スワスティカ》が描いてあった。

州間高速道に上がり、いつものルートから離れて都市に向かった。大型トレーラーが何台もワゴンを追い抜き、かたかた鳴る空っぽの車両を引っぱっていって、ディーゼルの警笛がやかましく鳴ってヘッドライトがヘラジカの頭を照らし出した。叔父さんはくり返し、尾けられていないか確かめるよう少年をせっついた。彼らが密猟をやっているといまだ疑っているコプフが、都市へ彼らを追いつめ、違法の毛皮や鳥獣肉の売りさばき先を暴こうとしているのだと叔父さんは信じきっていた。

「あのヘッドライトずっとついて来てるだろ、ゾルタン?」

少年は目覚めていようと努めたが、何度もうとうとしてしまった。夜中にはときどきそうなるのだが叔父さんは喋るのが止まらないみたいで、いろんな話題にとりとめなく飛んで、歪んでいく一方の物語たちの網の中で事実をつなぎ合わせていった。コプフによる迫害、ハイウェイでの不運、何もない道路と悪しき前兆(奇妙な動物、人形――あの人形を掘り返したらそこには何もなくて土の中からわしらの鏡像が見返すだけだろうよ、と叔父さんは言った)、さっき埋葬を終えたあとにポルカ局の幽霊たちに交じってカルーソーがかすかに歌っているのを受信しようとしたらカラスたちの声が入ってきたこと。

「カラスどもがラジオに出ていたんだよ。あれを聞いて、こいつは逃げる潮時だと思ったんだ。都市に行ってみよう」

叔父さんがずっと喋っている横で少年は眠気と戦い、叔父さんの抱えた亡霊たちと絡みあった半眠りの夢から何度もハッと覚めた。ヘッドライトが自分の体を通り抜けていく感触、鉛が裏に付いた靴をはいてハイウェイめざして線路を走って渡る感覚がくり返し訪れた。夢の中のハイウェイはトラックが何台も白い雪煙の中をゴロゴロと走り、少年は路肩をうしろ向きに歩いて、出口表示と非常灯の赤いオーラに包まれてヒッチハイクを試みていた。

目を開けると空は灰色で、青白い街灯がまだギラギラ光っていた。アパートが続く、人気《ひとけ》のない、フロントガラスに霧が凝縮した車が並んで駐車している通りをのろのろ走った。黙り込んだ、憔悴した叔父さんが車を路地に入れた。

「レストラン？」と少年は訊いた。突然、もはや昼の光の下でレストランを見たくなかった。

「いいや。尾けてくる奴を撒《ま》きたかっただけさ。第一、まる一週間何も配達しなかったのに手ぶらで行って『じゃこの子のタキシード出してくれ』なんて言えるわけがない。何か特別なものを持っていかなきゃいけないんだよ」。叔父さんの声がひどくしゃがれていた。

また表通りに出た。周りが明るくなればなるほど、自分たちの異様さが目立つことが少年にはわかった。叔父さんはルーフに、ヘラジカの頭に加えて、かつてビーバーのダムから突き出ていたのを拾ったラクロスのスティックを縛りつけていた。後部席でウルフガングは、周りを囲む、ポーズをとった動物たちに溶け込もうとするみたいに完璧にじっとしていた。通勤のバスを四つ角で待っている人々は、彼らの車が通り過ぎていくのを目を丸くして眺めていた。叔父さんは「ヴォルガの舟歌」をハミングしようとして、短い空咳を続けざまにやり出した。叔父さんがあてもなく走っているのではという不安を抱えて、少年は座席に沈み込んだ。

「家と呼べる場所もないＤＰ二人だなあ」と叔父さんが言った。

車の多い高速道路を彼らは走っていて、川に掛かった吊り橋を渡っていった。次の出口で高速を降り、窓が割れた工場の並ぶ通りを下って、そびえるように高い揚穀機《ようこくき》が連なる横を過ぎ、踏切をガタゴト越えた末に、クズ鉄置場のあいだをくねくねのびている、炭殻を敷いた道を下っていった。もう建物はなくなっていた。野原と川の向こうで、工業地帯の靄に包まれた高層ビルの輪郭がギザギザにのびている。けれど何より少年の目を惹いたのは、いま車が向かいつつある黒い鉄橋だった。吊り橋を渡ったときにも川の下流の方に見えていて、ずいぶん遠いのにすごく大きく見えていた。

「何に見える?」と叔父さんが訊いた。

「大きな翼」

「黒い天使だ。開閉するんで『ジャックナイフ』とも呼ばれるが」

巨大なタイヤが残していった、二本の泥っぽい筋だけに堕した小道の脇に叔父さんはワゴンを駐めた。ショベルカーやブルドーザーが野原で、草を食《は》む太古の動物みたいに錆びている。ここでは何もかもが巨大で、何もかもが見捨てられたように見えた。少年は心細い気分で、漠然と怖かったが、叔父さんはニヤニヤ笑っていた。

「どうだ、のぼってみるか?」と叔父さんが訊いた。

「鉄橋を? 何で?」

「鳩の卵さ」

乾いた薄茶色の雑草を踏み、リード代わりの洗濯ロープでウルフガングを引っぱりながら二人は川に向かって歩いた。

「このへんの凶暴な連中を追っ払うのに、こいつが必要かも」と叔父さんは言った。

貨物列車が鉄橋をかたかた渡っていて、有蓋車両の扉がどれも開いているせいで橋も見捨てられたみたいに見えた。無数の黒光りする鳥が、支柱から支柱へと滑るように飛んでいる。

叔父さんが指さした。「雛鳥で一杯の空」

錆びた缶や壜が転がった川床を彼らはたどって行った。ウサギたちが跳ねて逃げた。雌のキジが一羽飛び出した。化学薬品や工場排水が強く臭う微風が吹いてはいても、あたりは荒野のように、都市のど真ん中に隠れた秘密のように見えた。

土手は塩を積んだ青い山のあたりで曲がっていた。古い木の架台の壊れた枠組の下に、焦げた有蓋車があって、ストーブ風の煙突が斜めに倒れ、ギザギザに割れた窓や扉は黒ずんでいた。

「何てひどいことを！」と叔父さんは言った。「火を点けてクッキー・ジョンを追い出しやがった」

「誰それ？」

「お前はいつも訊いてばかりだな、デュプシュ。クッキー・ジョンだよ。浮浪者さ。無断居住者。昔の友だちだよ。誰がこんなことやる？ いつだって同じさ——浮浪者仲間、不良少年ども、ポリツァイ、鉄道会社の探偵、ナチスども！」。叔父さんはどさっと座り込み、咳込んで体も震えてきて、咳の合間に息をしようとゼイゼイ喘いだ。目から涙が出てきた。発作が収まると、明るい日の光を浴びた顔はひどく年老いて見え、血の気が引いていた。

「叔父さん、ごめん。このごろときどき、何がほんとで何が冗談かわからなくなっちゃうんだ」

「お前にとって前はすべてほんとだったんだぞ、デュプシュ。それがいまじゃ選《よ》り分けるわけか。

いつの日か、死というものが理解できるようになったら、自分で答えられるようになるだろうよ。すべてはほんとか、何もほんとじゃないか、どっちかなんだよ。中間はない。中間があると思ってる連中は愚かな生を生きてるんだ」

叔父さんは立ち上がった。ウルフガングの筋肉が、見えない蠅たちにたかられているみたいにぴくぴく引きつっていた。うしろ足がまだ折れているかのようにずるずる引きずっていて、橋までの残りの道のりは引っぱってやらないといけなかった。叔父さんが彼を、土手から水平にのびている発育不全の柳の木に縛りつけた。灰色の泥の膜に覆われた小さなボートが、川べりの狭い斜面に茂った木々のあいだに引き揚げられていた。二人でボートに乗り込み、叔父さんが押して川に出ると、ウルフガングはクンクン情けない声を上げた。

「何か気休めを言ってやれ」と叔父さんが言った。

「すぐ戻ってくるよ」と少年は犬に言った。「心配ないよ」

だがウルフガングはリードを引っぱりつづけ、ぱちんと引き戻されると、うしろ足で立ってぴょんぴょん跳ねた。

一方の端が羊飼いの牧杖《ぼくじょう》みたいに曲がった長い竿を叔父さんが操って、巨大なコンクリートの橋台を回り込み、その間少年は、オールというよりおたまに向いていると思えるちびたオールで何とか漕ごうとあがいた。川は暑いハイウェイみたいにタールの臭いがした。水はのろのろと流れ、汚物だらけで、水面には油の膜と茶色い泡が浮かんでいた。水がボートの底にしみ込んでくるので、少年は靴を濡らさないよう努めた。開いた傷口からこの水が入って死んだ人間もいるんだと叔父さんは言った。

川べりでウルフガングがワンワン吠えていた。

「やれやれ、わしらの居場所を宣伝してくれてるな」と叔父さんは言った。「あいつの尻尾を切っとくべきだったんだ。尻尾がのびたまま放っておくとああなるんだよ。鉄道会社の探偵がいないか見張ってろよ。あいつらペッパーガン持ってるんだ」

「なあにそれ？」

「鹿弾《しかだま》の代わりに岩塩を込めたショットガンだよ」

ボートはいまや橋の深い影の下に入っていて、急に寒くなってきた。少年は顔を上げて、梁やトラスの作る黒々と重い格子模様の向こう、線路や枕木や信号機の向こうを見通した。炎のように青い秋の空が無数のすきまから光を降らせていた。下から見ると、橋の構造はまるっきり意味を成さなかった。コンクリートに埋め込まれた錆びた踏み段に叔父さんはロープを引っかけてボートをつなぎ、二人は段をよじのぼって行った。

桁はどうにか歩けるだけの幅で、リベットがちりばめられ、油で汚れ鳩の糞がこびりついて滑りやすかった。スーツ姿でのぼるのは心地が悪く、服を汚さないよう少年は気をつけた。一段一段、細い金属の踏み段を二人は上がっていった。下では川がのろのろ流れていたが、高く上がれば上がるほどキラキラ光って見えた。水面のあちこちに輪がポッと浮かんできて、何とこの毒水の中でも生きている魚たちが食べ物を漁っているのかと思えた。頭上の支柱で風がグワンと鳴った。

「巣、どこにあるの？」

「上の桁だ、トラスに隠れてるんだよ」。先が鉤になった長い竿を叔父さんはまだ持っていて、体を押し上げるのに使っていた。荒く息をしていて、ハアハア喘ぎ、線路にたどり着くと止まって一息つかねばならなかった。

「わしはもうこれ以上のぼれないよ、ゾルタン。ここからはお前一人で上がってもらうしかない。卵は川の真ん中の上にある。さあ、これを持っていけ」。叔父さんは吹流しのような形の、チーズクロスで虫取り網みたいに作った袋を少年に渡した。「これに卵を入れるんだ。くれぐれも気をつけるんだぞ」と叔父さんは注意し、少年の髪をくしゃっと撫でた。

踏み段はもう終わっていた。線路の上に、片持ち梁の翼型にそびえる格子状の桁を少年はのぼり、一歩上がるたびに叔父さんの手信号を見ようとうしろをふり返った。川のタールの臭いは、橋自体の臭いに取って代わられていた。油、腐食、鉄、湿った羽根の臭い。やっとしかるべき高さに達すると、はるか眼下の叔父さんから、川の方へ出ていくよう指示された。少年は一本の桁をじわじわ進みながら、見まいと思いながらも、ゆらめく、どんどん狭くなっていくように見える川を見下ろした。こんなに高いところにのぼったのは生まれて初めてだった。都市全体が靄に包まれて広がっていた。少年は深く息を吸い、それを眺めることを自分に許した。

正午の光が都心の摩天楼を緑青《ろくしょう》色に染めていた。銅色がかった緑の教会の尖塔や、無数の給水塔の群がりの中で煙突があちこち煙を上げていた。頭上では旅客機がブーンと単調な音を立てている。自分は誰かに見えているんだろうか、と少年は思った。白い袋をペナントみたいにはためかせて橋の上にいる男の子。あたかも物事が新しい見え方で見えているかのように、頭がいつになく冴えわたっている気がした。彼の人生は目の前に、都市の景観のように広がり、停止した時間の中で宙吊りに浮かび、もはやハイウェイにいたときみたいな疾走する暗い霞ではなかった。この風景の中心に自分は位置し、都市に囲まれてはいるけれどまったく独りでいる。夢は終わった。あっちの、銀色に光るどこかの界隈にたなびく煙の下で、あの女の子が教室にいて算数の教科書にかぶさるように座っている。自分と彼女のあいだには外国よりももっと大きな隔たりがあるのだ。こうして橋から見ていると、都市に逃げることによって叔父さんは単に、ある種の孤立を別の種類の孤立に置き換えただけだということが少年には文字どおり見えた。そして、自分でも驚くくらい烈しい思いとともに、果樹園の人形が掘り返されるかどうかはどうでもいいのだと少年は悟った。もう二度とあの女の子に会うことはないのだ。人形は第一の前兆だったが、自分はそれを読み違えた。人形は贈り物ではなく警告だったのだ。意味があったのは人形ではなく埋葬だった。人形は何でもよかったのだ、靴でもホイールキャップでも壜でも。自分の頭で物事をこんなに易々と整理できたのは初めてだった。どこかで突き抜ける瞬間があるはずだ、一瞬にして物事が見えてくるはずだと叔父さんには前から言われていたが、こうして理解しはじめるさなかにも、理解が止まってほしいと彼は思い、もう前兆なんて経験したくないと叔父さんに言いたいと思った。そんなものなしで生きる方が、まるっきり間違えるよりいい。女の子なんてありえないし、わざわざレストランのために鳩の卵を集めようと橋をのぼったわけだけれどそのレストランだってありえないことをこうして突然思い知るよりいい。

少年は桁を戻りはじめ、もう降りると合図しようと眼下の叔父さんを探した。でも叔父さんはもはやそこにいなかった。

風がさっと吹いて、少年は危うくバランスを失いそうになった。何度か風が吹く合間に、クークーと不気味に鳴く声が音叉の波のように反響した。立っているところから橋の端から端まで見渡せた。川の方に身を乗り出すと、ボートがまだ橋台につないであるのが見えたが、土手沿いの低木の中にウルフガングの姿は見つからなかった。鳩たちは桁と桁のあいだで洗濯物みたいにパタパタはためいていた。体の膨らんだ雄たちが梁の上をふんぞり返って歩き、真珠色に光る頭を旋回させた。少年はだんだん、格子状になったトラスのあちこちに巣が隠れているのが見えるようになった——雑草、ボロ切れ、ホイル、紙で出来た、おそろしく古そうな構築物。鳩たちも回収作業をやってるんだと少年は思った。卵を集めたいという誘惑に彼は抗えなかった。巣の中に彼が手を入れると、パニックに陥った鳥たちが頭上をバタバタ飛び交った。足元は糞が一杯落ちていて危なっかしかったが、彼はさらに川の方、向こう岸の方へ出ていき、小さな白い卵を略奪し、いくつかは桁に落ちて飛び散り上昇気流の中を転げ落ちていくなか、憤然たる思いで袋に詰めていった。

向こう側まで半分以上行ったところで最初の銃声が聞こえた。橋の上部構造に増幅された音が鳴りひびき、鳥たちが慌てふためいて第二の発砲みたいに飛び出してきた。少年は桁を摑み、鳥たちが周りでばたばた暴れる只中で桁にしがみついた。橋を見渡して必死に叔父さんを探し、代わりに二人の男の姿を認めた——下から近づいてきて線路を走ってくる。さっと川向こうに目を移してデソートがあるか見てみた。まだそこにあって、塩の青い山が盛り上がった向こうでフロントガラスがまぶしく光っている。橋から見るとステーションワゴンはおもちゃの大きさに見えたが、隣に止まったパトカーの黒と白の筋ははっきり見てとれた。

「叔父さん」と彼は叫んでみた、「叔父さん」、だが声は風に流されてしまった。もう一発銃声がして鳥たちは逆上し、狂ったようにぐるぐる回りはじめた。銃声が桁から桁へ跳ねて反響し、どっちの方向から来たのかわからなかった。線路にいるポリツァイたちがしゃがみ込んだ。青い制服は見えたが銃を抜いたかどうかは見えなかった。彼らが発砲しているようには思えなかった。

川上でも川下でも鐘が執拗に鳴っていた。少年は動こうとしたが、両脚は固まってしまっていたし両手は指関節が痛むくらいぎゅっと桁を摑んでいた。警笛がけたたましく鳴り、その低く重い振動が鉄の梁を伝って彼の骨にまで伝わってきた。ゴミ置き場が水に浮かんで橋の方にやって来る――太索《ふとづな》で縛った、スクラップ車を山と積んだ艀《はしけ》が何隻も、タグボートに押されて動いている。ゴロゴロという振動を彼は感じ、風景が傾きはじめるとともに体が滑って膝をついた。橋が開きはじめているのだ。

鳩たちはなおも旋回しつづけ、カモメ、ムクドリ、ムクドリモドキがそれに交じってギャアギャアわめいた。線路にいるポリツァイ二人が、橋が完全に開く前に戻ろうとあたふた動き、それぞれ左と右に跳び、と同時に洗濯ロープをなびかせたウルフガングが彼らの横を疾走していった。一歩一歩、ポンプが上下するような動きとともに犬の痩せた体は凝縮と拡張をくり返し、それから、恐怖と自らの速度とに取り憑かれたように、どんどん広がっていく橋の黒い隔たりを犬は跳び、スローモーションの弧を中空に描いて、一瞬犬が向こう側に達するかと少年は思い、それから犬が墜落していくとともに目をそむけた。

目を開けると、艀の群れが下を通過していた。少年は高い桁の上で手を交互にくり出し、リベットを足掛かりにしながら橋の基部をめざした。スーツは破れて油にさんざん汚れ、ベルトに縛りつけた卵の袋から出てくる黄身や羽根がべたべたくっついていた。涙が顔を流れ落ちていたが自分が泣いているとは感じなかった。感じるのは麻痺だった。涙が何か意味を持とうにも橋はあまりに巨大だった。ぱっくり開いた翼の作る隔たりの向こうに、叔父さんがポリツァイから隠れている姿が見えた。線路の下の桁が作る格子の中にうずくまって、少年に向かって狂おしく手を振っていた。叔父さんの手の中のリボルバーに日の光がキラッと反射し、さっきの銃声は橋が開く前に艀のことを彼に気づかせようと叔父さんが発砲したのだと少年は思った。叔父さんはなおも合図を送りつづけた。めちゃくちゃに壊れた自動車を載せた艀の群れが、ハイウェイの事故車の果てしない行列みたいにするする流れ、その上で無数の鳥が金切り声を上げていた。警告の鐘がガンガン鳴った。やがて少年は片腕を上げた。渦を巻いて飛び交う鳥たちの向こうから、彼はさよならの手を振った。

『路地裏の子供たち』を書いたころ

スチュアート・ダイベック

何年も前、テレビをザッピングしていた私は、公共放送サービスのチャンネルでやっていた、ファッションデザインをめぐる番組でしばし立ちどまった。かの有名なコムデギャルソンの川久保玲が、だぶだぶの柔道着のような服装で出演していて、翌年何が流行するかについてどうやって新鮮なアイデアを思いつくのか、と質問されていた。

「偶然を待つんです」と彼女は言った。

その答えを私はずっと忘れていない。私自身も長年、最初の短篇集『路地裏の子供たち』のことを偶然の連なりと見てきた。この本の中の一番古い二作は、まだ二十歳だった、本を出すなんて考えたこともなかった時期に書いた。夏の暑い盛り、マイルス・デイヴィスの傑作『カインド・オブ・ブルー』を聴きながら、高校の卒業祝いにもらったポータブル・タイプライターで、テネシー州メンフィスにある両親の家で書いたのである。二篇とも自伝的であり、シカゴを舞台としている。書いているあいだ私は、メンフィスにいてシカゴのことを恋しく思っていた。秋になって、大学の最終学年に向けてシカゴに戻った私は、一方の短篇を、自分のいいところを見せたいと思っていた女の子に渡した。「近所の酔っ払い」の唯一の原稿を、彼女はたちまち失くしてしまった。手元に残ったわずかな手書きメモから作品を再現するのは無理だと思ったが、いざやってみると、失くしたことで作品はよくなったように思えた。私はその後何年も、あたかもくり返し失くしてしまったかのようにその物語を書き直しつづけた。そうやって私は推敲のやり方を覚えたのだった。もう一作「長い思い」は大学の学部文芸誌に掲載された。七年後、アイオワの大学院の創作科で学んでいて、提出する創作があと一本必要になり、私は藁にもすがる思いで、昔の持ち物を詰め込んだビール箱を引っかき回してこの短篇を発掘した。読み返してみると、誰か他人が書いた話のように感じられた。その誰かに代わって、私はそれを書き直した。

アイオワ大に提出した創作群を、私は製作途上の一冊と見ていた。読み手を、あるいは書き手を導くようなタイトルはまだ見つかっていなかった。物語は私が育った、シカゴの南側の工業地帯、移民がアメリカへ来てまずやって来る地域を舞台としている。それまでに、シカゴ以外の場所を舞台にした短篇もいくつか発表していたが、この本ではシカゴの都市風景が統一原理になるのだと思った。といっても、場所について書こう、と意識的に決めたわけではない。それはもっと本能的なものだった。場所というものに人がどう反応するかは、生まれに左右される偶然である。私はなぜか、自分でも気づかないうちに、シカゴという都市を授かっていたのだ。私が育った界隈は、いろんな物語、印象的な人物やイメージにあふれた世界であり、それらが渾然一体となって、さまざまな感情のみなぎるひとつの空気《ムード》となって、音楽のように、テーマや観念より深いところから湧き上がってきて作品全体を浸したのである。

書く上で導き手となってくれたのは音楽だ。まず夢中になったのはジャズである。自分でもコンボでサックスを吹いていたが、頭の中で時にはノンストップで聞こえているものをホーンから引き出すことはできなかった。十六歳のとき、幸運にもレコード店のアルバイトにありついた。シーモアズ・ジャズ・レコーズという、ダウンタウンの高架線路の下にある、コレクターが集まってくる店だった。そのストックは、今日の最先端のジャズから、古くは78回転レコードや蓄音機の蠟管にまで広がっていた。来る日も来る日も、私はジャズの歴史を一歩ずつ聴いていった。これほど深い影響を受けた教育はほかにない。

音楽を別とすると、小説を書く上で主な影響源となったのは、シャーウッド・アンダソンやヘミングウェイといったモダニズムに属す作家たちと、ソール・ベロー、ネルソン・オルグレン、ジェームズ・ファレルなど伝統あるシカゴ文学の作家たちだった。みんなリアリズム作家である。二十代半ばには、敬愛するリアリズム作家たちをまずまずまともに模倣できるようになった気がしていたが、もちろんそれは、独自の、さらにはオリジナルな声にたどり着いたということとは全然違うとわかっていた。ページから聞こえてくる声は、書き手が選んで決めるものではない。書きつづけることを通して見つけるしかない。

そのころは、偶然を待つ、という発想は知らなかったけれど、どのみち偶然は訪れた。シカゴ公共図書館から借りた、二枚のすり切れたLPレコードというかたちで。当時私はチェロのファンになっていた。チェロという楽器の持つ、ソウルフルな、歌うような響きは私にテナーサックスを思い起こさせた。図書館で借りてきたのは、二十世紀ハンガリーの作曲家コダーイ・ゾルターンの作品をヤーノシュ・シュタルケルが演奏したレコード二枚だった。そのころ私は、ガラクタを引いて路地裏を回る移民の行商人たちを苛む子供たちをめぐる物語を構想していた。マイルスでもエリントンでもゲッツでもなく、コダーイの無伴奏チェロソナタをシュタルケルが演奏するレコードを私はかけ、物語の中の子供たちが行商人の馬車のあとについて路地を行くのと同じように、心に取り憑くその音楽のあとについて行った。やがて私はすっかり迷子になって、迷子になったからこそ、自分が書こうとは思ってもみなかったような物語へと導かれ、物語に身を委ねることができた。そしてその物語が私を、自分の想像力の中の、それまで訪れたこともなかった場所につなげてくれたのである――シカゴを舞台としてはいても、リアリズムから離れて、想像の都市へ通じている物語に。

訳者あとがき

スチュアート・ダイベックの初めての短篇集『路地裏の子供たち』は、一九八〇年に大手ヴァイキング社から刊行された。その前年には詩集 *Brass Knuckles*（拳鍔《けんつば》）がピッツバーグ大学出版局から出ていて、「僕がヴィヴァルディに会ったとき　あたりは暗かった／くず屋が馬の鈴を打ち鳴らし／街は傾き　のろまな風洞となって……」（「ヴィヴァルディ」）という一節とともに始まるその詩集によって、うらぶれた下町の風景に叙情を忍び込ませるこの書き手ならではの手腕はすでに予告されていたわけだが、ゴミバケツが並ぶ路地を子供たちが駆け抜け、鳩の糞だらけの建物のすぐ横を高架電車が疾走し、薄汚れた町並みを雪がつかのま聖化する都市の情景を味わい深く伝えるダイベックの技量が初めて全開となったのは、やはりこの短篇集においてであったと言ってよいと思う。

Childhood and Other Neighborhoods という原題に、この本の特徴がはっきり表われている。まず、childhood という語が示すとおり、本書ではこの後に発表された小説四冊のどれよりも子供時代に重きが置かれていて、路地裏をさまよう子供たちがほぼ全短篇に姿を現わす。第二に、childhood という時間を表わす言葉と、neighborhood（近所、界隈）という空間を表わす言葉が、どちらも -hood で終わるという共通点を利用してつながれることによって、時間的なもの・空間的なものが渾然となって奥行きある時空間が生まれているという本書の内実が巧みに伝えられている。したがって、『路地

裏の子供たち』という邦題は、そうした奥行きの深さを全面的に伝えてはいないことを白状しておかないといけない。ダイベック氏自身、この本を構想中には Alley Heartaches（心の痛み横丁、哀しみ路地）という、この短篇集の中の一作「血のスープ」に出てくるフレーズをタイトルとして考えていたそうなので、「路地裏」という言葉を使うのはある程度正当化されるかもしれないが、and *Other Neighborhoods* というフレーズから伝わってくる、子供時代以外の時空間もあるのだという点は示せていない。本当は「子供時代をはじめ、思春期、青年期の若者が街のさまざまな界隈で生きる日々をめぐって語られる物語たち」という示唆がタイトルにはあるべきなのだということをお伝えしておきたい。

　作者本人も「『路地裏の子供たち』を書いたころ」で触れているとおり、この短篇集に収められた短篇の大半はリアリズムにとどまるものではない。町外れにあるくず屋のコミュニティや、さかりのついた猫の声がそこらじゅうから響く町からはじまって、どこまで現実だったか不明なホラー映画に浸食されたかのようなアパートの空間や、鳩の卵を取ろうとして少年がのぼる鉄橋に至るまで、物語の印象的な要素は、つねにどこか幻想的な色合いを帯びている。ただしダイベックは、現実から一気に幻想に飛躍することは決してない。もちろん、一気に飛躍するのが味わいになる書き手もいていいわけだが、とにかくこの人の場合は、街をリアルに生きいきと描いた描写からそのままつながって、その直接の延長線上に幻想性が待っている。そうした現実／幻想の継ぎ目なさの味わいということでいえば、これまでダイベックが発表した小説五冊のうち、この一冊が最高かもしれない。凝った表現など、その後の作品集に較べてほんの少し生硬なところも交じっていたりするが、ほかのどの本とも違う輝きが、このデビュー小説にはすでに備わっている。

その後もダイベックは、『シカゴ育ち』（一九九〇）、『僕はマゼランと旅した』（二〇〇三）などを通して、現実と幻想、侘しさと叙情、悲劇性とユーモアが絶妙に入り交じったシカゴの街を描く作家として、日本でも多くの読者に愛されてきた。これまでの著作は以下のとおり（邦訳は柴田）。

Brass Knuckles（1979）詩集
Childhoods and Other Neighborhoods（1980）本書
The Coast of Chicago（1990）連作短篇集『シカゴ育ち』白水Uブックス
I Sailed with Magellan（2003）連作短篇集『僕はマゼランと旅した』白水社
Streets in Their Own Ink（2004）詩集『それ自身のインクで書かれた街』白水社
Ecstatic Cahoots: Fifty Short Stories（2014）
Paper Lantern: Love Stories（2014）

『シカゴ育ち』『僕はマゼランと旅した』についてわざわざ「連作短篇集」と記したのは、どちらも単によく書けた短篇を並べたというにとどまらず、作品間の関連を重視して収録作が周到に選ばれ、作品同士が呼応しあって、長篇ともまた違う豊かなまとまりを形成しているからである。そうしたダイベック流本作りの魅力は、この『路地裏の子供たち』にもすでに現われている。

この訳書が出ているころにはダイベック氏も七十七歳になっているはずだが、メールをやりとりしても本人に会っても、人間・文学・音楽・食べ物等々をめぐって実に好奇心旺盛で、ふるまいも文章もこっちが恥じ入るほど瑞々しく若々しい。二〇一四年に同時に二冊刊行された超短篇集・短篇集では、シカゴの外にも作品世界が大きく拡げられ、また新たな魅力を備えた時空間を見せてくれている。いずれこれらもぜひ紹介したい。

単行本以外で邦訳された作品を挙げると（単行本に再録されたものは除く）――

「動物園の日曜日」（*Brass Knuckles* 収録）シャパード&トーマス編『Sudden Fiction 超短編小説70』小川高義訳、文春文庫

「僕はこの話を誰にもしなかった」（*Ecstatic Cahoots* 収録）スタンバーグ&ギャレット編『道のまん中のウェディングケーキ』白水社

「靄の物語」「歯」「告解」（*Ecstatic Cahoots* 収録）『鳩よ！』二〇〇一年八月号　マガジンハウス

「故郷」（*Ecstatic Cahoots* 収録）柴田『翻訳教室』朝日文庫

「ヒア・カムズ・ザ・サン」（*Ecstatic Cahoots* 収録）『MONKEY』Vol. 6 二〇一五年夏／秋　スイッチ・パブリッシング

「ペーパー・ランタン」（*Paper Lantern* 収録）柴田編『いずれは死ぬ身』河出書房新社

本書が刊行できたのは、いつもながら白水社の藤波健さんの深い文学愛のおかげである。加えて編集作業では、鹿児島有里さんが、超基本的な誤訳の摘発から細かいフレーズの微調整まで、素晴らしいお仕事で訳文の質を大幅に改善してくださった。お二人に深く感謝する。そして四十年近く前に出た自著をふり返って味わい深いエッセイを書いてくださった作者ダイベック氏にもお礼を申し上げる。素晴らしい書き手である素晴らしい人物の訳者に、そして友人になれたことを心から光栄に思う。

スチュアートが描く街は、読者の皆さん一人ひとりが育った時間・空間ともきっとどこかでつながっています。多くの方々に味わっていただけますように。

二〇一九年三月

訳者

訳者略歴
柴田元幸（しばた・もとゆき）
翻訳家。アメリカ文学研究者。

主要訳書
スチュアート・ダイベック『シカゴ育ち』（白水Uブックス）、『僕はマゼランと旅した』『それ自身のインクで書かれた街』（白水社）
スティーヴン・ミルハウザー『イン・ザ・ペニー・アーケード』（白水Uブックス）、『ある夢想者の肖像』『魔法の夜』『木に登る王』『十三の物語』（白水社）
スティーヴ・エリクソン『黒い時計の旅』（白水Uブックス）、『ゼロヴィル』（白水社）、『Xのアーチ』（集英社文庫）
ポール・オースター『鍵のかかった部屋』（白水Uブックス）、『オラクル・ナイト』（新潮文庫）
バリー・ユアグロー『セックスの哀しみ』（白水Uブックス）、『一人の男が飛行機から飛び降りる』（新潮文庫）
マーク・トウェイン『ハックルベリー・フィンの冒けん』（研究社）

主要著書
『生半可な學者』（白水Uブックス、講談社エッセイ賞受賞）
『アメリカ文学のレッスン』（講談社現代新書）
『アメリカン・ナルシス』（東京大学出版会、サントリー学芸賞受賞）
『ケンブリッジ・サーカス』（新潮文庫）
『柴田元幸ベスト・エッセイ』（ちくま文庫）
文芸誌『MONKEY』（スイッチ・パブリッシング）責任編集。

路地裏の子供たち

二〇一九年四月一五日　印刷
二〇一九年五月一五日　発行

著者　スチュアート・ダイベック
訳者 ©　柴田元幸
発行者　及川直志
印刷所　株式会社三陽社
発行所　株式会社白水社

東京都千代田区神田小川町三の二四
電話　営業部〇三（三二九一）七八一一
　　　編集部〇三（三二九一）七八二一
振替　〇〇一九〇-五-三三二二八
　　　郵便番号　一〇一-〇〇五二
www.hakusuisha.co.jp

乱丁・落丁本は、送料小社負担にてお取り替えいたします。

株式会社松岳社

ISBN978-4-560-09694-9

Printed in Japan

柴田元幸の翻訳書

■スチュアート・ダイベック 著 *Stuart Dybek*

それ自身のインクで書かれた街

ポーランド語で祈りを唱える老婆の横で、男の子が盗んだジャックナイフを手にする。夢や幻想が、街で垣間見る人生の哀しさに染められる……。瑞々しく、懐かしい。夢見るような詩集。

僕はマゼランと旅した

前作『シカゴ育ち』と同じくシカゴの下町を舞台に日常の中の冒険が豊かな叙情と卓抜なユーモアで描かれる。

シカゴ育ち

七つの短篇と七つの掌篇が織りなす美しく力強い小説世界。シカゴに生まれ育ったダイベックは、ユーモアと愛惜をこめてこの古い湖岸の街の人間模様を描き出す。

［白水Uブックス］

■スティーヴン・ミルハウザー 著 *Steven Millhauser*

ある夢想者の肖像

死ぬほど退屈な夏、少年が微睡みのなかで見る、終わりのない夢……。ミルハウザーの神髄がもっとも濃厚に示された、初期傑作長篇。

魔法の夜

百貨店のマネキン、月下のブランコ、屋根裏部屋のピエロと目覚める人形など、作家の神髄が凝縮。眠られぬ読者に贈る、魅惑の中篇！　月の光でお読みください。

木に登る王
三つの中篇小説

男女関係の綾なす心理を匠の技巧で物語る傑作集。「復讐」「ドン・ファンの冒険」、トリスタンとイゾルデ伝説を踏まえた表題作を収録。